AN NATHAIR LE
DÀ SHÙIL DHEARG

AN NATHAIR LE DÀ SHÙIL DHEARG

Màiri E. NicLeòid

Air fhoillseachadh ann an 2018 le
Acair Earranta
An Tosgan
Rathad Shìophoirt
Steòrnabhagh
Eilean Leòdhais HS1 2SD

www.acairbooks.com
info@acairbooks.com

An dealbhachadh agus an còmhdach, Acair Earranta

An dealbhachadh agus an còmhdach Joan MacRae-Smith as leth Acair.

Clò-bhuailte le Hobbs, Hampshire, Sasainn

Gheibhear clàr catalogaidh airson an leabhair seo bho Leabharlann Bhreatainn.

Chuidich Comhairle nan Leabhraichean am foillsichear le cosgaisean an leabhair seo.
Tha Acair a' faighinn taic bho Bhòrd na Gàidhlig.

ISBN/LAGE 978-0-86152-596-6 (pàipear)
e-Leabhar 978-0-86152-429-7

Clàr-innse

Caibideil 1

Diciadain, 11 Dàmhair 1944

Cha robh fios aig Flòraidh dè thug oirre dùsgadh ged a bha fios aice nach b' e an t-sìde. Mas ann às an Eilean Sgitheanach a bha thu, bhiodh tu cleachdte ris an t-seòrsa aimsir a bh' aca an oidhche ud, oidhche nan seachd sian – a' ghaoth cho làidir 's gun cuireadh i eagal air an Diabhal fhèin agus an t-uisge cho trom 's gun saoileadh tu gun robh cuideigin air goc fhàgail air shuas anns na speuran. Cha robh Flòraidh buileach cinnteach dè an uair a bha e, cha b' urrainn dhi an cloc fhaicinn anns an dorchadas.

Laigh i an sin airson greiseag ag èisteachd ris a' ghaoth a' rànaich taobh a-muigh an taighe, an t-uisge a' sginneadh air an uinneag mar chlachan beaga. Cha robh i airson èirigh às an leabaidh, thug e ùine mhòr dhi fàs blàth an oidhche sin, a' ghaoth a' lorg iomadach diofar àite airson faighinn a-steach dhan taigh gus dragh a chur air na daoine a bha na bhroinn.

Bha na plaidean trom air a bodhaig, cho eadar-dhealaichte ris na siotaichean-leapa aig Niall. 'S math nach robh fios aig a bhràthair mu na thachair...

Fuaim eile. Feumaidh gur e a' ghaoth a bha ann, a' bualadh air rudeigin. Bhiodh an làr fuar air a casan nan èireadh i a choimhead a-mach air an uinneag. Dè a b' urrainn dhi faicinn gun solas na lampa co-dhiù? An ath-mhionaid chuala i fuaim eile. Dùdach, cho fad 's a b' aithne dhi. Siud e a-rithist. Shuidh i an-àirde san leabaidh agus tharraing i thuice aon de na plaidean. Shleamhnaich i a-mach, a casan fuar air an lino, ged a bha stocainnean tiugha oirre.

Bha a sùilean a-nis air fàs cleachdte ris an dorchadas agus tharraing i na cùrtairean gus coimhead a-mach. Cha robh i airson a h-athair agus a màthair a dhùsgadh, 's iadsan nan cadal san t-seòmar an ath-dhoras. An toiseach, cha b' urrainn do Fhlòraidh mòran fhaicinn, an t-uisge air an taobh a-muigh a' dèanamh aibhnichean beaga air a' ghlainne agus a h-anail fhèin a' dèanamh ceò air an taobh a-staigh.

Dùdach a-rithist.

Ghlan i an uinneag le muilicheann a gùn-oidhche agus an turas seo bha i faicinn rudeigin. Tron dorchadas agus an t-uisge bha i faicinn solais, solais bho bhàta. Bàta mòr, a rèir a cumaidh.

Ann an droch shìde bhiodh bàtaichean a' tighinn a-steach dhan bhàgh airson fasgadh fhaighinn. Dh'fheumadh na seòladairean a bhith faiceallach oir bha creagan cunnartach goirid dhan chidhe.

Mar a b' fhaide a sheas i an sin, 's ann a bu mhotha a bha i dèanamh a-mach. 'S e bàta mòr a bh' ann, mar bàta a chitheadh tu anns an Nèibhidh, aon luidhear anns a' mheadhan agus dà chrann air gach taobh dheth. Bha i air gu leòr bhàtaichean mar seo fhaicinn nuair a bha i ag obair anns a' Chaisteal aig ceann shìos an Eilein, bàtaichean a bha a' dèanamh an slighean gu dùthchannan eile airson taic a chur ris a' chogadh. An cogadh a bha a' toirt buaidh air a h-uile duine – Niall, a' faireachdainn ciontach oir, ged a bha e airson sabaid às leth na dùthcha, cha b' urrainn dha. Agus bha Aonghas, a bhràthair, air tilleadh dhachaigh le inntinn leònte.

Dùdach eile bhon bhàta. Bha e mar gun robh e na bu chruaidhe an turas seo. Sa mhionaid sin, dh'fhosgail doras an t-seòmair aice.

"A Fhlòraidh, eil thu nad dhùisg?" guth a h-athar, ga ruigsinn tron dorchadas. "Tha rudeigin ceàrr. Tha mi a' cluinntinn soitheach sa bhàgh. Tha mi dol sìos a choimhead!" agus dh'fhalbh e.

Nochd a màthair diog às dèidh sin, "An cuala tu siud? Esan a' dol sìos! 'S gun e fhèin fiù fut airson coiseachd timcheall an taighe!"

"Tha fios agaibh cò ris a tha e coltach, chan urrainn dhuinn stad a chur air. Thèid sinn sìos còmhla ris. Caithidh mi orm m' aodach, cha bhi mi ach mionaid," fhreagair Flòraidh.

"Gu sealladh sealbh oirnn, seall air an aimsir!"

"Dè math dhuibh a bhith ris? Thèid e sìos co-dhiù!" Le sin, tharraing Flòraidh oirre sgiorta agus geansaidh blàth air mullach a' ghùn-oidhche.

Dh'fhalbh a màthair, a' gèilleadh dhan t-suidheachadh, i fhèin a-nis airson faighinn deiseil gus taic a thoirt dhan dhuine aice an aghaidh na h-aimsir. Mionaid às dèidh sin, an triùir aca le aodach dìonach orra, dh'fhalbh iad a-mach. Bha lampa aig athair Fhlòraidh airson an t-slighe chun a' bhàigh a lasadh.

Goirid às dèidh dhaibh an taigh fhàgail, thairis air a' ghaoth agus an uisge, chuala iad fuaim uabhasach. Stad athair Fhlòraidh agus choimhead e a-mach air an uisge, "Dia gar sàbhaladh, tha am bàta a' dol air na creagan!"

Gu h-obann, sgread meatailt a' bleith air clach, rudeigin trom a' bruthadh a-steach air rudeigin rag agus, às dèidh sin, a' tighinn tarsainn na mara, sgreuchail – ach cha b' e a' ghaoth.

An t-uisge a' drùdhadh orra, a' ghaoth a' tarraing air an aodach, chùm an triùir aca air adhart, an t-eagal a' toirt misneachd dhaibh gus am baile a ruigsinn. An ceann beagan mhionaidean eile, bha iad ann. Bha solais anns na taighean, daoine air tighinn còmhla ann am buidhnean beaga a choimhead a-mach air a' bhàgh, boireannaich sa mhòr-chuid aca, na fireannaich air falbh sa chogadh.

Shìos aig a' chidhe, chitheadh Flòraidh daoine a' dèanamh deiseil airson a dhol gu muir – Iain, am post, Dòmhnall Eàirdsidh a chaill pàirt dhe chas anns a' chiad chogadh, agus Fearchar, an tidsear. Bha saighdearan ann cuideachd bhon champa airm mu dhà mhìle air falbh bhon bhaile far am biodh iad a' cumail sùil mhionaideach air plèanaichean a bhiodh a' dol seachad orra. Bha fear àrd, caol an sin a' toirt seachad òrdain, na saighdearan a' comharrachadh an tuigse a thaobh dè bha aca ri dhèanamh agus, an uair sin, a' falbh.

Sheas Flòraidh agus a màthair far an robh iad, mì-chinnteach mu dè a b' urrainn dhaibh a dhèanamh. Bha athair Fhlòraidh air falbh, dh'fhàg e na boireannach cho luath 's a ràinig iad am baile. Choimhead iad a-mach – bha sgreuchail dhaoine air a mheasgachadh le cuthach na mara. Cha robh ach a' chuid a b' àirde den bhàta fhathast am follais air bàrr an uisge, bha a' mhuir ga gabhail thuice fhèin agus duine sam bith a bha fhathast na broinn.

Airson mionaid, bha e mar gun robh sàmhchair air tighinn sìos timcheall air Flòraidh, cha do leig i anail 's i coimhead cumhachd na mara, agus bha e mar gun robh a h-uile duine eile timcheall oirre san aon dòigh. Bha i airson rudeigin a dhèanamh an aghaidh an uilc seo ach, gus am faigheadh daoine gu tìr cha robh càil ann a dhèanadh i. Mura robh thu gu math sgileil le bàta, 's e fèin-mhurt a bhiodh ann feuchainn gu muir air leithid de dh'oidhche.

Cha b' fhada gus am faca iad bàtaichean beaga a' tighinn air tìr. 'S e eathraichean teasairginn a bh' annta le daoine air bòrd, fireannaich, seòladairean a rèir coltais. Chaidh muinntir a' bhaile a-null far an robh iad, boireannaich le plaidean no aodach blàth, teatha agus biadh. Cha robh smid aig na daoine bhon bhàta, oillt air an aodainn, cha b' urrainn dhaibh toirt a-steach dè bh' air tachairt.

Gu luath, dh'fhalmhaich na h-eathraichean agus thill iad a-mach anns an dorchadas airson daoine eile a shàbhaladh. Bha a' mhuir air bhoil, agus chunnaic Flòraidh a' chiad bhàta beag a' dol a-mach à sealladh dhà no trì tursan, air a bogadh leis na tuinn.

Bha na daoine a chaidh a shàbhaladh cho sàmhach ris na mairbh, iad taingeil gun robh Dia air coimhead às an dèidh-san air an oidhche ud agus ciontach nach robh daoine eile cho fortanach. Cha b' fhada gus an robh e follaiseach nach robh Dia comasach air coimhead às dèidh a h-uile duine.

Bha Flòraidh air gluasad sìos dhan chladach le plaidean a bha Màiri, bean a' Mhinisteir, air a thoirt dhi agus bha i trang a' cuideachadh dhaoine, faclan socair aice dhaibh. 'S ann nuair a bha i bruidhinn ri aon duine, coltach ri balach bha e coimhead cho òg, a mhothaich i do rudeigin anns a' mhuir.

A' smaoineachadh an toiseach gur e pàirt den bhàta a bh' ann cha tug Flòraidh mòran aire dha. Thionndaidh i air falbh bhon chladach 's i airson faicinn cò eile a bha feumach air a taic. Bha na creagan sleamhainn, ged-tà, agus thuit i, cha mhòr a-steach dhan mhuir. Bha i dìreach a' faighinn air ais air a casan nuair a bhuail rudeigin

10

innte. Leum i air ais nuair a thuig i dè bh' ann – bha cuideigin sa mhuir. Chitheadh i gur e fireannach a bh' ann. Dh'fheuch Flòraidh ri tharraing air tìr ach bha e ro throm, an t-aodach aige bog fliuch agus bha na suailean ga shlaodadh air ais.

"Cuidich mi, cuidich mi!" dh'èigh i, a' mhuir a-nis gus a bhith aig a glùinean, a' feuchainn ri a draghadh fhèin a-steach còmhla ris an duine. Bha tarraing na mara làidir, gus comas seasamh a thoirt bhuaipe 's gum biodh e na b' fhasa grèim fhaighinn oirre agus a slaodadh a-steach dhan doimhneachd dhorcha. Dh'fheumadh i an duine a leigeil às airson a sàbhaladh fhèin ach, dìreach sa mhionaid sin, mhothaich aon de na saighdearan dhan rud a thachair agus ruith e a-null far an robh i.

Le aon làmh air an duine agus an làmh eile air Flòraidh, shlaod e an dithis aca. Fhuair Flòraidh chun a' chladaich agus shuidh i sìos an sin a' feuchainn ri anail a tharraing. Bha an saighdear air am fear a bha sa mhuir a thoirt gu sàbhailteachd agus bha daoine eile air tighinn far an robh iad le plaidean.

Cha robh Flòraidh air neach cho faisg air a' bhàs fhaicinn ron seo, aodann an duine glas, a shùilean dùinte. Chaidh an saighdear air a ghlùinean ri thaobh, ghabh e grèim air a shròn agus thòisich e ri anail fhèin a thoirt dha. Rinn e sin airson diog no dhà agus, an uair sin, thòisich e a' brùthadh air a bhroilleach, Flòraidh na suidhe an sin a' coimhead orra.

Às dèidh greis, sguir an saighdear, am fallas a bh' air aodann a' measgachadh leis an uisge. Bha fios aige gun robh an duine marbh. Bha boireannach na seasamh faisg air làimh le plaide airson a chur air an duine cho luath 's bhiodh an saighdear deiseal. Bha a' phlaide airson blàths agus cofhurtachd a thoirt dha. Chaidh an saighdear a-null far an robh am boireannach, thug e a' phlaide bhuaipe agus chuir e air an duine e gun facal a ràdh – cha bhlàthaicheadh a' phlaide sin duine sam bith an oidhche ud.

Chaidh bean a' Mhinisteir a-nall far an robh Flòraidh, "A bheil thu ceart gu leòr a ghràidh?"

"Tha, nas fheàrr na an duine bochd sin!" fhreagar Flòraidh, a' feuchainn ris na deòir a chumail air ais. Cha robh ùine aice an-dràsta airson caoineadh. Sheas i, fuaim ga cuartachadh – na tuinn a' bualadh air a' chladach, daoine a' caoidh, feadhainn eile ag èigheachd. Bha barrachd dhaoine a-nis air faighinn gu tìr, na h-eathraichean a' sìor thighinn leotha, daoine air gach taobh a' feuchainn ri taic a thoirt dhaibh. Mhothaich Flòraidh gun robh bàta eile a' tighinn a-steach, bàt'-iasgaich a bh' ann, an tè aig Dòmhnall Eàirdsidh. Bha measgachadh de dhaoine air bòrd, muinntir na sgìre ann airson cuideachadh a thoirt seachad, agus an sgioba. 'S ann an sin a chunnaic Flòraidh cuideigin air an robh i eòlach. Cuideigin nach robh i an dùil faicinn an seo – Bean-uasal Nic a' Chombaich, am fastaiche aice!

'S e searbhanta a bh' ann am Flòraidh, ag obair ann an Caisteal Chonaisg ann an ceann a-deas an Eilein. Bha i air tilleadh dhachaigh o chionn greiseag oir cha robh a h-athair gu math. Nuair a dh'fhàg i an Caisteal, bha Bean-uasal Nic a' Chombaich ann. Cha robh fios aig Flòraidh carson a bha a' Bhean-uasal an seo, ged-tà, air bàta mòr a bha a-nis air na creagan.

"A Fhlòraidh!" dh'èigh an sgiobair fhad 's a choisich i a dh'ionnsaigh a' bhàta, "Iarr air an dotair tighinn a-nall, chan eil am boireannach seo gu math. Bha a' mhuir ann an dearg chuach nuair a chaidh mi a-mach, tha sinn fortanach nach deach sinn fodha! Tha uabhas na thachair dhi a' cur oirre, chan eil i air guth a ràdh. Chan eil fhios 'am fiù 's air a h-ainm!"

"Cuidichidh mi i às a' bhàta, 's an uair sin gheibh mi an dotair, chan eil fhios 'am cà' bheil e an dràsta!"

Gu faiceallach, le taic bho na saighdearan, chuidich iad a' Bhean-uasal a-mach às a' bhàta. Thug Flòraidh a-null i gu àite far am faigheadh i air suidhe.

"'S e Flòraidh a th' ann, a bheil sibh gam aithneachadh?"

Cho luath 's a bha na faclan a-mach à beul Fhlòraidh, chaidh a' Bhean-uasal ann an laigse.

Dh'èigh Flòraidh airson an dotair ach thug e ùine mhòr mus tàinig e, bha e ro thrang a' dèiligeadh ri daoine eile. Fhad 's a bha i feitheamh, dh'fheuch Flòraidh ris a' Bhean-uasal a chumail blàth, a' suathadh a làmhan agus a casan.

Nuair a thàinig an dotair mu dheireadh thall, choimhead e oirre. "Tha i gus a bhith marbh leis an fhuachd a tha air a dhol tro a bodhaig. Feuch gun cùm thu blàth i. Chan urrainn dhomh mòran a chòrr a dhèanamh dhi an-dràsta."

Thug aon de na saighdearan a' Bhean-uasal a-steach gu taigh a' Mhinisteir a bha faisg air làimh agus chuir Flòraidh dhan leabaidh i.

Dh'fhuirich i còmhla rithe gus an tuirt Màiri, bean a' Mhinisteir gum biodh i na b' feumail nan robh i dol air ais sìos dhan chladach. "Chan urrainn dhut mòran a dhèanamh dhi, 's ann ann an làmhan Dhè a tha i a-nis. Tha daoine eile feumach air taic cuideachd."

Fad na h-oidhche, bha Flòraidh agus muinntir na sgìre trang a' feuchainn ri cobhair a thoirt dha na daoine bhon a' bhàta – eadar a bhith a' toirt biadh dhaibh agus a' glanadh leòntan.

A rèir coltais, 's e S.S. Tribune an t-ainm a bh' air a' bhàta a dh'fhàg Caol Loch Aillse an oidhche ron sin 's i a' dèanamh a slighe gu Ameireaga. Bha i air tighinn a-steach dhan bhàgh airson fasgadh fhaighinn bhon ghèile, 's an sgiobair a' smaoineachadh gum biodh iad na bu shàbhailte an sin. Bha, co-dhiù, deichnear air am beatha a chall. Cha robh fios aig daoine am b' e sin e air no an robh barrachd air bàsachadh. Bha e ro thràth cunntas a dhèanamh.

An ath latha, chaidh Flòraidh air ais gu taigh a' Mhinisteir airson faighinn a-mach ciamar a bha a' Bhean-uasal. Fhad 's a bha i ann thàinig Niall a-steach còmhla ris a' Mhinistear. 'S e mac na Mnà-uasail a bh' ann an Niall ach, nas cudromaiche, 's e leannan Fhlòraidh a bh' ann cuideachd, ged nach robh fios aig duine sam bith air sin. Cha robh Flòraidh air Niall fhaicinn bho thill i dachaigh airson coimhead às dèidh a h-athar. An turas mu dheireadh bha i air fhaicinn, bha iad air a bhith còmhla san leabaidh aige.

Bha Flòraidh airson ruith a-null thuige agus a làmhan a chur timcheall air ach cha b' urrainn dhi. Bha i a' smaoineachadh gun robh a' Bhean-uasal fo amharas gun robh rudeigin a' dol air adhart eadar an dithis aca ach cha tuirt i guth mu dheidhinn. Bha e doirbh oir bha Aonghas, bràthair Nèill, cho cugallach às dèidh dha tilleadh bhon chogadh agus cha robh athair Fhlòraidh a' cumail gu math. Bha

13

Niall agus Flòraidh am beachd innse do dhaoine nuair a sheatlaigeadh cùisean ach cò aige a bha fios cuin a bhiodh sin?

"Tha do mhàthair san ath sheòmar, seallaidh Màiri, mo bhean, dhut far a bheil i," ars am Ministear. "Fàgaidh sinn an dithis agaibh còmhla. Tha mi duilich gu bheil i cho ìosal. Gabhaidh sinn ùrnaigh nuair a thilleas tu."

Sheall bean a' Mhinisteir do Niall far an robh a' Bhean-uasal agus shuidh Flòraidh còmhla ris a' Mhinistear.

"Bidh thu eòlach air an Iarla, Niall?"

"Tha, gu dearbh," fhreagair Flòraidh.

"Chan eil e airson gum bi fios aig daoine gu bheil i an seo, chan eil a bhràthair gu math."

"Cha chan mi an còrr."

Choimhead am Ministear air uaireadair: deich uairean. "Seall air an uair! Feumaidh tusa dhol dhachaigh a-nis, a Fhlòraidh, bidh do phàrantan fhèin feumach ort!" thuirt e.

Bha Flòraidh airson argamaid, canail gun robh i airson fuireach gus Niall fhaicinn ach, cha b' e seo an t-àm ceart. Bhiodh e na b' fheàrr dhi dol dhachaigh.

A bodhaig sgìth, dh'fhalbh Flòraidh a-mach às an taigh. Stad i mionaid no dhà taobh a-muigh doras a' mhansa airson sealladh fhaighinn den bhàgh. Bha a' ghaoth air socrachadh, a' mhuir aig fois. Cha robh càil ri fhaicinn den SS Tribune, i a-nis na laighe air grunnd na mara. Cha bhiodh fios aig daoine air an uabhas a thachair an oidhche roimhe mura b' e na cuirp nan laighe ann an loidhne shìos aig a' chidhe, air an còmhdach le plaidean. Thionndaidh Flòraidh air falbh agus, gu slaodach, choisich i air ais dhachaigh.

Bha a màthair an sin, a h-athair na leabaidh nuair a ràinig Flòraidh an taigh. Cha b' urrainn do Fhlòraidh rud sam bith a chanail ri a màthair, cha robh feum aca air faclan, an dithis a' smaoineachadh an aon rud: ciamar a thachair siud?

A cridhe trom, chaidh Flòraidh na laighe. Às dèidh a h-aodach a thoirt dhith, bha fàileadh na mara gu làidir san t-seòmar. Cha robh i an dùil gun caidleadh i ach bha i sgìth, agus cha b' fhada gus an robh i na suain. Cha do dhùisg i rithist gus an tàinig a màthair a-steach dhan t-seòmar nas fhaide air adhart tron latha.

"A Fhlòraidh," thuirt i gu h-ìosal.

"Tha mi nam dhùisg, tha e ceart gu leòr," fhreagair Flòraidh, a' suathadh a sùilean.

"Bha an t-Iarla, Niall, dìreach a' tadhal oirnn..."

Shuidh Flòraidh an-àirde san leabaidh, "A bheil e fhathast an seo?"

"Chan eil, b' fheudar dha falbh. Bha e airson gum biodh fios agad gu bheil e a' toirt a mhàthar air ais dhan Chaisteal."

"Ciamar a tha i?"

"Chan eil i gu math idir ach cò aig tha fios dè as urrainn dhan dotair a dhèanamh dhi. Cumaidh sinn a' Bhean-uasal nar n-ùrnaighean. Dh'iarr e orm seo a thoirt dhut, mar thaing airson coimhead às a dèidh."

"Cha do rinn mise càil!" fhreagair Flòraidh.

Thàinig a màthair chun na leapa 's thug i bogsa beag do Fhlòraidh. Bhiodh a màthair air fuireach ach, chuala i casadaich bhon ath sheòmar.

"Siud d' athair, feumaidh mi coimhead ris," agus, le sin, dh'fhalbh i.

Choimhead Flòraidh sìos air a' bhogsa a bha na laighe air mullach na leapa. Gu socair, dh'fhosgail i e agus choimhead i na bhroinn. Bha pìos pàipeir ann,

A Fhlòraidh a ghràidh,

Chan eil mo mhàthair gu math 's feumaidh mi a toirt air ais dhan Chaisteal. Bidh iongnadh ort carson a bha i air a' bhàta, innsidh mi dhut nuair a chì mi thu, chan eil ùine agam an-dràst'.

Bha seo air mo mhàthair nuair a phòs i. Mus do dh'fhalbh i air a' bhàta, bha i airson gum biodh e agadsa, tha e air a bhith nam phòcaid bhon uair sin – tha fios aice mu ar deidhinn agus tha i toirt dhuinn a beannachdan.

Gus am faic mi a-rithist thu, cha bhi e fada a ghaoil.

Niall

Fon a' phìos pàipeir, bha rudeigin a' deàrrsadh: seud-muineil òir.
Bha e air cumadh nathrach le clach an t-seòid-mhuineil mar cheann
agus an t-sèine mar a bodhaig. Bha dà shùil dhearg oirre agus teanga
uaine. Thòisich na deòir a' ruith bho shùilean Flòraidh sìos air an
t-seud-mhuineil, saillte mar sàl mara na h-oidhche. Bha ùine aice
airson deòir a-nis agus, nuair a choimhead i air an t-seud-mhuineil,
bha an aon seòrsa dragh oirre sa bha oirre mus deach am bàta fodha.
Bha rudeigin dona a' dol a thachairt agus cha bhiodh e comasach
dhìse stad a chur air.

Caibideil 2

"A Mhairead! Sin thu fhèin a ghràidh! Och, tha mi duilich nach tàinig mi a-mach ach, seall orm!"

Choimhead Mairead air a màthair, a bha air a còmhdach bho cheann gu casan ann an seòrsa de phùdar geal.

"Dè thachair?" dh'fhaighnich Mairead.

"Och, nach mi an òinseach! Bha mi airson bonnaich a dhèanamh dhut ach tha mi ruith rud beag air dheireadh agus nuair a dh'fhosgail mi doras a' phreasa airson am flùr a thoirt a-mach, làndaig poca làn dheth air mo cheann! Seall air a' bhùrach a-staigh an seo a-nis! Tha e coimhead mar gun robh stoirm shneachda ann agus mi mar bhanrigh shneachda na mheadhan!"

Bha màthair Mairead ceart gu ìre, bha e coimhead mar gun robh sneachda air a bhith a' tuiteam fad an latha anns a' chidsin, ach cha b' urrainn dhi coltas a dhèanamh eadar banrigh shneachda agus a màthair oir 's ann nas coltaich ri taibhse a bha i.

"Siud thu, an robh turas math agad? Cha robh cus dhaoine air an rathad shuas?"

"Bha e gu math sàmhach nuair a dh'fhàg mi Glaschu ach bha tòrr chàraichean air an rathad eadar an Gearasdan agus an t-Eilean, cuid dhiubh a' dràibheadh gu math slaodach, a' coimhead air na seallaidhean!" fhreagair Mairead.

"Uill, tha thu an seo a-nis! Tha thu coimhead mar gu bheil thu air cuideam a chall a-rithist!"

Fhuair Mairead sealladh dhi fhèin ann an glainne a' phreasa.

Dh'fhaodadh tu canail gun robh i coimhead fada na bu tana na bha àbhaisteach ged nach robh i air clàr a chumail. Bha i an-còmhnaidh a' call cuideam nuair a bha rudan a' dol ceàrr na beatha. Ged a dhèanadh boireannach eile airson bobhlaichean de reòiteag, cèicichean no criospan, cha dèanadh Mairead, bhiodh ise a' cumail air falbh bhon a h-uile càil mar sin. 'S dòcha gum biodh dotair air choireigin a' canail gun robh i cleachdadh biadh airson smachd a chumail air a beatha, agus, 's dòcha gu robh.

Bha i meadhanach àrd, falt fada, donn, dualach agus sùilean mòra donna. Chan e tè a bh' innte a bha feumach air tòrr maise-gnùis gus coimhead bòidheach, bha i bòidheach gu nàdarrach. Bha faileasan fo a sùilean ach, fiù 's le sin, cha chanadh tu gur e tè 30 bliadhna a dh'aois a bh' innte oir bha i a' coimhead fada na b' òige.

Bha a màthair gu math coltach rithe, meadhanach àrd cuideachd, agus, ged nach robh a cuideam san àite cheart, bha i an-còmhnaidh a' coimhead spaideil nuair a bha i dol a-mach. Bha falt donn oirre ged a bhiodh e geal mura robh i a' cleachdadh botal air a shon agus feumaidh gun robh an t-uachdar craicinn aice a dèanamh feum oir cha bhiodh a' mhòr-chuid de dhaoine a' canail gun robh i seasgad bliadhna a dh'aois ged a bha i coimhead, an-dràsta, mar gun do shiubhail i bho shaoghal eile!

"Bheir mi cuideachadh dhuibh a' sgioblachadh," thuirt Mairead.

"O, na gabh dragh mu dheidhinn seo, nì mi fhìn e. Thèid thusa a dh'fhaicinn d' athar, tha e shuas anns an t-seòmar-suidhe. Cumaidh mise orm leis na bonnaich cho luath 's a tha mi deiseil a' glanadh na tha seo. 'S math gu bheil barrachd flùir agam sa phreas!"

Thog Mairead am baga-làimhe aice agus rinn i air an t-seòmar-suidhe, faiceallach far an cuireadh i a casan air eagal 's gum biodh làraich-choise gheala air feadh an taighe.

Bha a h-athair na shuidhe air an t-sòfa, a chas, briste dà latha air ais, an-àirde air stòl, Seasaidh an cù ri a thaobh. Còig bliadhna na bu shine na a bhean agus tana an coimeas rithe, bha e gu math fortanach gum b' urrainn dha rud sam bith a thogradh e ithe gun cuideam a chur air – cha bhiodh latha sam bith a' dol seachad nach rachadh e mach dhan t-seada, bàr teoclaid na phòcaid. Bha e a' coimhead air na naidheachdan air an telebhisean nuair a nochd Mairead agus bha pàipear-naidheachd agus leabhar faisg air làimh. Bha fios aig Mairead gum biodh e fàs sgìth stuigte an seo oir cha robh e cleachdte ris idir, b' fheàrr leis a bhith a-muigh ag obair.

"Hai Dad, ciamar a tha sibh?" chuir Mairead am baga sìos air an làr agus chaidh i a-null airson pòg a thoirt dha. Dh'èirich Seasaidh bhon t-sòfa agus leum i sìos gus Mairead fhaicinn. 'S e cù-chaorach a bh' innte agus bu chòir dhi a bhith a' fuireach anns a' bhàthaich, deiseil airson obair. Mar a bha e, bha Seasaidh a' cadal a-staigh, mar as tric ri taobh an Rayburn, agus b' fheàrr leatha bhith a' cluich ball-coise na bhith a' ruith nan caorach.

"Tha mi mar a chì thu! Ciamar a tha thu fhèin a luaidh?"

Shuidh Mairead sìos ri a thaobh, a' leigeil air nach cuala i a' cheist. "Dè cho fad 's a bhios am plàst oirbh?" dh'fhaighnich i.

"Uill, chuir iad orm e Dimàirt sa chaidh agus tha mi an dùil gum fàg iad orm e airson, co-dhiù, ceithir seachdainean. Chan e briseadh dona a th' ann, gu fortanach agus, air sgàth 's gu bheil mi fut gu leòr, cha bhi e ro fhada gus am bi mi air ais air mo dhà chois."

"Uill, na gabh cus dragh, 's urrainn dhòmhsa cuideachadh a thoirt dhuibh."

"Tha d' uncail glè mhath – tha esan air a bhith a' dol timcheall na croit a' dèanamh cinnteach gu bheil a h-uile càil mar a bu chòir ach dh'fhalbh e an-dè gu Birmingham – tha taisbeanadh charabhanaichean gu bhith ann agus tha e fhèin agus d' antaidh a' smaoineachadh fear a cheannach," thuirt e.

"Uill, coimheadaidh mise timcheall 's nì mi cinnteach gu bheil a h-uile càil ceart gu leòr," arsa Mairead.

Dìreach an sin, chuala i guth a màthar bhon chidsin, "Uill, ciamar a bha Lunnainn? An robh e math?"

"Glè mhath, chòrd e rium gu mòr!" fhreagair Mairead ag èirigh agus a' coiseachd a-null chun an dorais – dh'fhaodadh i bruidhinn eadar an dithis aca an sin.

Bha e math a bhith air ais aig an taigh – bha e blàth, agus cha b' ann dìreach air sgàth an teas a bha tighinn bhon Rayburn anns a' chidsin. Bha am blàths a' tighinn bho ghaol a pàrantan, ged a bha fios aice gun robh i air an leigeil sìos.

"A bheil thu ag iarraidh cuideachadh leis an stuth agad?" guth a màthar ga toirt air ais chun àm làthaireach. "'S urrainn dhomh cuideachadh a thoirt dhut cho luath 's a tha mi deiseil."

"Chan eil, bidh mi ceart gu leòr – chan eil mòran agam, feumaidh mi ràdh. A bheil mi anns a' flat?"

"Tha, tha e fosgailte dhut, dìreach thèid suas," thuirt a màthair, a' measgachadh flùr ùr a-steach dhan bhobhla. Bha e an-còmhnaidh a' cur iongnadh air Mairead mar a bha a màthair cho math air còcaireachd agus bèicearachd agus ise cho dona, rud a bhiodh Tom a' gearain tric. Leis an smuain sin, dh'fhalbh i tron chidsin, a bha a-nis air a ghlanadh, agus a-mach chun chàir airson an stuth aice a thoirt suas dhan flat.

Stad i mionaid a-muigh gus coimhead timcheall oirre, a' toirt a-steach an t-sàmhchair. Bha e cho tur eadar-dhealaichte ri Glaschu far an robh daoine an-còmhnaidh a' falbh agus a' tighinn. Bha e sàbhailte, cuideachd – dh'fhaodadh i an càr fhàgail fosgailte, stuth na bhroinn, gun dragh nach biodh e ann nuair a thilleadh i.

Trì pocannan plastaig na làimh, chaidh Mairead a-null gu doras a' flat agus chaidh i a-steach. Bha e beag gun teagamh sam bith, ach bha e cofhurtail. Cha robh ann ach trì seòmraichean: seòmar-suidhe agus cidsin còmhla, seòmar-ionnlaid agus seòmar-cadail. Nuair a bha Mairead beag, b' àbhaist dha a seanmhair a bhith a' fuireach ann agus às dèidh dhi caochladh, bhiodh màthair Mairead ga chur a-mach air mhàl do luchd-turais. A-nis, 's e an teaghlach a bhiodh ga chleachdadh.

Bha an seòmar-suidhe soilleir le uinneagan mòra a' coimhead a-mach air a' bhaile, na cnocan ga chuairteachadh agus an Chuiltheann air an cùlaibh. Chaidh Mairead a-null chun na h-uinneig as motha às dèidh na pocannan a chur sìos air an làr. Bha an Cuiltheann cho àrd, cho drùidhteach, ag èirigh mar gu robh na beanntan airson sùil a chumail air a h-uile rud, deiseil airson trod a thoirt seachad nam feumadh iad. Ann an solas no aimsir eile, bhiodh coltas gu tur eadar-dhealaichte orra, mar gu robh dealbhadair air gach dath sa bhogsa peant a chleachdadh gan cruthachadh – dubh mar ghual air latha fliuch is fuar, no dearg, mar ròs, ann an solas na grèine.

Bha iad mar bhoireannach nan gleusan – aon latha cho càirdeil is còir 's sunndach, latha eile, cunnartach, deiseil duine sam bith a chur gu bàs. Dh'fheumadh tu bhith faiceallach air na beanntan seo agus spèis a shealltainn dhaibh. Chaill tòrr dhaoine am beatha mar-thà agus bha Mairead glè chinnteach gun rachadh daoine eile gu am bàs ro dheireadh na bliadhna.

Gu luath, mar nighean bheag ann am bùth-shuiteis, ghluais Mairead dhan uinneag eile far an robh sealladh eadar-dhealaichte, dh'fhaodadh tu coimhead thairis air a' bhàgh gu taobh eile a' bhaile, na taighean mar taighean-doilidh a' feitheamh airson cuideigin a chluicheadh leotha. Air an oidhche, tron gheamhradh, bha solais nan taighean mar sìth-sholais a' sgeadachadh na dùthcha.

Leig Mairead osna toileachais agus thionndaidh i, an seòmar dìreach mar a bha e an turas mu dheireadh a bha i an seo, nuair a bha cùisean na b' fheàrr. Bha oisean a' chidsin air an taobh chlì nuair a rachadh tu a-steach dhan t-seòmar, agus ged nach robh e mòr bha a h-uile goireas a dh'fheumadh tu ann. Seann chucair a seanmhar air am biodh i a' dèanamh nam bonnach blasta aice, fuaradair ùr agus preasan ann an sreath gus nàdar de chunntair bracaist a dhèanamh a bha ga sgaradh bhon an t-seòmar-suidhe.

Anns an t-seòmar-suidhe, seann shòfa fhlùrach a bh' aig Granaidh, le cuibhrig air a bha cofhurtail gu leòr ged a bha e caran seann-fhasanta a-nis, t.bh. agus cathair anns an aon phàtran ris an t-sòfa. Bha bòrd beag ann cuideachd a dh'fhaodadh tu fhosgladh a-mach airson ithe, agus preas airson leabhraichean.

Nuair a bha seanmhair Mhairead beò, bha am preas seo làn leabhraichean diadhaidh, leis a' Bhìoball a' gabhail làmh an uachdair air na h-uile, mar chleasaiche ainmeil ann an taisbeanadh. 'S e seann fhear a bh' ann, far an robh dealbhan – mapa de dh'Iosrael, Adhamh 's Eubha anns a' Ghàrradh, agus Ìosa a' giùlan na croise. Nuair a bha Mairead na nighean, choimheadadh i air na dealbhan nuair a bha iad san eaglais. Chumadh na dealbhan sàmhach i, uill, sin agus na suiteis a fhuair i.

Ghluais i a-steach dhan t-seòmar-chadail air taobh eile a' flat, seachad air an t-seòmar-ionnlaid. 'S e leabaidh dhùbailte a bh' ann, ged nach biodh i feumach air, le preas air gach taobh, agus ciste-dhràthraichean agus preas-aodaich san aon stoidhle. Bha màthair Mairead air a h-uile càil a cheannach as ùr às dèidh don chailleach bàsachadh. "Chan eil e ceart," thuirt i aig an àm, "daoine eile a' cadal san aon leabaidh anns do bhàsaich Granaidh!" Cha deach duine na h-aghaidh oir bha iad uile dhen aon bheachd.

Bha an leabaidh a' coimhead tarraingeach ach bha fios aig Mairead gun robh stuth fhathast anns a' chàr agus dh'fheumadh i seo a chur ann an òrdugh mus dèanadh i càil sam bith eile.

A h-uile càil a-mach às a' chàr agus ann an òrdugh air choireigin anns a' flat, bha Mairead dìreach air suidhe air an t-sòfa nuair a dh'èigh a màthair suas an staidhre, "Tha na bonnaich deiseil – thig sìos agus gheibh thu cupa teatha leotha."

Chaidh Mairead sìos an staidhre, deagh fhios aice nach b' urrainn dhi an ceistean a chur dheth gu bràth. Bha a pàrantan air a bhith cuideachail dhi, a' leigeil leatha gluasad air ais a-steach ach bhiodh iad fhathast feumach air freagairtean. Chuala i a màthair agus a h-athair a' bruidhinn anns a' chidsin. Stad i airson diog, ghabh i anail mhòr agus chaidh i a-steach. Bha iad nan suidhe timcheall a' bhùird, le sèithear ann dha Mairead. Shuidh i, a pàrantan air gach taobh dhith.

"Dìreach cuidich thu fhèin – tha brot ann, ceapairean agus tha na bonnaich blàth às an Rayburn. A bheil thu ag iarraidh rud beag de bhrot, 's e brot lentil a th' ann. Rinn mi an-dè e."

"Dìreach bobhla beag, tha fios agam dè cho làn 's a tha na truinnsearan agaibhse!"

"Nach iad a tha!" thuirt a h-athair. "Cha tigeadh tu an seo nan robh thu air diet!"

"Uill," thuirt màthair Mairead a' toirt seachad bobhla mòr de bhrot dha Mairead, "cò bhios feumach air diet? Ma tha iad ag ithe biadh blasta, math, agus a' faighinn eacarsaidh gach latha, chan eil iad feumach air diet sam bith!"

"Bha i leughadh iris mu dheidhinn diets an-dè. Tha an leabhar aice mu dheidhinn cumail fallain gu bhith tighinn a-mach an ath-sheachdain!" thuirt a h-athair.

"O, nach tu a tha èibhinn," thuirt a mhàthair le gàire. "Mura robh mise ann cha bhiodh tu ag ithe càil ach sgadan saillte agus buntàta le glainne bhainne!"

Às dèidh greis, an triùir aca nas socaire às dèidh a' ghàire roimhe, bha Mairead dìreach air spàin de bhrot a thogail nuair a chuir a màthair a' cheist oirre, "Uill, a ghaoil, cha tuirt thu càil. Ciamar a tha thu?"

Chuir Mairead an spàin air ais dhan bhrot agus sheall i an-àirde. Bha a h-athair agus a màthair a' coimhead oirre, pian nan sùilean.

"Tha mi ceart gu leòr. Bha e fìor mhath a bhith shìos ann an Lunnainn! Feumaidh an dithis agaibh a dhol ann!"

"Chan eil sinn a' bruidhinn mu dheidhinn Lunnainn. An cuala tu càil bho Tom?"

"Cha chuala agus chan eil mi airson càil a chluinntinn!" thuirt Mairead, a guth teann. "Tha beatha eile aige a-nis!" Thàinig na faclan a-mach gu rag. Dìreach airson greiseag bha i air dìochuimhneachadh carson a bha aice ri gluasad air ais dhachaigh.

Choimhead athair agus màthair Mairead air a chèile. Chùm Mairead a ceann sìos air eagal 's gum faiceadh iad a sùilean, a-nis làn le deòir. Sgrìob Mairead a' chathair air ais, "gabh mo leisgeil!" agus dh'fhalbh i a-mach às an t-seòmar.

Leis a' bhròn a bh' oirre, cha robh beachd aig Mairead an toiseach càite an robh i a' dol ach cha robh e fada gus an robh i air an cladach a ruigsinn. Shuidh i sìos air creag agus choimhead i a-steach dhan mhuir. Bha rudeigin socrach ann a bhith a' coimhead air na tuinn bheaga, shocair a' tighinn a-steach air latha ciùin. Bha a' ghrian a' deàrrsadh air a' bhàgh, e a' coimhead cho brèagha, mar dealbh a chitheadh tu air cairt-phuist. Chuala i clann a' cluich air an tràigh pìos beag air falbh bhuaipe, a' sgreuchail nuair a bhiodh iad a' leum dhan uisge. Bha còig bàtaichean, ann am bogha-frois de dhathan, a' dannsadh air uachdar an uisge.

Leis na deòir a-nis air tiormachadh, thòisich Mairead a' faireachdainn duilich mun dol-a-mach aice sa chidsin. Bha deagh fhios aice gu robh e leanabail. Bhiodh i ceart gu leòr mura robh daoine a' cur cheistean oirre, agus i air tilleadh dhachaigh airson tòiseachadh as ùr. Cha robh i airson cuimhneachadh air na rudan a thachair.

Cha robh fios aice dè cho fad 's a bha i na suidhe an sin ach, mu dheireadh thall, cho-dhùin i gum feumadh i tilleadh, chan e a pàrantan a bu choireach air na thachair le Tom! Cha robh iad airson gum pòsadh i Tom co-dhiù, cha robh iad a' smaoineachadh gun robh e onarach. Cha tuirt iad guth mu dheidhinn aig an àm, uill gu Mairead co-dhiù, ach bha iad air gu leòr a chanail nuair nach robh Mairead timcheall. Nach iad a bha ceart ma dheidhinn!

Nuair a choinnich Mairead ri Tom bha i smaoineachadh nach robh i idir math gu leòr dha. Bha esan cho beòthail agus bha a-huile duine ag iarraidh a bhith na charaid dha. Cha robh Mairead riamh mar sin agus cha robh fhathast. Bha Tom rud beag na b' aosta na ise, esan 31 agus cha robh Mairead ach 27 aig an àm. Àrd, le fiamh-ghàire shnog agus sùilean cho gorm ris a' Chuan Siar air latha samhraidh.

Bha i ag obair mar tè-fhrithealaidh phàirt-ùine ann an aon de na cafaidhean ann am meadhan Ghlaschu nuair a choinnich i ris. Siud an latha a dhòirt i bobhla brot ann an uchd duine nuair a bha i feuchainn ri obrachadh a-mach an e falt ceart a bh' air air no an e gruag a bh' ann. Fhuair i an fhreagairt nuair a làndaig a' ghruag air an làr agus an duine air leum às a' chathair le teas a' bhrot. Bha an t-àite ann an ùpraid le Mairead sa mheadhan nuair a thàinig Tom suas thuice. Thug e fiamh-ghàire dhi ag ràdh gun robh siud na b' èibhinn na an oidhche aig Frankie Boyle.

B' e 'The Boss, Bruce Springsteen' aig an SECC a' chiad deit aca. An e clue a bh' ann dhen an t-seòrsa duine a bh' ann an Tom?

Dh'fhàs iad dlùth gu luath agus cha robh e fada gus an robh Mairead air gluasad a-steach dhan taigh aige. Cha robh ach flat aice fhèin co-dhiù, 's i a' fuireach ann còmhla ri dithis charaid. Goirid às dèidh dha Mairead gluasad a-steach, thàinig Tom air ais bho oidhche a-muigh le caraidean agus an deoch air agus chaidh e sìos air aon ghlùin agus dh'iarr e oirre a phòsadh, bliadhna às dèidh sin, bha iad pòsta.

Cha do mhair toileachas Mhairead, ged-tà. Cha robh ise a' faicinn an rud a bha cuid a dhaoine eile a' faicinn, gur e trustar a bh' ann. Cha robh e cho follaiseach mus do phòs iad, air neo 's dòcha nach do mhothaich i gun robh Tom air falbh gu tric, ag obair fadalach, a' tadhal air caraid, a' cluich ball-coise. A bharrachd air sin, nuair a bha e aig an taigh, cha dèanadh Mairead rud sam bith ceart – bhiodh an dinnear ro fhuar, no cha robh i air an t-iarnaigeadh a dhèanamh ceart no cha robh i air rudan a chur air falbh gu sgiobalta. 'S e dòigh Tom an dòigh cheart, ged nach robh esan ann airson a dhèanamh!

Aon oidhche, mu shia mìosan air ais, thàinig Mairead air ais dhachaigh tràth. Bha i an dùil a bhith air falbh fad deireadh na seachdain ach dh'fhàs a caraid tinn agus b' fheudar do Mhairead tilleadh. Bha solais air anns an taigh nuair a ràinig i agus chuir sin iongnadh oirre oir thuirt Tom gum biodh e fhèin air falbh fad deireadh na seachdain air stag weekend.

Bha Mairead airson èigheachd nuair a chaidh i a-steach dhan taigh ach chuir rudeigin stad oirre, faireachdainn gu robh rudeigin ceàrr. A' fàgail a baga aig bonn na staidhre, chaidh i suas. Bha fuaimean a' tighinn bho chùl doras dùinte an t-seòmair-chadail. Gu slaodach, chaidh Mairead a-null agus dh'fhosgail i e. Bha Tom an sin còmhla ri boireannach, an dithis aca san leabaidh, an leabaidh-phòsaidh aig Mairead agus Tom. A' toirt a casan leatha, dh'fhalbh Mairead a-mach às an taigh, uisge mìn a' tuiteam agus a' measgachadh leis na deòir a bha a' taomadh sìos a gruaidhean. Cha do thill i fad dà latha, i a' fuireach ann an taigh-òsta. Cha b' urrainn dhi an sealladh fhaighinn a-mach às a h-inntinn an toiseach, e fhèin 's an tèile anns an leabaidh. Thàinig crith oirre dìreach a' smaoineachadh air.

"Sin far a bheil thu!" guth a màthar, a' toirt Mairead air ais gus an latha sin fhèin.

"Tha mi duilich, cha robh mi fhìn no d' athair airson do ghoirteachadh, 's e dìreach gum biodh e na b' fheàrr dhut bruidhinn ma dheidhinn!"

"Am bi a h-uile càil a' dol air falbh an uair sin?" ceist bho Mhairead.

"Cha bhi, bheir sin ùine. 'Siubhal a chlamhain dhà' sin an rud a bhiodh mo mhàthair a' canail riumsa!"

"Siubhal a chlamhain dhà! Cha chuala mi sin riamh."

"Uill, sin an rud a thuirt mo mhàthair riumsa nuair dh'fhàg trustair mise."

"Cha robh fios 'am mu dheidhinn sin," thuirt Mairead.

"Thachair e bliadhnaichean air ais, mus do thachair mi ri d' athair."

"Bha sibh air cuideigin na b' fheàrr a lorg!"

"'S mi a bha ach bha e doirbh aig an àm. Bidh tusa a' lorg cuideigin nas fheàrr cuideachd ach, tha fios 'am ciamar a tha thu faireachdainn an-dràsta. Bidh tu nas làidire, ged-tà, san àm ri teachd!"

Shuidh Mairead airson mionaid agus, an uair sin, thàinig na faclan a-mach, uile còmhla, gu luath. "Tha e fhèin agus Anna, tha iad an dùil ri leanabh, chan eil mise, a bhean, ach ise!" An uair sin, stad i, cho luath 's a bha i air tòiseachadh agus thòisich i a' caoineadh, a bodhaig a' crith, deòir a' ruith sìos a h-aodann mar sruthan beaga.

Chaidh a màthair a-null thuice, a' crùbadh sìos ri a taobh, a' cur a làmhan timcheall oirre, a' cumail grèim oirre gu teann gus an robh Mairead, mu dheireadh thall, air socrachadh. A' leigeil seachad rud beag den phian a bha na broinn, bha i a' faireachdainn sìtheil ann an làmhan a màthar, dìreach mar a dh'fhairich i nuair a bha i na nighean bheag.

"Duilich..." thuirt Mairead gu socair.

"O a luaidh, na gabh thusa dragh idir, tha e nas fheàrr gu bheil comas agad bruidhinn rium ma dheidhinn. Tha fios 'am gu bheil e doirbh dhut an-dràsta, esan leis an tèile. Cha mhair e, co-dhiù. Bidh e duilich dhan an leanabh bheag ris a bheil dùil aicese, bidh beatha doirbh dha no dhi, oir, chan eil càil nas cinntiche, cha bhi Tom còmhla rithe airson ùine mhòr. Tha beul brèagha air, bidh e air falbh le tèile a dh'aithghearr," thuirt a màthair ag èirigh bhon chreag. "Fàgaidh mi agad e, a nighean. Na fuirich ro fhada an seo."

Le sin, dh'fhalbh i, a' dèanamh na slighe air ais suas dhan taigh, Mairead a' coimhead às a dèidh. Cha robh e fada gus an do sheas i fhèin agus choisich i air ais suas a' leantainn ceuman a màthar.

Caibideil 3

Às dèidh dhi tilleadh bhon chladach, ghabh Mairead dinnear còmhla ri a pàrantan agus, an uair sin, chaidh i air ais suas dhan flat.

Mar as àbhaist, nuair a bha a h-uile càil timcheall oirre sàmhach agus socair, thòisich Mairead a' smaoineachadh mu a deidhinn fhèin agus Tom, agus am boireannach eile, Anna. Às dèidh dha Mairead faighinn a-mach mu dheidhinn 'Anna' thill i air ais dhan taigh aice fhèin is Tom. A rèir Tom, bha e duilich mu na thachair, thuirt e gun robh e air cus deoch a ghabhail agus nach robh e air tachairt ach turas a-mhàin.

An toiseach, bha Mairead deònach maitheanas a thoirt dha agus tòiseachadh a-rithist. Dh'fheuch i ri gluasad air adhart na beatha, a' leigeil oirre gun robh a h-uile càil foirfe sa phòsadh. Ach, cha b' fhada gus an do thuit an saoghal brèige sin às a chèile.

Bha i anns a' chidsin aon latha nuair a chuala i gnog air an doras, 's dòcha mìos às dèidh dhi tighinn tarsainn air Tom agus Anna. Bha Anna na seasamh an sin. Dh'fheuch Mairead ris an doras a dhùnadh ach cha robh i luath gu leòr oir bha cas Anna na rathad. Domhainn na h-inntinn, bha fios aice gun canadh am boireannach rudeigin nach robh i airson a chluinntinn. Leig Mairead a-steach i agus, b' ann air an fheasgar sin a thuig i dha rìreabh an seòrsa duine a phòs i.

Dh'èist Mairead, gun facal a ràdh, ri Anna ag innse gun robh i fhèin agus Tom air a bhith còmhla airson ùine mhòr. Cha tuirt Mairead càil nas motha nuair a dh'innis Anna dhi gu robh an dithis aca air dealachadh airson greiseag – a rèir coltais air an oidhche a dh'iarr

Tom air Mairead a phòsadh. Thòisich an gnothach a-rithist seachdain às dèidh dha Tom agus Mairead tilleadh bho Mhìos na Meala. Bha Mairead mar fhigear a chruthaich cuideigin à cèir, na suidhe reòthte air a' chathair. Cha do ghluais i ach nuair a leig Anna ma sgaoil an uile-sgrios: bha Anna, a-nis, an dùil ri leanabh agus 's e Tom an t-athair.

Bha Mairead air a bhith ag iarraidh leanabh nuair a phòs i Tom, ach cha d' fhuair i a miann. Bha Tom, a-nis, gu bhith na athair ach cha b' e Mairead màthair an leanaibh. Shuidh i balbh agus cha b' urrainn dhi gal, fiù airson an leanaibh nach robh aice.

Chruinnich Mairead an stuth aice agus rinn i airson taigh a caraid far a b' àbhaist dhi a bhith a' fuireach mus do phòs i. An toiseach, cha b' urrainn dhi cùisean a thuigsinn ceart. Cha do dh'innis Mairead dha a pàrantan, bha fios aice gum biodh iad, air aon làimh duilich airson a son agus, air an làimh eile, feargach.

Dh'fhuirich Mairead ceithir mìosan còmhla ri a caraid ach bha e doirbh agus bràmar ùr a caraid a' dèanamh chùisean gu math mì-chofhurtail. Cha b' e sin a-mhàin ach bha an oifis-lagha, far an robh Mairead ag obair, air na làithean aice a ghearradh gu trì gu leth.

Bha a pàrantan air tòiseachadh ga ceasnachadh: Carson nach b' urrainn dhaibh fònadh dhan taigh? Càite an robh Tom? An robh a h-uile càil ceart gu leòr? Eagallach gum faigheadh iad a-mach bho chuideigin eile, dh'innis i dhaibh dè thachair. Bha iad, mar a bhiodh tu an dùil, duilich mu dheidhinn ach thog Mairead bho na rudan nach tuirt iad, nach do chuir e iongnadh orra – gliocas a thig le aois.

Cha b' fhada às dèidh sin a thàinig i dhan cho-dhùnadh gun tilleadh i dhachaigh, dìreach tron t-samhradh, airson faighinn air ais air a casan. Mus do dhealaich iad, bha Mairead air oidhcheannan a bhucadh ann an Lunnainn, gun fhiosta dha Tom, airson a cho-là-breith. Mar a bha e, chaidh i ann na h-aonar. Nuair a bha i ag innse dha a màthair aon oidhche air a' fòn mu dheidhinn, agus gur e call mòr a bh' ann a chionn nach faigheadh i an t-airgead air ais, thuirt a màthair, "Thèid ann leat fhèin, bidh e math dhut! Carson a bhiodh tusa a' call a-mach airson an rud a rinn esan?"

Chuir e iongnadh air Mairead gun tuirt a màthair sin ach, mar a thachair e, seachdain air ais, chaidh Mairead sìos a Lunnainn. Chuir i seachad trì oidhcheannan ann an taigh-òsta agus, an uair sin, thill i dhachaigh.

Bha i toilichte ann an Lunnainn, air falbh bhon a h-uile càil. Eadar-dhealaichte bhon Eilean Sgitheanach, far an robh i an-dràsta, a' smaoineachadh mu dheidhinn an duine aice agus am boireannach. Leis na smuaintean sin, mu dheireadh thall, thuit Mairead na cadal.

Dhùisg i ann an truim nas fheàrr, a' ghrian a' sruthadh a-steach an uinneag. Dh'fheumadh i bha nas làidire na bha i gu ruige seo. Rachadh i dhan bhaile a lorg obair. B' àbhaist dhi a bhith ag obair anns a' chafaidh anns a' bhaile nuair a bha i san oilthigh agus, 's dòcha gum faigheadh i rudeigin ann a-nis. Leis an smuaint sin, rinn i deiseil airson falbh. Cha toireadh e ach cairteal na h-uaireach airson coiseachd a-steach agus, air sgàth 's gun robh an latha cho brèagha, bha Mairead a' coimhead air adhart ris.

Cha robh mòran chàraichean air an rathad, luchd-turais a chaidh air chall agus fear de mhuinntir na sgìre. Choisich Mairead seachad air an eaglais, an aon eaglais far an do phòs i fhèin agus Tom, gann is bliadhna bhuaithe. Dh'fheuch i ri casg a chur air a smuaintean ach cha robh i fiù 's seachad air nuair a chuala i guth air a cùlaibh, "Halo a Mhairead, tha thu air ais a ghràidh. Ciamar a tha thu?" Bha a' Bh-ph NicLeòid na seasamh anns an doras, ann mar a b' àbhaist dhith airson an eaglais a sgioblachadh agus a lìomhadh – boireannach air leth snog ach le a sròn anns a h-uile rud. Bha Mairead riamh dhen bheachd gun robh i dìreach ag obair anns an eaglais gus am faiceadh i cò bha a' dol seachad oir bha an taigh aice fhèin air taobh eile a' bhàigh aig fìor dheireadh an rathaid.

"Tha mi glè mhath, tapadh leibh! Sibh fhèin?"

"O, chan eil adhbhar gearain agamsa idir a luaidh! Nise, dè cho fad 's a tha thu gu bhith aig an taigh? An e seo na làithean-saora agad?"

Bha deagh fhios aig Mairead gum biodh a màthair air innse gum biodh Mairead a' tighinn dhachaigh, agus gu robh i fhèin agus Tom a' faighinn sgaradh-pòsaidh. Dh'fhaodadh i a bhith air sin a chaitheamh air a' bhoireannach, ach dè am math? Bha i mar a bha i, agus cha robh cron innte. Cha bhiodh màthair no athair Mairead toilichte nan robh i mì-mhodhail rithe agus, ged a bha Mairead 30 bliadhna a dh'aois, bha i fhathast a' toirt spèis dha a pàrantan agus do dhaoine eile timcheall oirre.

"Tha, làithean-saora agam an-dràsta. Chan eil mòran phlanaichean agam."

"An tàinig an duine an-dè leis an rud airson d' athar?" arsa a' bhean-phòsta.

"Cò?"

"Bha duine ann, an-dè, bha e faighneachd mu d' athair..."

"Chan eil fhios 'am. Dè na bha dhìth air?"

"Bha e dìreach a' faighneachd càit an robh e fuireach. Thuirt e gun robh rudeigin aige ri thoirt dha agus nach robh e buileach cinnteach càit an robh an taigh."

"Cha tuirt m' athair dad. Dè thuirt sibh ris?"

"Uill, dh'innis mi dha càit an robh an taigh agaibh. Thuirt mi ris a bhith faiceallach gun a dhol dhan an doras ceàrr oir 's e a' flat a bhiodh ann agus nach b' e sin an doras ceart idir. Bha mi bruidhinn ris airson greiseag. Bha e gam cheasnachadh mun àite. Sin a' chiad turas aige dhan bhaile, cha robh e eòlach air idir. Bha ùidh aige ann an eachdraidh agus bha mi ag innse dha mun bhàta a chaidh fodha!"

"O," thuirt Mairead, mar-thà a' faireachdainn duilich dhan duine. Bha deagh fhios aice gum biodh e air a bhith an sin fad fichead mionaid. "Cò ris a bha e coltach agus faighnichidh mi dha m' athair?"

"Cha robh mise riamh math ann a bhith toirt seachad tuairisgeulan! Trì fichead bliadhna a dh'aois, 's dòcha. Bha bonaid air, eil fhios agad, ceap."

Chrath Mairead a ceann, "O, uill, cò aige tha fios, tha mi cinnteach gum faigh sinn a-mach uaireigin. Seadh a-nis, feumaidh mise falbh, tìoraidh..." Agus, le sin, chùm Mairead oirre a' coiseachd sìos an rathad, a' Bh-ph NicLeòid a' coimhead às a dèidh.

Bha an cafaidh car trang nuair a ràinig Mairead, ach, air sgàth 's gun robh iad seachad air àm lòin cha robh e cho trang 's dh'fhaodadh e a bhith. Mar a bha Mairead an dùil bha Donna, an neach-seilbhe, air cùlaibh a' chunntair.

"Haidh, a Mhairead, ciamar a tha thu? Cuin a fhuair thu dhachaigh?" dh'fhaighnich i, a' tighinn a-mach agus a' toirt pòg dhi.

"O, chan eil mi dona. An-dè."

"Ciamar a tha cùisean? Bha do mhàthair ag innse dhomh mu do dheidhinn fhèin agus Tom – bha mi uabhasach duilich a chluinntinn. Bha mi airson teacs a chur thugad ach, dè as urrainn dhut a ràdh ann an teacs!"

"Tapadh leat. Chan eil e furasta ach, sin mar a tha e." Dh'fhairich Mairead a sùilean a lìonadh le deòir.

"Cha chan mi an còrr, m' eudail. Dìreach, tha deagh fhios agad gu bheil mi ann."

"Tha thu trang an seo!" thuirt Mairead, a' coimhead timcheall oirre.

"Gu dearbh fhèin, 's mi a tha! Tha mi fortanach gu bheil luchd-turais gu leòr tron t-samhradh airson mo chumail a' dol! Àiteachan eile, companaidh às dèidh companaidh a' dol fodha air sgàth na h-eaconamaidh. Nise, coma leinn sin an-dràsta. Dè ghabhas tu? Gheibh mi fhìn e," dh'fhaighnich Donna le gàire, a' gluasad air ais dhan chunntair.

"Obair!" thuirt Mairead, le sùil oirre.

"Obair? Ah, tha mi a' tuigsinn a-nis!" fhreagair Donna, a' crathadh a cinn. "O, tha mi duilich a Mhairead, thòisich Anka ag obair an seo aig toiseach an t-seusain. 'S ann às a' Phòlainn a tha i. Tha i fìor mhath, dìreach mar a bha thu fhèin! Och, tha mi duilich a ghràidh!"

"Tha sin a ceart gu leòr, cha robh fios agadsa gum bithinn-sa a' sireadh obair!"

"Uill, ma tha mi coimhead airson cuideigin, leigidh mi fios dhut. Bidh mise a' dol air falbh aig deireadh na mìos airson latha no dhà, dh'fhaodadh tu tighinn a-steach an uair sin, mura h-eil càil agad!"

"Tapadh leat, Donna!"

"Nise, ceist a th' ann – dè ghabhas tu? Tha a' chèic-churrain glè mhath, ghabh mi fhìn pìos o chionn leth-uair!" rinn Donna gàire nuair a thuirt i sin. Bha Donna mu cheathrad bliadhna a dh'aois, agus car cruinn, mar ubhal. Bhiodh i fhèin a' canail gun robh i dona air na cèicichean ach cha do chuir sin stad oirre. B' i aon de na daoine a bha a' coimhead nas brèagha nan robh rud beag a bharrachd cuideim orra. Bha i còir is coibhneil is àlainn, bhon mheadhan chun taobh.

"Glè mhath, gabhaidh mi sin, agus cofaidh, mas e do thoil e."

Bha bòrd le dà chathair falamh ri taobh na h-uinneige 's chaidh Mairead a-null agus shuidh i sìos. Chitheadh i a-mach thar a' bhàigh leis a' ghainmheach dhubh, gu an taobh eile. An coimeas ri Port Rìgh cha robh mòran ghoireasan ann am Flùrabost. Bha bùth ghrosaireachd ann, far am faigheadh tu barrachd air ìm nan rachadh tu a-steach – gheibheadh tu a-mach cò bhàsaich, cò bha faisg air a' bhàs agus cò bhiodh air an cur gu bàs le a chèile airson a bhith a' falbh le cuideigin eile!

A thuilleadh air sin, bha an cafaidh ann san robh Mairead an-dràsta, stèisean peatroil agus an taigh-òsta. Bha màthair Mairead air innse dhi gun robh cuideigin ùr a-nis anns an taigh-òsta agus bha e air tòiseachadh air biadh air leth math a dhèanamh. "'S dòcha gun tèid sinn ann!" thuirt i ri Mairead an-dè.

Bha dà bhùth-chiùird ann cuideachd, tè a' reic dhealbhan agus tèile le treallaichean de gach seòrsa. Cha robh tàlant aig Mairead a thaobh a leithid agus chuir e iongnadh oirre gun robh daoine ann a bha cho ealanta. Nuair a phòs i Tom, thug Donna dealbh den bhaile dhaibh a bha air leth brèagha. Cha d' fhuair Mairead cothrom an dealbh a chrochadh an-àirde, ged-tà, oir, a rèir Tom, bhris e anns a' chàr air an rathad sìos.

Choimhead Mairead timcheall oirre, a sùilean a' toirt a-steach a' chafaidh – dealbh de long-bhriseadh air a' bhalla, buinn-airgid ann am frèam eile, agus pìos de ròpa a' crochadh bho aon taobh dhen uinneag dhan taobh eile. Seo àite far an tigeadh daoine às dèidh dhaibh coiseachd timcheall a' bhàigh, dòchasach gum faiceadh iad an long-bhriseadh, agus, an seo, dh'fhaodadh iad ceistean a chur air Donna mun bhàta a chaidh fodha agus bhiodh barrachd eòlais aca às dèidh dhaibh tadhal na bha aca ro làimh.

A rèir nan sgeulachdan, mu 70 bliadhna air ais, thàinig bàta mòr a-steach dhan bhàgh a' lorg fasgadh ann an stoirm. Ghabh am bàta an t-slighe cheàrr agus bhuail i ann an creagan taobh a-muigh a' chidhe.

'S e fìor dhroch oidhche a bh' ann agus, mura b' e na daoine tapaidh a chaidh a-mach anns na bàtaichean beaga aca bhiodh an criutha air bòrd air bàthadh. Mar a thachair, chaidh a' mhòr-chuid de dhaoine a shàbhaladh.

Mar a bhios a' tachairt ann an cùisean den leithid, thairis air na bliadhnaichean bha diofar dhaoine cinnteach gun robh iad a' faicinn a' bhàta a' dèanamh air na creagan. Bha cuid dhiubh cinnteach gun robh iad cuideachd a' cluinntinn an dùdaich air oidhcheannan stoirmeil.

Bhathas a' cumail a-mach gun deach boireannach air leth beairteach sìos leis a' bhàta, i fhèin agus na bh' aice de sheudraidh is òr, luach ceudan nam mìltean, a rèir choltais, ann an airgead an latha an-diugh – fàinneachan, fàinneachan-cluaise, bràistean is eile. Cha robh Mairead riamh a' creidsinn nan stòiridhean. Bha fios aice gun deach am bàta fodha oir bha an long-bhriseadh ri fhaicinn aig amannan. Ach, am boireannach? Uill, chaidh dàibhearan sìos agus, a bharrachd air rudan àbhaistean a lorgadh tu air grunnd na mara, mar uaireadairean briste, buinn-airgid agus sgudal, cha tàinig iad thairis air seudraidh luachmhor sam bith.

Co-dhiù, bha daoine a' creidsinn ann agus bhiodh tu faicinn an luchd-turais a' coiseachd sìos air an tràigh, rannsachair-meatailt nan làmh, deiseil airson fortan a lorg.

Thàinig Donna air ais leis a' chèic agus an cofaidh agus chuir i sìos air a' bhòrd e. Bha i airson facal eile fhaighinn air Mairead ach, thàinig ceathrar a-steach dhan chafaidh agus b' fheudar dhi falbh. Dh'fhuirich Mairead an sin airson còrr 's leth-uair ach cha robh i airson fuireach ro fhada agus am bòrd a chumail bho dhaoine eile. Choisich i a-null dhan bhùth. Cha robh i eòlach air tè na bùtha, agus air an adhbhar sin, cha do rinn i ach sgrìob goirid timcheall gus an stuth a bha a dhìth oirre sa flat fhaighinn, agus dèanamh air an taigh.

Cha deach mòran dhaoine seachad oirre air an rathad air ais ach aon chàr – fear gorm. An toiseach, bha an càr a' dol seachad cho slaodach 's gu robh i a' smuaineachadh gu robh cuideigin a' stad a thoirt lioft dhi. Cha robh i ag aithneachadh a' chàir, agus cha do stad an dràibhear. Bha solas na grèine na sùilean agus cha b' urrainn dhi faicinn cò bh' ann air cùlaibh na cuibhle. Cha do smuainich Mairead càil a bharrachd mu dheidhinn.

Air ais aig an taigh, chuir i a ceann a-steach dhan chidsin, gus innse dhaibh nach biodh i tighinn sìos airson dinnear.

"A bheil thu ceart gu leòr a ghràidh?" thuirt a màthair.

"Tha, chaidh mi dhan chafaidh a dh'fhaighneachd an robh obair ri fhaighinn ach tha tèile ag obair an sin a-nis."

"Aidh, às a' Phòlainn, tha mi a' smuaineachadh, thòisich i an sin o chionn mìos no dhà," thuirt a màthair. "Duilich, bha còir agam innse dhut!"

"Sin alright. 'S dòcha gum feuch mi san taigh-òsta a-màireach."

"Uill, dh'fhaodadh tu, ach na gabh cus dragh mura h-eil rudeigin ann. Gheibh thu obair, 's dòcha ann am Port Rìgh, agus, ma choimheadas tu timcheall air a' chroit a-màireach airson d' athar, bhiodh sin na chuideachadh."

"Nì mi sin co-dhiù, ach tha fios 'am gum feum mi obair a lorg, dìreach airson greiseag. Chan eil fhios 'am dè tha mi airson a dhèanamh às dèidh sin," thuirt Mairead.

"Dè tha gu bhith tachairt a thaobh an taighe?"

"An taigh aig Tom?"

"'S e..." fhreagair a màthair.

"Uill, chan eil càil, cho fad 's chì mise. 'S ann leis-san a tha an taigh..."

"Ach, bha thu pòsta ris, tha thu airidh air dàrna leth a h-uile càil, nach eil?"

Rinn Mairead seòrsa de leth ghàire an uair sin, "Chan eil dragh a' choin agam a thaobh an taighe, 's ann leathasa a tha e. Bha mise a' fuireach ann greis, tha ise a' fuireach ann a-nis."

"Tha fios 'am gu bheil thu ag ràdh sin an-dràsta, ach chan eil mi airson gun cailleadh tusa a h-uile càil a th' ann. 'S dòcha gum bi beachd eile agad anns an àm a tha romhad. Smaoinich ma dheidhinn."

"Chaill mi nuair a phòs mi e. Mar as luaithe a gheibh mi sgaradh-pòsaidh bhuaithe, 's ann as fheàrr a bhitheas mi."

Chaidh a màthair a-null thuice, "Tha fios 'am gu bheil e doirbh, dìreach dèan cinnteach nach eil thu call rudeigin air a bheil thu airidh. Tha esan air torr a thoirt air falbh bhuat mar-thà, agus chan eil mi a' ciallachadh airgead."

"Bha mi airson fòn a chur dhan luchd-lagha an t-seachdain sa tighinn gus cùisean a chur air dòigh."

"Chanainn-sa gu bheil thu glic sin a dhèanamh, ge bith dè cho doirbh 's a tha e."

Dh'fhuirich Mairead a' bruidhinn ri a màthair airson greiseag mus deach i suas an staidhre dhan t-seòmar-suidhe. Sheas i ri taobh na h-uinneige a' coimhead a-mach air a' bhàgh. Bha a màthair ceart – bha i airidh air an dàrna leth dhen taigh, bha i air leth dhen a h-uile càil a phàigheadh fhad 's a bha i fuireach còmhla ri Tom, ach, mar a bha ise ga fhaicinn, mura robh i a' trod mun taigh, dh'fhaodadh i sgaradh-pòsaidh fhaighinn taobh a-staigh bliadhna. Nam faigheadh i sin, dh'fhaodadh i a' chaibideil seo na beatha a dhùnadh.

Thionndaidh i air falbh bhon uinneag agus ghlac rudeigin a sùil – an seud-muineil aice, na shuidhe air a' bhòrd far an do chuir i e a-raoir. Chuir i oirre e. 'S e pìos neònach a bh' ann, air cumadh nathrach le clach mar ceann agus an t-sèine mar bodhaig. Bha dà shùil dhearg ann agus teanga uaine. Chan fhaca Mairead a leithid eile riamh agus bha daoine an-còmhnaidh a' cur stad oirre agus a' faighneachd cò às a thàinig e. 'S ann an Lunnainn a thachair sin mu dheireadh nuair a mhothaich tè-fhrithealaidh dha,

"Tha e cho àlainn," thuirt i, "cho diofraichte." Rinn Mairead gàire bheag, fhalaichte oir bha an tè-frithealaidh rud beag 'diofraichte' i fhèin, falt purpaidh, tatùthan agus tolladh-craicinn no trì.

"Bidh tòrr dhaoine a' canail sin – b' ann le mo sheanmhair a bha e." Bha Mairead pròiseil às a' phìos seudraidh, pròiseil cuimhne air Granaidh a chumail beò.

Thòisich an tè òg ga ceasnachadh a thaobh cò às a bha i oir dh'aithnich i gun robh blas eadar-dhealaichte air a cainnte.

"O, feumaidh 's gu bheil seallaidhean brèagha agad!" ars a' chaileag nuair a dh'inns Mairead dhi gur ann às an Eilean Sgitheanach a bha i. "Chan eil seallaidhean brèagha bhon flat agamsa ann." Stad i a bhruidhinn diog agus choimhead i a-mach air an uinneag, "'S dòcha gun tèid mi ann nuair a tha na làithean-saora agam."

"Ma tha thu dol chun Eilein, thèid gu Flùrabost, sin an t-àite as brèagha."

"Flùrabost," thuirt an tè òg, "ainm brèagha."

An uair sin chaidh a' chaileag a ghairm gu bòrd eile agus shuidh Mairead air ais anns a' chathair, a corragan a' cluich leis an t-seud-mhuineil timcheall a h-amhaich. Bha i coimhead air adhart ri dhol dhachaigh, a smuaintean shuas gu tuath agus cha do mhothaich i dhan an t-seann duine anns an oisean. Bha e na shuidhe le aodann am falach air cùlaibh pàipear-naidheachd. Dìreach an sin, dh'èirich e agus thàinig e nall gu bòrd Mairead,

"Tha mi duilich, am faod mi iasad fhaighinn dhen phoit siùcair agaibh, tha an tè agamsa gann."

Thog Mairead e airson a thoirt dha.

"Tha sin air leth brèagha," thuirt e, a' sealltainn air an t-seud-mhuineil aice.

"Tapadh leibh," arsa Mairead, le fiamh-ghàire mhodhail.

"Duilich, tha fios 'am gu bheil seo uabhasach fhèin neònach, ach, tha ceist agam dhuibh," thuirt e, a' suidhe air a beulaibh.

Cha tuirt Mairead càil. Carson a bhiodh strainnsear airson ceist a chur oirre?

Chuir guth bho shìos an staidhre stad air smuaintean Mairead, "Eil thu cinnteach nach tig thu sìos airson grèim bidhe còmhla rinn?"

Sheas Mairead agus chaidh i null gu mullach na staidhre. "Tha mi cinnteach. Fhuair mi rudan às a' bhùth agus, le bhith ag innse na fìrinn, b' fheàrr leam fuireach shuas an seo. Tha mi airson fòn a chur dha luchd-lagha gus coinneamh a chur air dòigh."

Bha a fòn-làimhe na laighe air a' bhòrd agus chuir i a-steach àireamh-fòn neach-lagha ann am Port Rìgh. Sheas i a' feitheamh, grèim air an t-seud-mhuineil aice, a bheireadh neart dhi bruidhinn ris. Ged nach robh a Granaidh ann tuilleadh, bha a spiorad fhathast làidir.

Caibideil 4

Dhùisg i an ath latha leis a' ghrian a' dòrtadh a-steach a-rithist agus na h-eòin a' seinn anns na craobhan. Smuainich Mairead gun robh e mar toiseach film Disney. Nan laigheadh i an sin, an tigeadh na h-eòin a dh'fhosgladh nan cùirtearan fhad 's a bhiodh na rabaidean a' cur a h-aodaich air dòigh? Cha tigeadh, tha fios, ach bha i cinnteach nan laigheadh i fada gu leòr gun tòisicheadh i a' smuaineachadh mu dheidhinn Tom agus am boireannach eile agus thàinig i dhan cho-dhùnadh gum bu chòir dhi èirigh. Mar a bha e, bha i air na ciad cheuman a ghabhail gus a' phàirt sin na beatha a chur à bith, feasgar an-dè chuir i coinneamh air dòigh airson bruidhinn ris an luchd-lagha.

Gu neònach, bha fiù 's an ceum beag sin na chuideachadh dhi, ag innse gun robh i air tòiseachadh air làmh an uachdair a ghabhail air a beatha agus gun robh ise os cionn chùisean seach Tom. Cha b' urrainn dhi coinneamh fhaighinn airson cola-deug oir bha an neach-lagha air làithean-saora ach cha dèanadh sin mòran diofar dha Mairead, bha ùine gu leòr aice.

Chuala i fuaimean a' tighinn bhon chidsin, a pàrantan a' faighinn deiseil shìos an staidhre. Mu mheadhan-latha bhiodh iad a' dol dhan eaglais agus, ged a rachadh iad ann cha mhòr gach Latha na Sàbaid, cha b' urrainn dha Mairead a ràdh gun robh iad diadhaidh. Bha i fhèin den bheachd gun robh a màthair a' dol ann gus am faigheadh i cothrom gach ad a bh' aice a chosg agus bhiodh a h-athair ann airson a bhith a' cumail na sìth.

Fhad 's a bha a h-athair le chas ann am plàst, dh'fheumadh iad an turas a dhèanamh sa chàr seach coiseachd. Gu mì-fhortanach, bha sin a' ciallachadh gum biodh a màthair a' dràibheadh. Ged a bha cead-dràibhidh slàn aice, cha b' i as sàbhailte air an rathad. Thug i seachd tursan mus d' fhuair i tron an teast agus, a bharrachd air na leasanan, b' fheudar dha athair Mairead geata ùr a cheannach dhan eaglais agus am balla timcheall air an eaglais ath-thogail. Ach, chan urrainn dhut prìs a chur air peata, Sammy bochd, cat a' Mhinisteir.

"Mairead, a bheil thu ag iarraidh tighinn dhan eaglais còmhla rinn an-diugh, a ghràidh?" guth a màthar ag èirigh suas an staidhre.

Chaidh Mairead a-null chun dorais agus choimhead i sìos far an robh a màthair na seasamh. "Chan eil, ma tha sin ceart gu leòr, 's dòcha an ath-sheachdain. Coimheadaidh mi timcheall na croite, nì mi cinnteach gu bheil a h-uile càil mar bu chòir."

"Ceart ma-thà – canaidh mi sin ri d' athair."

"Ciamar a tha e an-diugh?"

"Tha e ceart gu leòr, tha mi smuaineachadh gu bheil e fàs nas luaithe air na crutches aige a-nis. Bha sinn eadar dà bharail an rachadh sinn chun na h-eaglais, ach 's fheàrr dhuinn dol ann. Fhuair mi an ad seo as ùr sa phost an t-seachdain sa chaidh," thuirt i, a' tionndadh a cinn gus am faiceadh Mairead an ad nas fheàrr.

"Tha i brèagha," thuirt Mairead.

"Chan fhaca mi sin airson ùine mhòr," thuirt a màthair.

"Dè?" fhreagair Mairead a' coimhead timcheall oirre.

"An t-sèine sin a bh' aig Granaidh, cha robh fios 'am gun robh thu ga chosg."

Chuir Mairead a corragan suas gu a h-amhach. Cha bu toil le Tom an seud-muineil agus bha e an-còmhnaidh a' gearan mu dheidhinn, 's mar sin, bha e air a bhith na b' fhasa dha Mairead fhàgail anns a' bhogsa seudraidh aice. Ach, cha robh dad a' cur stad oirre a-nis.

"Tha e snog ort," thuirt a màthair. "Uill, tha sinn a' falbh ann am mionaid, tha sinn a' togail a' Bh-ph Ghrannd air ar slighe, tha i an-còmhnaidh fadalach. O, bidh tu a' gabhail dinnear còmhla rinn an-diugh, nach bi?"

"Thig mi sìos, bidh mi timcheall co-dhiù."

"A Cheitidh," guth athair Mairead a' tighinn bhon chidsin.

"Feumaidh mi falbh. Tìoraidh an-dràsta a ghràidh," thuirt a màthair mus do dhùin i an doras aig bonn na staidhre.

Bha Mairead a' tarraing oirre seann phaidhir bhrògan-trèanaidh nuair a mhothaich i dha Bìoball a seanmhar, a bha air tuiteam sìos air cùlaibh a' phreas. Thog i a-mach e, ga fhosgladh gu faiceallach agus a' tionndadh gu na duilleagan far an robh na dealbhan, na dealbhan a chumadh Mairead sàmhach nuair a bha i beag agus a dh'fheumadh i dol don eaglais.

Cha mhòr gu robh comharra Granaidh air a' flat a-nis ann. Às dèidh dhi bàsachadh bha aig pàrantan Mairead ris a' flat a sgioblachadh, a' toirt aodach is àirneis gu bùth-charthannais ann am Port Rìgh, ach a' cumail dhealbhan, leabhraichean agus treallaichean beaga. Ged nach fhaca Mairead an stuth airson ùine mhòr a-nis, bha seòrsa de chuimhne aice gun robh a h-athair air stuth a stòradh ann am màileid no dhà. Agus, cho fad 's a bha Mairead eòlach, bha iad a-nis nan laighe ann an aon de na seadaichean.

Cha robh ach aon rud aice a b' àbhaist a bhith aig a seanmhair, an seud-muineil. Sin an t-adhbhar nach robh i deònach a reic shìos ann an Lunnainn. Bha e neònach mar a thachair e.

Thog Mairead a ceann air falbh bhon Bhìoball agus, na h-inntinn, thug i ceum air ais chun an tachartais sa chafaidh, agus am bodach neònach a' bruidhinn rithe, "Tha ceist agam dhuibh."

"Seadh," bha Mairead air a ràdh, a' coimhead air le iongnadh, car draghail oir cha robh càil a dh'fhios aice dè bha an seann duine ag iarraidh.

Bha e mu sheasgad bliadhna a dh'aois, feusag, caol. Bha deise ghlas, striopach air. Cha robh càil ann a bha àraid mu dheidhinn. Nam biodh tu feuchainn ri cuimhneachadh cò ris a bha e coltach ann an latha no dhà, bhiodh e doirbh. Glas, am facal as buailtich a thighinn thugad. No is dòcha 'tannasg'.

"Tha am pìos seudraidh agaibh... diofraichte," thuirt e, a shùilean air fàs biorach.

"Tha fios 'am..." thuirt Mairead. Bha e ceart gu leòr nuair a thuirt an tè òg sin, ach cha do chòrd e ri Mairead nuair a thuirt esan e. "Gabh mu leisgeil, ach thuirt sibh gun robh ceist agaibh dhomh?"

Ghnog e a cheann, "Tha sin ceart." Thog e a làmhan is chuir e a chorragan còmhla mar seòrsa de thriantan. "An rud a th' ann, 's e ceannaiche seudraidh a th' annam. Tha mi air a bhith a' sireadh pìos sònraichte airson cuideigin, pìos le nathair air – buinidh am facal nathair ris an t-sloinneadh aige. Cha robh na pìosan a bha mi sealltainn dha freagarrach oir dh'fheumadh e bhith coltach ri fàinne a th' aige mar-thà. An seud-muineil agadsa, bhiodh an dà phìos a' dol còmhla glè mhath. 'S e prèasant a th' ann dha bhean, am pòsadh rùbaidh aca. An sloinneadh, nathair, agus na seudan, rùbaidhean." Shuidh e air ais sa chathair às dèidh dha sin a ràdh.

Choimhead Mairead air. Bha an sgeul reusanta gu leòr.

Thòisich e bruidhinn a-rithist, "Bheir mi dhuibh airgead air a shon, dà cheud not, dh'fhaodadh sibh pìos nas ùire a cheannach leis an airgead air neo... rudeigin eile a dhèanamh leis," thuirt e.

Dà cheud not, smuainich Mairead, dè dh'fhaodadh i dèanamh le sin? Cha robh mòran airgid aice, agus dh'fheumadh i luchd-lagha a phàigheadh. Agus, a bharrachd air sin, cha robh obair aice. Dà cheud not!

Leig an duine osna, "Ceart, chan eil am pìos seo luach seo ach, bheir mi dhuibh leth mhìle not an-diugh air a shon. Dìreach air sgàth 's gur e deagh mhaids a th' ann leis an fhàinne. Sàbhailidh e tòrr ùine dhomh. Dè tha sibh ag ràdh? Tha e dèanamh ciall. Chan eil ann ach seann phìos seudraidh, gheibheadh sibh fear eile a bhiodh tòrr na b' fheàrr."

Fhathast, cha tuirt Mairead guth.

Rùraich an duine na phòcaid agus thug e mach cairt-gnothaich:

'Dennis Ward, Ceannaiche Seudraidh: uaireadairean agus seudraidh'.

Bha àireamh fòn ann cuideachd. Thug i a' chairt air ais dha.

"Nise," thuirt Dennis, "dè a chanas sibh? £500 airson a' phìos agaibh, faigh fear eile, nas saoire agus cleachd an t-airgead a th' air fhàgail airson rudeigin eile. Tha e dèanamh ciall!"

Bha sin ceart, smuainich Mairead, dh'fhaodadh i tòrr phìosan seudraidh fhaighinn le leth mhìle not ach, chan ann le a seanmhair a bhiodh iad. Cha b' urrainn dhut prìs a chur air sin. "Tha mi duilich ach chan eil mi ag iarraidh a reic, 's ann le mo ghranaidh a bha seo. 'S dòcha nach fhiach e mòran airgid ach, tha e gun phrìs dhòmhsa."

"Gabhaibh mo leisgeil, cha robh mi airson dragh a chur oirbh, bha mi dìreach a' ciallachadh gum b' urrainn dhuibh pìos eile a cheannach airson cuimhneachadh air ur seanmhair. Trinket beag eile agus bhiodh co-dhiù ceithir ceud not no barrachd air fhàgail. Dh'fhaodadh sibh dol air làithean-saora."

Chrath Mairead a ceann, "Tha mi air m' inntinn a dhèanamh an-àirde, tha mi duilich ach feumaidh sibh innse dhan fhear dha bheil sibh ag obair gu bheil sibh fhathast a' coimhead," fhreagair Mairead. Phaisg i a làmhan agus shuidh i air ais sa chathair.

"Ceart ma-thà, tha mi duilich gun do chuir mi dragh oirbh. Ma tha e cho cudromach sin dhuibh, dèan cinnteach nach caill sibh e..." agus sheas an duine agus thòisich e a' cruinneachadh nan treallaichean aige.

Bha Mairead an-fhoiseil às dèidh dhi bruidhinn ris, agus an-fhoiseil fhathast 's i cuimhneachadh air ann an taigh a pàrantan ann am Flùrabost. Thug i dhith an seud-muineil agus sheall i ris, a' cuimhneachadh a-rithist air a seanmhair.

Cha do chosg Granaidh an seud-muineil ach aon turas thar nam bliadhnaichean agus sin dìreach air sgàth 's gun do lorg Mairead e anns a' phreas nuair a bha i a' cluich geama. Bha iad a' dol a-mach gu dinnear airson co-là-breith athair Mairead air an fheasgar sin agus dh'fheumadh Granaidh an seud-muineil a chosg, fo òrdughan Mairead. Bha Granaidh mòran na bu shàmhaich nan àbhaist an oidhche sin, mar gun robh i fada air falbh na smuaintean. Bha i coimhead eireachdail anns an t-seud-mhuineil, ged-tà, agus seòrsa de sholas air a h-aodann. Ach cha do chosg i gu bràth tuilleadh e, cho fad 's a b' aithne dha Mairead. Bhiodh a fàinne-phòsaidh oirre gach latha, an fhàinne a bha a-nis aig màthair Mairead, ach cha do chosg i an seud-muineil tuilleadh. Bha e cho diofraichte ris an fhàinne-phòsaidh aice: bann òir sìmplidh.

41

Leis a smuaint sin sheas Mairead a' dèanamh deiseil airson dol a-mach. 'S ann nuair a sheas i a thàinig e air ais thuice, an fhàinne. Cha b' e fàinne Granaidh ach fàinne eile, fàinne nach bu chòir a bhith aice.

Cha robh guth aig Mairead mu dheidhinn gus an-dràsta agus cho luath 's a thàinig a' chuimhne air ais thuice, dh'fhalbh a h-aigne shunndach, agus bha i air ais sa chafaidh ann an Lunnainn agus am bodach glas a' dèanamh deiseil airson falbh.

Cho luath 's a dhèirich an duine, chaidh e null chun a' chunntair, phàigh e a chunntas agus dh'fhalbh e. Bha an tè-fhrithealaidh air an cunntas aig Mairead fhàgail air a' bhòrd. Chrùb Mairead sìos airson airgead fhaighinn a-mach às a' bhaga aice agus chunnaic i cèis bheag pàipeir air an làr fon bhòrd. Dh'fhosgail i e agus na bhroinn bha fàinne ann an stoidhle nathrach, coltach ris an t-seud-mhuineil aice, sùilean beaga, dearga agus teanga uaine. Ghabh Mairead anail a-steach, dh'fhaodadh e a bhith mar phàirt de sheata, bha e cho coltach ris an t-seud-mhuineil aice fhèin. Feumaidh gur ann leis an duine a bha e, air tuiteam a-mach às a' phòcaid aige nuair a shuidh e sìos airson bruidhinn rithe.

Sheas i, mì-chinnteach dè bu chòir dhi a dhèanamh agus, an uair sin, thilg i fichead not dhan bhobhla far an do laigh an cunntas agus ruith i a-mach às a' chafaidh. Chunnaic i an duine pìos bhuaipe agus thug i ceum gus ruith às a dhèidh. Dìreach an sin, dh'fhosgail doras bùtha air a làimh dheis agus thàinig duine a-mach. Bha an duine co-dhiù sia troighean a dh'àirde agus cho reamhar ri ròn, agus nuair a bhuail Mairead ann bha e mar bualadh ann am balla. Thuit i air a' chabhsair agus bha e, co-dhiù, làn mhionaid mus robh i comasach rud sam bith a ràdh.

Bha an duine làn aithreachais – 'Cha do choimhead e càite an robh e dol,' 'Bu chòir dha a bhith nas faiceallaiche,' 'An robh Mairead feumach air deoch?' Dhèirich Mairead le taic bhon duine agus, nuair a bha e cinnteach gun robh i ceart gu leòr, dh'fhalbh e, gu cliobach, sìos an rathad. Choimhead Mairead timcheall oirre, cha robh sgeul air an duine a-nis.

Sheas i mionaid agus, an uair sin, thàinig i dhan cho-dhùnadh gun rachadh i air ais dhan chafaidh a dh'fhaicinn an robh iad eòlach air.

Cha do ghabh i ach cheum, ged-tà, nuair a ghairm a' fòn-làimhe aice agus a màthair ag innse gu robh a h-athair air tuiteam. Anns a' bhad dhìochuimhnich i uile gu lèir mun fhàinne a bha i air cur na pòcaid. Gus an-dràsta.

Bhuail seòrsa de ghiorag i. Ann an sùilean dhaoine eile, chùm Mairead an fhàinne agus nach robh sin car coltach ri bhith goid? Dhèirich clisgeadh na broilleach. 'Smaoinich a Mhairead,' thuirt i rithe fhèin. 'Feumaidh gu bheil an fhàinne fhathast ann an àiteigin.' Dh'fhaodadh i dìreach a lorg agus a thoirt don phoileas.

Nuair a lorg Mairead an fhàinne air làr a' chafaidh bha i air a chur do phòcaid nan jeans dubh aice. Bha na jeans fhathast gun nighe, nan laighe air an làr anns an t-seòmar-chadail deiseil airson na nigheadaireachd. Às dèidh mionaid no dhà de rùrach bha e follaiseach nach robh an fhàinne an sin idir. Feumaidh gun do thuit e a-mach àiteigin, 's dòcha nuair a thuit i fhèin ann an Lunnainn.

Rinn i gàire bheag, an do lorg cuideigin bochd e? Iad, a-nis, a' cosg aodach snog às dèidh dhaibh an fhàinne a reic? Bha Mairead taingeil nach robh an fhàinne aice agus bha sin na sheòrsa de dh'fhuasgladh dhi. Bha gu leòr aice air a h-inntinn gun a cogais a' cur dragh oirre cuideachd.

Clisgeadh seachad, chaidh i sìos an staidhre agus dhèigh i air a' chù, "A Sheasaidh, a bheil thu tighinn a-mach?" Diog no dhà às dèidh sin, thàinig Seasaidh sìos an trannsa, a' crathadh a h-earbaill.

"Halo Seasaidh," thuirt Mairead ga slìobadh. "Ciamar a tha thu an-diugh a nighean? A bheil thu tighinn a-mach?" Bha Mairead fhathast rud beag an-fhoiseil mu dheidhinn na fainne agus bha e toirt cofhurtachd dhi an cù a shlìobadh. Dh'fhuirich i an sin mionaid agus, nuair a bha i nas socaire, dh'fhosgail i doras an taighe agus chaidh i fhèin agus Seasaidh a-mach.

Bha trì seadaichean agus bàthach air a' chroit, agus measgachadh de charbadan agus innealan. Bha lios ann cuideachd agus aon chraobh mhòr ann an oisean, preasan agus flùraichean a' fàs ann an àiteachan eile, agus seada beag ri taobh an taighe far an robh a pàrantan a' cumail mòine airson an teine.

Bha a' chroit, a' sìneadh sìos dhan chladach agus suas dhan mhòinteach, mòr gu leòr airson crodh agus caoraich a chumail. Bhiodh athair Mairead a' fàs ghlasraichean mar bhuntàta agus currain. Dh'fheuch e glasraichean eile thairis air na bliadhnaichean ach cha b' e gàirnealair a bh' ann idir. A' bhliadhna a dh'fheuch e ri radishes fhàs, cha robh e buileach cinnteach dè cho mòr 's bu chòir dhaibh a bhith agus cha do thog e iad gus an robh iad cho mòr ri tuirneap...

Dh'fhairich i rudeigin shìos aig a cas, "O, tha mi duilich a Sheasaidh, bha mi a' canail gum bitheamaid a' dol air cuairt agus, tha mi fhathast an seo. Nis, thugainn."

Dh'fhalbh iad a choiseachd na croite, a' coimhead a-mach airson chaorach. Mhothaich i gun robh càr an ath-dhoras, air cùlaibh seann thogalaich. An aon seòrsa càir a chaidh seachad oirre an-dè nuair a bha i coiseachd air ais bhon chafaidh, càr gorm. Stad i mionaid ga choimhead. 'Feumaidh gu bheil luchd-turais a' fuireach an ath-dhoras,' thuirt i rithe fhèin.

Cha robh mòran chaorach aig athair Mairead – deich dhiubh agus na h-uain. A bharrachd air biadh a thoirt dhaibh tron gheamhradh agus sùil a chumail orra aig àm breith nan uan, cha robh feum aige mòran eile a dhèanamh dhaibh. Feumaidh gun robh dhà dhiubh càirdeach ri Houdini oir bha iad an-còmhnaidh a' faighinn ma sgaoil agus a-steach dha gàrradh a màthar.

Ràinig i na caoirich agus chunnt i iad, sia uain agus ... "Daingit a Sheasaidh, càite bheil Harriet?" (Harriet, seach Harry, Houdini). Chunnt i na caoraich a-rithist ach, gu mì-fhortanach, cha robh ach naoi ann. Feumaidh gun d' fhuair Harriet a-mach. Bha deagh fhios aig Mairead gur e Harriet a bha a dhìth oir bha ochd dubh-cheannach agus b' e Cheviots a bh' ann an Harriet is Harry. Bha aon dhiubh an sin, adharcan air, agus bha sin a' ciallachadh gum b' e Harriet a theich.

Gu luath, chaidh Mairead air ais sìos a' chroite, tarsainn an rathaid a' coimhead air gàrradh a màthar ach cha robh sgeul air Harriet. Uaireannan bhiodh i a' cumail a' dol gu bonn na croite far an robh glasraichean blasta a' fàs. Thug i sùil anns na seadaichean an toiseach air eagal 's gun do làndaig Harriet ann an aon dhiubh agus gu robh cuideigin air an doras a dhùnadh oirre. Cha robh sgeul oirre anns a' chiad sheada ri taobh an taighe, a-null gu an t-seada far an robh an tractar – cha robh mòran an sin, cha robh fiù an tractar ann. Bha an seada mu dheireadh nas fhaide air falbh bhon taigh agus nas motha. Bha i a' dlùthachadh air nuair a chuala i fuaim, seòrsa de bhrag a' tighinn bho taobh a-staigh an t-seada. Bha e mar gun do thuit rudeigin. Choimhead Mairead a-null. Bha an doras rud beag fosgailte, fosgailte gu leòr airson caora a leigeil a-steach. Gu slaodach, choisich Mairead dhan doras air a corra-bioda, cha robh i airson eagal a chur air Harriet. Nuair a ràinig i an doras, chuir i a làmh ris agus sheall i a-steach.

Bha e doirbh dhi rud sam bith fhaicinn an toiseach gus an do dh'fhàs a sùilean cleachdte ris an dorchadas. Gu faiceallach, ghabh i ceum a-steach. Cha robh fuaim sam bith ri chluinntinn a-nis ach a h-anail fhèin agus Seasaidh. Dh'fhairich Mairead Seasaidh aig a casan, "Fuirich far a bheil thu," thuirt Mairead rithe fo a guth, cha robh i feumach air taic Sheasaidh fhathast. Ghabh i ceum eile a-steach agus, 's ann nuair a rinn i sin a mhothaich i e – sruth beag a' tighinn bhon làmh chlì. A' chiad smuaint a thàinig gu Mairead 's e gur e ola a bh' ann, ag aoidean à cana. Sin gus am faca i gu robh cuideigin na laighe an sin. Ghabh i anail a-steach agus dh'fhuirich i far an robh i, gun comas gluasaid, a casan reòthte ris an làr.

Bha an duine mu thrì meatairean air falbh, air a bheul fodha, casan a-mach, aghaidh ris an làr.

"Halo..." dh'fheuch Mairead, a' coiseachd gu teagmhach a-null thuige. Cha d' fhuair i freagairt. Chrùb i sìos ri a thaobh. Shluig i agus chuir i a làmh sìos air a ghualainn. Cha do ghluais e idir. Bha e na laighe gu leibideach, aon ghàirdean a-mach, fear eile crùbte fo bhodhaig. Crith na làmhan, dh'fhairich i amhach airson buille-cuisle. Cha robh càil ann. Bha e fhathast blàth, ach marbh, gun teagamh.

Leum i air falbh.

'S e fireannach a bh' ann, mu sheasgad bliadhna a dh'aois, 's dòcha, sùilean dùinte, aghaidh chèireach, bhòcach, ghlas. Bha e maol fon ad a bh' air, cho fad 's a b' urrainn dha Mairead faicinn. Bha speuclairean ri taobh a chinn, briste air an làr.

Dh'fhairich i crith, cho fuar ris a' phuinnsean, ag èaladh sìos tro a bodhaig. Thuig i a-nis dè bh' anns an t-sruth bheag air an làr. Bha an duine na laighe air gràpa agus chan e ola a bha san t-sruth ach fuil, a' sìoladh bhon bhodhaig. Bha bilean an duine gorm, a bhodhaig sàmhach. Thionndaidh Mairead agus cha mhòr nach do thuit i a-mach às an t-seada. Dh'fhairich i na pòcaid airson a fòn-làimhe.

Caibideil 5

Dh'fheuch i ris a' fòn fhaighinn a-mach ach thuit e le cho dona 's bha a' chrith na làmhan. Ghabh i anail a-steach gu slaodach, domhainn gus a socrachadh fhèin agus, an uair sin, anail a-mach. Dh'fhairich i an clisgeadh a bha na broilleach a' sìoladh air falbh. Gu slaodach, shuidh i sìos ri taobh stoc craoibhe pìos beag air falbh bhon t-seada, a druim a' bruthadh ris. Dè an àireamh a bu chòir dhi fònadh – 999 no 101? Bha i air corp a lorg ach, air an làimh eile, bha an duine marbh, 's mar sin, am b' e cùis èiginn a bh' ann?

"Dè nì mi a Sheasaidh?" ars i, a sùilean a' lìonadh le deòir. "Chan urrainn dhomh càil a dhèanamh ceart, fiù 's fòn a chur dhan phoileas."

Thàinig Seasaidh nas fhaisg oirre airson cofhurtachd a thoirt dhi. Thiormaich Mairead a sùilean air an lèine aice agus phut i air na putanan, naoi, naoi, naoi. Thog i a' fòn gu a cluas...

Cha robh fios aig Mairead dè cho fad 's a bha i a' bruidhinn ris an neach-fhreagairt, a dh'fhaighnich ceistean mionaideach mu na thachair agus a chur a dh'iarraidh am poileas. Cha robh mòran ùine aig Mairead ri feitheamh gus an deach an t-sàmhchair a bhristeadh le fuaim doras càir, agus choisich dithis phoileas ga h-ionnsaigh. Air an cùlaibh, thàinig càr a pàrantan le a h-athair 's a màthair a' coimhead gu h-iomagaineach air na bha romhpa.

Tron latha, thàinig CID bho Phort Rìgh agus daoine le deisean geala orra mar a chitheadh tu anns na prògraman lorg-phoileas air an telebhisean – sgioba foireansaigs as coltaiche, shaoil Mairead. Thàinig bhan eile a thug a' bhodhaig air falbh ann am baga dubh. Mu chòig uairean, bha gnog aig an doras, "Halò, is mise DI Caimbeul agus seo DC Jones, tha sinn bhon aonad CID. Am faod sinn tighinn a-steach?" Leig Mairead an dithis aca dhan chidsin far an robh i fhèin agus a pàrantan a' feitheamh.

"Tha sinn dìreach airson ceistean a chur oirbh a thaobh a' chuirp a lorg sibh anns an t-seada madainn an-diugh, ma tha sin ceart gu leòr?"

"Gu dearbh," thuirt athair Mairead, "chan eil fhios 'am am bi sinn gu mòran feum dhuibh, ged-tà, chan eil fhios againn cò e."

"'S dòcha gu bheil rudeigin agaibh a bhios feumail dhuinn. 'S tusa Mairead, nach thu?" thuirt DI Caimbeul a' coimhead oirre. "'S tu a lorg an corp?"

Ghnog Mairead a cheann.

"A bheil àite ann far an urrainn dhuinn bruidhinn?" dh'fhaighnich DI Caimbeul a' coimhead timcheall.

Thug Mairead suas don flat e agus shuidh iad san t-seòmar-suidhe.

"Nise, an innis thu dhomh a-rithist dè thachair sa mhadainn," thuirt e, a' toirt a-mach leabhar beag agus peann.

Nuair a bha Mairead deiseil ag innse dha mu na thachair, dh'fhaighnich e am faca iad càil neònach. Carbad annasach san sgìre? An robh i cinnteach nach fhaca i an duine ron sin? Dh' innis Mairead mun duine a bha faighneachd mu a h-athair anns a' bhaile agus, cuideachd, an càr gorm a chunnaic i a' dol seachad oirre an-dè. Sgrìobh am poileas a h-uile càil anns an leabhar. Nuair a bha iad deiseil, chaidh an dithis aca air ais sìos an staidhre far an robh athair Mairead na shuidhe, "Tha do charaid dìreach a' bruidhinn ri mo bhean anns a' chidsin," ars esan.

"Glè mhath," thuirt an DI a' coimhead a-null don doras dhùinte. "Chì mi a bheil iad gu bhith deiseil," agus chaidh e an ath-dhoras.

Shuidh Mairead sìos.

"Dè thuirt e riut?" dh'fhaighnich a h-athair.

"Bha e dìreach a' faighneachd mun chorp, an robh mi eòlach air, am faca mi càil annasach. Cha robh mi gu mòran feum."

"Uill, bha DC Jones a' cur nan aon cheistean orm fhìn. Cha b' urrainn dhòmhsa càil a chur ris a' chùis."

"An dùil carson a bha an duine ann?" dh'fhaighnich Mairead, a' coimhead air a h-athair.

"Cuideigin a' coimhead airson rud a ghoideadh e agus dh'fhàs e tinn, sin mo bheachdsa. Bha mi a' leughadh mu dheidhinn rudeigin car coltach ris, an latha roimhe. Bhris robair a-steach gu taigh shìos ann an Sasainn àiteigin, agus nuair a bha e a' tighinn air falbh bhon taigh, gheàrr e a chas gu dona air pìos glainne agus bhàsaich e."

Dìreach an sin, dh'fhosgail doras a' chidsin agus thàinig màthair Mairead, DI Caimbeul agus DC Jones a-mach.

"Uill, tapadh leibh airson ar cuideachadh," thuirt DI Caimbeul a' dèanamh deiseil airson falbh.

"Cuin a bhios fios agaibh dè thachair dha?" dh'fhaighnich Mairead.

"Uill, tha sinn a' smuaineachadh gun do bhàsaich e gu nàdarrach ach gheibh sinn seo a-mach le cinnt a-màireach. A rèir carson a bha e san t-seada, tha e ro thràth a ràdh fhathast."

"Tha sinn an-còmhnaidh a' faicinn dhaoine a' coiseachd sìos a' chroit," thuirt màthair Mairead a' cur stad air DI Caimbeul. "Tha iad a' smuaineachadh gu bheil còraichean inntrigidh aca thar nan croitean an seo."

"Chuala mi gun robh duine no dithis a' gearan mu dheidhinn rudan air an togail às na seadaichean aca," thuirt athair Mairead. "A bheil sibh a' smuaineachadh gun deach e a-steach airson rudan a ghoid?"

"Mar a thuirt mi, tha e ro thràth airson co-dhùnadh carson a bha e ann.

"Dè mu dheidhinn an t-seada?" thuirt athair Mairead.

"Chan urrainn dhuinn ur leigeil a-steach an-diugh. Leigidh mi fios cuin as urrainn dhuibh fhaighinn ann. Feumaidh sinn iarraidh oirbh coimhead a bheil a h-uile càil mar bu chòir. Dèanamh cinnteach nach eil rud sam bith a dhìth."

"O, ceart ma-thà," thuirt athair Mairead.

"Uill, fàgaidh sinn agaibh an-dràsta e," thuirt DI Caimbeul agus an dithis lorg-phoileas a' falbh.

Shuas an staidhre mu dheireadh thall, thug Mairead dhith an seud-muineil agus chuir i gu aon taobh e san t-seòmar-ionnlaid fhad 's ghabh i fras. Bha i faireachdainn salach às dèidh dhi an corp a lorg agus, ged a bha e fhathast blàth a-muigh, dh'fhairich i fuar.

Às dèidh na froise, airson a h-inntinn a chumail air falbh bhon duine mharbh, chruinnich i aodach airson a nighe, an t-aodach a bh' oirre ann an Lunnainn na measg. Airson diog, nuair a thog i an t-aodach bho Lunnainn smuainich i mun fhàinne a lorg i. Bha i toilichte nach robh e aice tuilleadh, gun do chaill i ann an àiteigin e. Faodaidh daoine eile a lorg agus a thoirt dhan phoileas, bha ise air cus fhaicinn dhen phoileas gu ruige seo co-dhiù.

Chaidh i dhan leabaidh agus, ged a dh'fheuch ri smuaineachadh air rudan eile, gach turas, nochdadh dealbh dhen duine na h-inntinn, crith a' tighinn na bodhaig. Bha i an-fhoiseil air sgàth 's a' chuirp ach bha rudeigin eile ann, cha robh i cinnteach dè bh' ann, ach, bha rudeigin eile a' cur dragh oirre.

Caibideil 6

Nuair a tha rudeigin a' cur dragh ort, chan eil e gu diofar dè cho sgìth 's a tha thu, chan fhaigh thu cadal math agus 's e sin a bha a' cur air Mairead madainn Diluain. Bha i air dùsgadh gu tric tron oidhche a' smuaineachadh gun robh cuideigin a' tighinn às a dèidh. Na bruadair, ruith i air falbh bhon duine, a' ruith dhan t-seada ach, an uair sin, bha i glaiste, an duine a' tighinn ga h-ionnsaigh. Cha b' urrainn dhi faicinn cò bh' ann oir bha aodann fo ad. Nuair a thigeadh an duine faisg oirre, dhùisgeadh i.

Sgìth, dh'èirich Mairead agus chaidh i dhan fhras. Cha robh air a bhith ann ach dhà no trì mhionaidean nuair a chuala i fuaim. Thionndaidh i dheth an t-uisge agus chuir i searbhadair timcheall oirre fhèin.

"A Mhairead. A Mhairead. A bheil thu nad dhùisg?" guth a màthar ag èirigh na staidhre, a' cur stad air dragh sam bith.

"Tha am poileas an seo dhut, ma tha thu deiseil?"

"O Dhia!" thuirt Mairead fo a guth, a màthair na seasamh aig bonn na staidhre. "Thig mi sìos ann am mionaid."

Ann an guth nas socaire, thuirt a màthair, "Chan e DI Caimbeul a th' ann an-diugh, 's e DCI Ros, Andy…"

"Andy. O Dhia gam shàbhaladh, tha sin nas miosa buileach. Carson a tha esan an seo!" Dhùin Mairead a sùilean, thog i a làmhan gu a beul agus sheas i a' coimhead sìos air a màthair.

"Tha fios 'am a luaidh. Nuair a nochd esan an-diugh, thuit mo chridhe. Ach, tha e na phàirt dhen CID, a rèir coltais."

"Ach, Andy. Carson a dh'fheumadh esan tighinn!" Bha Mairead air fàs crosta a-nis.

"Mar as luaithe a bhruidhneas tu ris, 's ann as luaithe a bhios e deiseil. Tha mi smuaineachadh gu bheil e dìreach airson innse dhuinn dè tha tachairt."

"Nach fhaodadh sibhse bruidhinn ris? Seall orm, tha mi dìreach air tighinn a-mach às an fhras."

"Is dòcha, ach feumaidh mi d' athair a thoirt air ais dhan ospadal an-dràsta. Tha mi duilich a luaidh. Thig sìos, cha bhi e fada agus, an uair sin, bidh e seachad. Feumaidh mise falbh ann am mionaid."

"Ceart, dà dhiog, feumaidh mi faighinn deiseil an toiseach. Chan urrainn dhomh bruidhinn ris mar a tha mi an-dràsta."

Gu luath, chaidh Mairead dhan t-seòmar-chadail, agus tharraing i air jeans agus geansaidh. Bhruis i a fiaclan, agus, às dèidh dhi coimhead san sgàthan, bha i smuaineachadh gun robh i deiseil airson coinneachadh ri Andy, DCI Ros.

Leig i osna mhòr agus choisich i gu slaodach sìos an staidhre. Bha i ro sgìth airson bruidhinn ri seann bhràmar.

Thachair Mairead ri Andy nuair a bha i san àrd-sgoil. Bha ise dìreach a' dèanamh deiseil airson an sgoil fhàgail agus bha esan air tòiseachadh sa phoileas ann am Port Rìgh. Bha e rud beag na bu shine na Mairead, àrd, tana, le falt donn. Cha b' urrainn dhut a ràdh gur e duine eireachdail a bh' ann ach bha rudeigin tarraingeach ma dheidhinn. 'S e sin a shaoil Mairead aig an àm co-dhiù. Thòisich an dithis aca a' falbh còmhla agus 's ann le Andy a chaill Mairead a h-òigheachd, aon oidhche às dèidh dhi cus òl. Cha do ghluais an talamh air an oidhche sin ach b' fheudar dhi an càr aice a ghluasad tràth an ath mhadainn air eagal 's gum faiceadh cuideigin e.

Bha Mairead agus Andy còmhla tro na làithean-saora mus deach i air falbh gu Oilthigh Ghlaschu. Cha robh Andy ag iarraidh air Mairead falbh, a' canail rithe gum b' urrainn dhi obair fhaighinn san Eilean agus gluasad a-steach còmhla ris fhèin. Cha robh Mairead cinnteach mu dheidhinn ge-tà agus, nuair a bha na làithean-saora seachad, chaidh i sìos a Ghlaschu.

Mar a thachras uaireannan nuair a tha cuideigin a' falbh, bidh aon duine den chupall a' fàs agus is e atharrachadh an toradh. Ged a bha Andy a' fàs nas dùrachdaich mun dàimh eatarra, cha robh Mairead agus 's ann an sin a laigh an trioblaid. Thill Mairead airson a co-là-breith ochd bliadhna deug agus bha Andy air pàrtaidh a chur air dòigh, gun fhiosta dhi, anns an taigh-òsta ann am Flùrabost.

Thàinig Mairead dhachaigh, mì-chinnteach mu Andy, a' smuaineachadh gum b' fheudar dhi bruidhinn ris mu dheidhinn, agus 's dòcha moladh gun dealaicheadh iad airson greiseag. Chaidh iad sìos dhan phub, Mairead an dùil gum biodh iad a' gabhail dinnear shàmhach ach 's ann a bha an teaghlach an sin agus na caraidean aice air fad. An rud a bu mhiosa na seo, ged-tà, cha robh Mairead fiù 's deiseil dhen chiad deoch nuair a thàinig Train le 'Drops of Jupiter' air an inneal ciùil agus le sin, chaidh Andy, a bha na sheasamh ri a taobh, sìos air aon ghlùin, a' toirt bogsa a-mach às a phòcaid, "Am pòs thu mi?"

Sheas Mairead far an robh i airson diog no dhà mus tuirt i "Tha mi duilich." Chuir i sìos a' ghlainne agus ruith i a-mach às a' phub.

Dh'fheuch i ri bruidhinn ri Andy an ath latha ach bha e air a droch ghoirteachadh agus air a nàireachadh. Cha robh e fada às dèidh dha Mairead agus Andy dealachadh nuair a choinnich e ri Sìle agus, beagan mhìosan às dèidh sin, phòs iad. Ged nach do dh'fhaighnich Mairead mu Andy às dèidh dhaibh dealachadh, trup no dhà bhiodh a màthair ag innse dhi ciamar a bha e faighinn air adhart. A rèir coltais, chan e boireannach snog a bh' ann an Sìle, a bhean, idir. Bha i fèineil agus sodalach, a' smuaineachadh gun robh i na b' fheàrr na daoine eile sa choimhearsnachd. Thuirt a màthair nuair a phòs Andy agus Sìle gun robh e dìreach ga pòsadh às dèidh na thachair eadar e fhèin agus Mairead. Co-dhiù, phòs iad agus bha dithis chloinne aca agus, ged a bha e fhathast pòsta ri Sìle, a rèir coltais, cha robh iad toilichte còmhla.

Thàinig màthair Mairead air ais gu bonn na staidhre, "Sin thu a Mhairead."

Dh'fhosgail a màthair an doras agus chaidh iad dhan an t-seòmar-suidhe, far an robh Andy a' bruidhinn ri athair Mairead.

"A Mhairead, 's fhada bhon uair sin!" Chaidh e a-null thuice agus bhreith e air làimh oirre mar gur e seann charaidean a bh' annta. Shuidh i air a bheulaibh nuair a sheas a h-athair.

"Feumaidh sinne falbh a luaidh," ars esan. "Tha thìde againn a dhol dhan ospadal."

Thug e sùil air Andy, "Dìreach 'check-up' a th' ann." Agus le sin dh'fhalbh e fhèin agus màthair Mairead agus bha an dithis air am fàgail anns an t-seòmar-suidhe.

"Tha do phàrantan a' coimhead math, nach eil?" thuirt Andy.

"Tha."

"Seo sinn. Uill, ciamar a tha thu a Mhairead?" dh'fhaighnich e.

"Ceart gu leòr."

"Dè cho fad 's a tha thu gu bhith aig an taigh?"

"Chan eil mi buileach cinnteach, tron t-samhradh, 's dòcha," fhreagair i.

"Dè tha do dhuine a dhèanamh, Tom an t-ainm a th' air, nach e? A bheil esan gu bhith tighinn cuideachd?"

"Dhealaich sinn," fhreagair Mairead. Bha fios aig Andy mu dheidhinn, ach bha e airson toirt air Mairead faireachdainn an-fhoiseil.

"O, tha mi duilich sin a chluinntinn. Tha e tachairt cho tric sna làithean sa..."

"Hmm..." thuirt Mairead, agus a' feuchainn ri car a chur anns a' chòmhradh, "A bheil naidheachd agad mun chorp fhathast?"

"Uill, tha sinn fhathast a' dèanamh rannsachadh ach tha fios againn gur ann à Sasainn a bha e."

"Dè dh'fhàg an seo e?"

"Chan urrainn dhomh canail an-dràsta." Bha e sàmhach airson diog, "Cha robh clann agaibh, thu fhèin is Tom?"

"Cha robh."

"Uill, cha robh sibh pòsta fada gu leòr. Bidh tu dòchasach gun coinnich thu ri cuideigin eile a dh'aithghearr, tha thu seachad air 30 a-nis. Tha e fàs nas dorra clann fhaighinn às dèidh na h-aoise sin..."

Dh'fhàs Mairead crosta nuair a thuirt e sin ach, sin an dearbh rud a bha e ag iarraidh. Stiùir i an còmhradh air ais dhan duine a-rithist, air ais far am bu chòir an còmhradh a bhith.

"Dè tha thu gu bhith a' dèanamh mun t-seada? Cuin as urrainn dhuinn faighinn a-steach?" dh'fhaighnich i.

"Uill, tha mi an dòchas, feasgar an-diugh. Feumaidh tu dol a-steach airson faicinn a bheil càil a dhìth ann."

"Uill, 's fheàrr dhomh dol a-steach còmhla ri m' athair, bidh esan nas eòlaich na mise."

"Aon rud eile," ars esan, "tha fios 'am gun tuirt thu nach robh thu eòlach air an duine ach lorg sinn dealbh fon chorp an-dè. Chan eil sinn buileach cinnteach gur ann leis an duine a bha an dealbh no an ann leibh fhèin a tha e. Chanainn-sa nach eil e cudromach ach feumaidh sinn faighneachd."

Bha Andy air dealbh a thoirt a-mach às a phòcaid agus thug e do Mhairead e. 'S e seann dealbh a bh' ann, bho na 40an, a' sealltainn boireannach, boireannach a bhiodh brèagha nuair a bha i na b' òige. Bha an t-aodach aice spaideil.

Choimhead Mairead air an dealbh. Cha robh i ag aithneachadh na tè a bh' ann ach bha rudeigin ann car eòlach mun dealbh ged nach robh i buileach cinnteach dè. "Chan eil," thuirt Mairead ga thoirt air ais dha Andy.

"Och uill, bha e cho math feuchainn. Cha robh d' athair ga h-aithneachadh a bharrachd."

"Uill, chan urrainn dhomh cuideachadh a thoirt dhut. Chan eil fhios agad carson a bha an duine ud air a' chroit againn, anns an t-seada?"

"Feumaidh sinn cumail a' dol leis an rannsachadh againn."

Rinn fòn-làimhe Andy fuaim agus choimhead e air. "Feumaidh mise falbh, obair agam ri dhèanamh. Leigidh mi fios dhut a thaobh a bhith a' coimhead anns an t-seada, 's dòcha gun dèan sinn feasgar e. Tha mi cinnteach gum bi mi air cluinntinn bhon autopsy an uair sin." Sheas e an uair sin agus a' fàgail beannachd aice, choisich e a-mach chun a' ghàrraidh.

Dhùin i an doras air a chùlaibh le osna faothachaidh, sgìths a' laighe gu trom air a h-inntinn agus a bodhaig. Smaoinich i air sòfa a pàrantan, cho cofhurtail is càileir, ach an toiseach dh'fheumadh i nigheadaireachd a dhèanamh. Chruinnich i an t-aodach aice bhon flat agus chuir i a h-uile càil ann an inneal-nigheadaireachd a màthar shìos sa chidsin. An sin, riaraichte gu robh i air a dleastanas a dhèanamh, chaidh i na sìneadh san t-seòmar-suidhe.

Feumaidh gun deach i a chadal oir b' e a màthair a' coiseachd dhan chidsin an ath rud a chuala i. A' suathadh a sùilean, choimhead Mairead air an uaireadair – uair feasgair. Bha i air a bhith na cadal faisg air uair a thìde gu leth.

Bha e mu cheithir uairean nuair a bha gnog air an doras. Dh'èirich Mairead agus chaidh i a-null ga fhreagairt. 'S e Andy a bh' ann, "A bheil thu fhèin 's d' athair deònach tighinn don t-seada an-dràsta a dh'fhaicinn a bheil càil a dhìth?"

Choisich an triùir aca a-null chun t-seada agus dh'fhosgail Andy an doras, athair Mairead a' gabhail ùine nas motha oir bha na crutches a' cur bacadh air.

"Nam b' urrainn dhuibh dìreach coimhead timcheall airson faicinn a bheil càil às an àbhaist," thuirt Andy nuair a ghabh e ceum a-steach. Dh'fhairich Mairead clisgeadh na broilleach, pàirt dhi an dùil an corp fhaicinn a-rithist, fuil air sruthadh chun dorais. A' leigeil osna a-mach, lean i Andy.

Bha seada a h-athar mar a bha e an turas mu dheireadh a bha i air a bhith aig an taigh; innealan na croite gu aon taobh, sgeilpichean airson peant, ola agus todhar gallda, oisean airson a' bhuntàta, pocannan làn biadh nan caorach. Dh'fheuch Mairead ri a sùilean a chumail air falbh bhon àite far an robh an corp ach cha b' urrainn dhi, bha iad gan tarraing chun bhad san robh an duine a' laighe an latha roimhe. Bha làrach air fhàgail far an robh an fhuil ach mura robh fios agad dè bh' air tachairt, cha chuireadh tu umhail sam bith air.

Bha athair Mairead a-nis anns an t-seada agus chuir e a làmh ri a gàirdean,

"A bheil thu ceart gu leòr a ghràidh?" thuirt e gu socair.

"Tha," fhreagair Mairead, a' tionndadh agus a' dèanamh gàire bheag dha.

Cha robh an aon seòrsa cùraim aig Andy. Phaisg e a làmhan, sàrachadh follaiseach air aodann, "A bheil càil a dhìth?"

"Gabh air do shocair," thuirt athair Mairead. "Tha mise dìreach air tighinn a-steach."

Bha Andy airson rudeigin eile a ràdh ach, cho luath 's a dh'fhosgail e a bheul, dhùin e a-rithist e.

Choisich athair Mairead timcheall an t-seada gu slaodach. Chaidh e dhan oisean san robh na h-innealan as daoire air an cumail agus thòisich e a' coimhead tromhpa. Thionndaidh e às dèidh mionaid no dhà, "Saoilidh mi gu bheil a h-uile càil an seo. Chan eil fhios 'am dè bha an duine a' dèanamh ach chan eil mi faicinn càil a-mach às àite. Seall, tha an Corded All-rounder fhathast ann. Nan robh e tighinn a-steach airson rudan a ghoid, carson nach do thog e sin?"

Sheas e pìos beag air falbh bhon àite far an robh an corp na laighe, "Tha sin neònach," thuirt e, a' dol na b' fhaisg air balla an t-seada far an robh màileid na laighe.

"Dè?" thuirt Mairead agus Andy aig an aon àm, an dithis aca a' dol a-null thuige.

"Sin aon de na màileidean san do chùm sinn stuth do Ghranaidh," thuirt e, a' tionndadh agus a' coimhead air Mairead. "Tha mi faisg air cinnteach gun do chuir mi shuas an sin e," ars e, a' comharrachadh dhan oisean san robh fàradh a' ruigsinn do na cabair.

"A bheil e fosgailte, a' mhàileid?" dh'fhaighnich Andy.

"Bu chòir dha a bhith, cha robh càil ann ach faoin-sheudan. Cha robh càil ann a bha luachmhor."

Thug Andy paidhir mhiotagan às a phòcaid agus chuir e air iad agus, an uair sin, chrùb e sìos airson sealladh na b' fhaisg fhaighinn air a' mhàileid.

'S e seann mhàileid a bh' ann, an seòrsa a chitheadh tu anns na 40an, leathar agus clò, làmh chruaidh agus dà ghlas. Dh'fhosgail Andy e gu furasta,

"Nam b' urrainn dhut dìreach dèanamh cinnteach nach eil càil a dhìth, ach na cuir do làmh ri rud sam bith."

A' cur nan crutches aige gu aon taobh, gu slaodach, Mairead

a' cumail grèim air, chrùb am bodach sìos airson coimhead anns a' mhàileid. Bha measgachadh de dh'fhaoin-sheudan ann, poca làn spàintean, ceithir truinnsearan beaga le dealbhan de choin orra am broinn seann phàipearan naidheachd, siuga pinc le sgàineadh air, doilidh bhon Spàin le dreasa dhearg oirre, doilidh Albannach le sùilean mòra, gorma agus teadaidh crèadhadaireachd le "a' ghranaidh as fheàrr" sgrìobhte air.

B' fhad an t-saoghail bho chunnaic Mairead an stuth sin mu dheireadh. Bha i fhèin air cuid de na spàintean-teatha fhaighinn do a seanmhair nuair a bhiodh i air falbh air làithean-saora còmhla ri a pàrantan.

Mu dheireadh thall, sheas athair Mairead agus, a' crathadh a chinn, thuirt e "Cho fad 's a chì mi, tha a h-uile càil ann. Chan eil càil luachmhor an sin idir, dìreach stuth le Granaidh nach robh sinn airson a chur san sgudal."

"Feumaidh sinn a bhith cinnteach," thuirt Andy. "Lorg sinn càr pìos beag shìos an rathad, agus 's ann leis an duine seo a tha e. Cha robh càil ann ged-tà. Chan fhaca sibhse càr neònach san àite?"

"Chunnaic mise càr a' dol seachad orm an-dè, càr gorm. Cha robh mi ga aithneachadh."

"Chanainn-sa gur e sin an aon chàr. Tha duine no dithis de na nàbaidhean air an aon chàr fhaicinn timcheall."

"Dè thachras a-nis?" dh'fhaighnich athair Mairead.

"Cuiridh sinn fios do Phrocadair a' Chrùin. Bidh sinn deiseil de na ceistean againn a dh'aithghearr."

"Dè mu dheidhinn an t-seada?" ars am bodach, a' coimhead timcheall air.

"Uill, cho fad 's a chì thusa, chan eil càil a dhìth an seo agus cha do lorg sinn càil anns a' chàr. Leigidh mi fios nuair a bhios naidheachd againn. Nise, feumaidh mise falbh, obair ri dhèanamh."

"Ceart ma-thà," thuirt athair Mairead agus, le sin, chaidh an triùir aca air ais dhan ghrian a-muigh.

Thionndaidh Andy air falbh bho Mhairead agus a h-athair agus rinn e a shlighe chun chàir aige. Rinn Mairead agus a h-athair air an taigh.

"A bheil sibh cinnteach nach do ghluais sibh fhèin a' mhàileid?" dh'fhaighnich Mairead.

"Chan eil mi cinnteach mu dheidhinn mòran a Mhairead. Seann aois. Tha seòrsa de chuimhne 'am gun do chuir mi shuas air na cabair e, a-mach às an rathad. Carson a chumainn shìos e?"

"Uill, carson a bha e shìos ri taobh a' chuirp?"

"Cò aige tha fios? 'S dòcha gun robh an duine a' smuaineachadh gu robh rudeigin prìseil ann. Gu dearbh, nach b' esan a bha fada ceàrr."

"Nach eil e cur dragh oirbh gun robh an duine an sin, a' coimhead airson rudan a ghoid?"

"Uill, tha, ach aig an aon àm, tha sinn fortanach nach do ghoid e dad, agus, cuimhnich gun do chaill an duine bochd sin a bheatha. Mura robh an seada fosgailte, cha bhiodh esan air a dhol ann agus 's dòcha gum biodh e fhathast beò. 'S dòcha gum biodh e air cuideachadh iarraidh mus tàinig cuairt air."

Chaidh iad a steach dhan an taigh far an robh màthair Mairead a' feitheamh an naidheachd. Nuair a dh'inns iad dhi na fhuair iad a-mach thuirt i, "Neònach gun do thog e a' mhàileid san robh stuth do mhàthar."

"Chan eil fhios agamsa," thuirt athair Mairead, a' suathadh a chois, "ach bha mise a' smuaineachadh gun robh dà mhàileid aig Granaidh. Cha robh ach aon dhiubh an siud."

"Tha dhà dhiubh ann," arsa màthair Mairead. "Tha an tèile shuas anns a' flat, anns a' phreas fon uinneag nuair a ruigeas tu ceann shuas na staidhre. Tha dealbhan anns an tè sin. Bha an seada ro thais, thug mi a-mach i aig toiseach na bliadhna."

"Nise, coma leibh sin an-dràsta, tha seo deiseil," thuirt i, a' cur bobhla bhuntàta ann am meadhan a' bhùird.

Annasach, smuainich Mairead, nuair a shuidh i sìos aig a' bhòrd. Seo an dàrna latha a bha a' mhòr-chuid de na smuaintean aice ann an àite eile seach air Tom agus am boireannach aige. Choimhead i sìos, gàire cham air a h-aodann.

Caibideil 7

Nuair a bha an dinnear air a sgioblachadh air falbh, bha an triùir aca anns an t-seòmar-suidhe glacte nan smuaintean fhèin.

"Tha mi cinnteach gum bi thu nad chadal tràth a-nochd, a luaidh," thuirt màthair Mairead.

"Bha mi smuaineachadh gur dòcha gu seallainn tro na dealbhan aig Granaidh nuair a thèid mi suas."

"An-dràsta? Cha do choimhead thu orra fad bhliadhnaichean."

"Tha fios 'am," fhreagair Mairead. "'S e dìreach gu bheil togradh orm coimhead riutha às dèidh dhomh na bha sa mhàileid san t-seada fhaicinn. Seall air cho fortanach 's tha sinn nach do ghoid an duine e."

"Aidh," fhreagair athair Mairead, a' cur sìos a phàipear, "chan eil na rudan sin luachmhor do dhuine sam bith ach dhuinn fhìn. Feumaidh mi rudeigin a dhèanamh leotha nuair a bhios am poileas deiseil... agus an stuth sa mhàileid eile shuas an staidhre."

"Uill, coimheadaidh mi troimhe a-nochd fhathast. Tha mi faireachdainn duilich, cuideachd," thuirt Mairead, a' cur a làmh ris an t-seud-mhuineil. "Cha do chosg mi an seud-muineil aig Granaidh airson ùine mhòr airson nach robh e còrdadh ri Tom. Nach eil sin gòrach? Bu chòir a' chiad smuaint a bhith air mo theaghlach seach Tom."

"Ach bha thu pòsta ris, a' feuchainn ri chumail air a dhòigh. Cha do rinn thu càil ceàrr, 's e an t-amadan sin as coireach. Cha bhiodh Granaidh a' saoilsinn dad dheth, agus co-dhiù, cha bhiodh i fhèin ga chosg."

"Gu dearbh. Tha e duilich, chan eil mòran cuimhne agam air Granaidh a-nis. Tha agam ri smuaineachadh cruaidh oirre gus an tig càil air ais thugam. Bha mi sùileachadh gur dòcha nan coimheadainn air na dealbhan gum biodh barrachd a' tighinn thugam. Cò ris a bha i coltach nuair a bha i òg co-dhiù?"

"'S e caractar a bh' ann an Granaidh. Car coltach riut fhèin, feumaidh mi ràdh. Bha i coibhneil agus cuideachail agus bha i an-còmhnaidh ag obair cruaidh. Rinn i cinnteach nach robh càil a dhìth orm fhìn no air d' uncail. Rachadh i dhan chladach fad sheachdainean a chruinneachadh fhaochagan nuair a bha mise feumach air brògan ùra airson na sgoile. Mar bu tric, cha bhiodh boireannaich a' dèanamh sin anns na làithean ud. Dh'fhaodadh i a bhith rag aig amannan cuideachd ged-tà. Tha cuimhne agamsa nuair a bha mise mu ochd bliadhna a dh'aois, thuit i a-muigh air a' chroit nuair a bha iad toirt a-steach a' mhòine agus cha deach i dhan dotair gus an robh iad deiseil oir bha i an dùil gum biodh e fliuch an ath latha agus gum biodh a' mhòine air a milleadh."

"Uill, chan eil mi idir mar Granaidh, ma-thà," thuirt Mairead le gruaim oirre, "oir 's e an dotair a' chiad duine air am bithinn-sa a' tadhal nan tachradh sin dhòmhsa."

"Ach, ann an dòighean, chì mi Granaidh annad," fhreagair a h-athair, a' paisgeadh a' phàipear-naidheachd agus ag èirigh bhon t-sòfa. "'S dòcha gun cuir mi fòn dha Iain a dh'fhaicinn ciamar a tha e faighinn air adhart. Chì mi a bheil e air carabhan a cheannach."

Le sin, chaidh e dhan chidsin, far an robh a' fòn, agus dhùin e an doras. Mionaid no dhà às dèidh sin, chuala Mairead agus a màthair e a' bruidhinn. Bha Mairead sàmhach.

"Uaireannan tha e doirbh dha bruidhinn mu dheidhinn òige, eil fhios agad," thuirt a màthair, a' coimhead air Mairead.

"Tha fios 'am."

"Chan eil e gu diofar anns na làithean seo ach, nuair a bha Granaidh òg, rinn e diofar mòr."

"Dè thachair a-rithist?" dh'fhaighnich Mairead, a' coimhead air a màthair gu dìreach.

"Uill, bha Granaidh air a togail air a' chroit seo dìreach mar d' athair. Ghluais an teaghlach a-null à Leòdhas ann an 1922 no 23, chan eil cuimhne agam a-nis. Bha i ag obair air a' chroit, a' cuideachadh a pàrantan, do shinn-sheanair agus sheanmhair agus nuair a bha i mu fhichead bliadhna a dh'aois, chaidh i air mhuinntireas gu ceann a-deas an Eilein a dh'obair ann an taigh mòr. Bha i an sin fad dà bhliadhna, tha mi a' smuaineachadh, agus an uair sin, thàinig i dhachaigh. Thàinig e mach gun robh i an dùil ri leanabh – d' athair. Abair nàire. Uill, bha i air a bhith eòlach air do sheanair, 's e seann charaid a bh' ann agus, ged nach b' e athair an leanaibh a bha i a' giùlan, cha b' fhada gus an do phòs e i, gu luath agus gu sàmhach. Chaidh d' athair a thogail mar a mhac. Bha d' uncail Iain aca cuideachd, ach cha tàinig an còrr cloinne às dèidh sin. Gus an latha an-diugh, chan eil duine sam bith a' bruidhinn ma dheidhinn. Tha mi cinnteach gun robh fios aig daoine aig an àm ach, air sgàth 's gun do phòs i cuideigin eile, cha tuirt duine guth."

"Saoil ciamar a bha e faireachdainn nuair a fhuair e a-mach ma dheidhinn?"

"Dh'innis Granaidh dha nuair a bhàsaich do sheanair. Cha robh i airson sgaradh adhbharachadh eatarra nuair a bha e beò."

"Ach ciamar a bha e faireachdainn mu chùisean?"

"Chan eil e canail mòran ma dheidhinn..." thuirt a màthair, a' coimhead air falbh gu àite eile, saoghal eile, smuainich Mairead.

"Ach, nach robh e airson faighinn a-mach cò athair?"

"Cha chreid mi gun robh. An rud a thuirt e riumsa, 's e nan robh Granaidh airson innse dha, bhiodh i air innse dha. Cha tuirt i mòran mu dheidhinn na h-ùine aice shìos aig ceann a-deas an Eilein. 'S dòcha gun robh i dèidheil air balach òg an sin, cò aige tha fios. Tha e cho tur eadar dhealaichte an-diugh.

Nise, na can càil ri d' athair nuair a thilleas e, cha toil leis a bhith a' bruidhinn ma dheidhinn agus, cha chreid mi gum biodh e toilichte nan robh sinne."

Leig Mairead osna a-mach, "Tha e ceart gu leòr, cha chan mi an còrr, tha mi a' dol suas an staidhre co-dhiù."

"Glè mhath ma-thà. O, dhìochuimhnich mi a ràdh, bha mi

bruidhinn ri Ceit, bean Alasdair, nuair bha thu fhèin agus d' athair anns an t-seada còmhla ri Andy. Bha mi canail rithe gun robh thu a' lorg obair agus thuirt i gun robh Taigh-òsta Chaisteil Chonaisg a' coimhead airson neach-fàilteachaidh."

"Caisteal Chonaisg?"

"Aidh, tha fios agad, sa Cheann a-deas."

"Uill, cha dèanadh e cron sam bith, ach chan urrainn dhomh dràibheadh eadar sin agus am flat gach latha."

"A rèir Ceit tha àite-fuirich ann leis an obair."

"O, uill, cuiridh mi fòn thuca a-màireach," thuirt Mairead a' tionndadh airson an dorais.

"Cuir fòn thuca a-nochd. 'S dòcha gum bi cuideigin eile air cur a-steach air a shon a-màireach," thuirt a màthair.

"An-dràsta?" arsa Mairead, a' coimhead air a màthair le iongnadh.

"Carson nach ann an-dràsta! 'S e taigh-òsta a th' ann, bidh cuideigin an-àirde co-dhiù, agus seallaidh e dhaibh dè cho 'keen' sa tha thu," fhreagair i, a' priobadh.

Chrath Mairead a ceann agus rinn i airson a' flat a-rithist. Shuas an staidhre, thog i a' fòn-làimhe aice airson àireamh Thaigh-òsta Chaisteil Chonaisg a lorg agus rud beag de dh'fhiosrachadh mun àite mus cuireadh i fòn thuca.

Bha i smuaineachadh gun robh an teaghlach, Mac a' Chombaich, air a bhith a' fuireach anns a' Chaisteal mun àm a chaidh e na theine. Bhiodh sin, co-dhiù, 70 bliadhna air ais, 's dòcha barrachd air sin. Uaireigin às dèidh sin rinneadh taigh-òsta dheth, ged nach robh Mairead a-riamh ann.

Chuir i an t-ainm Taigh Òsta Chaisteil Chonaisg ann an Google:

"B ann le muinntir Mhic a' Chombaich a bha Caisteal Chonaisg ann am Baile a' Chonaisg ann an ceann a-deas an Eilein Sgitheanaich. Thog iad am prìomh Chaisteal mun 15mh linn ach chaidh a sgrios le teine agus thog iad an caisteal a tha na sheasamh an-diugh, ann an 1872.

Bha Clann Chombaich riamh a' fuireach sa Chaisteal gus an deach e na theine a-rithist ann an 1944. Ghluais an teaghlach a-mach an uair sin agus laigh e falamh gus 1982 nuair a cheannaich Daibhidh MacThòmais e agus dh'fhosgail e mar taigh-òsta. Tha e fhathast na thaigh-òsta an-diugh."

Chùm Mairead oirre a' leughadh: 's e taigh-òsta spaideil a bh' ann, cha robh seòmar sam bith ri fhaighinn fo £100 agus bha am biadh daor cuideachd. Bha Mairead an dòchas gum biodh am pàigheadh cho math ris na prìsean.

Bhruidhinn i ris a' mhanaidsear, Alina Mhoireach, a thuirt rithe a thighinn an ath mhadainn airson coimhead timcheall agus dh'fhaodadh iad, an uair sin, agallamh a chur air dòigh, nan robh ùidh aig Mairead san dreuchd.

'S dòcha, mu dheireadh thall, gu robh cùisean a' tòiseachadh a' dol gu math dhi.

A' faireachdainn nas aighearaich na bha i o chionn ùine mhòr, thionndaidh a h-aire gu màileid a seanmhar. Bha torr bhogsaichean anns a' preasa làn leabhraichean, stuth na Nollaige agus seann gheamaichean, ach, aig a' chùlaibh, dìreach a' priobadh a-mach, mhothaich i a' mhàileid.

Bha rùm gu leòr ann dha Mairead faighinn thuige, nuair a bha na bogsaichean eile às an rathad. Ach, b' e an duilgheadas gu robh eagal a beatha oirre dol a-steach gu àiteachan beaga, cumhang.

Sheas an sin mionaid fhada, làmh amharasach air a beul. Na h-inntinn, bha fios aice gun robh i gòrach, cha tachradh cron sam bith dhi a' faighinn na màileid a-mach ach, bha an t-eagal doirbh faighinn seachad air.

A' sealltainn air ais, 's dòcha gun do thòisich e às dèidh dhi a bhith glaiste ann am preas nuair a bha i na nighean. Bha i a' cluich geama le a caraidean nuair a bha iad a' feuchainn ri siubhal gu saoghal eile mar rinn a' chlann anns an leabhar 'The Lion, The Witch and the Wardrobe'. Ghlas a caraidean an doras agus, an uair sin, cha b' urrainn dhaibh fhosgladh a-rithist. Bha Mairead às a rian nuair a fhuair a h-athair a-mach i mu dheireadh thall.

'Cò-dhiù,' smaoinich Mairead, 'bha sin bliadhnaichean air ais!' Cha robh ise na nighean tuilleadh agus cha toireadh e mionaid a' mhàileid fhaighinn a-mach. Gu luath, mus do dh'atharraich i a h-inntinn, thòisich i a' gluasad nam bogsaichean às an rathad gus an robh slighe aice chun a' chùil. A' gabhail anail mhòr, bhrùth i a-steach dhan phreas agus tharraing i air a' mhàileid gus an tàinig e mach.

Bha e aosta, rud beag na bu mhotha na màileid a tha ceadaichte taobh a-staigh phlèanaichean, ach car tana, donn, le dà chromag air agus làmh. Aig aon àm, bhiodh iuchair ann ach, thairis air na bliadhnaichean, chailleadh sin agus a-nis bha e dìreach air fhàgail gun ghlasadh.

Shuidh i mionaid ga socrachadh fhèin mus deach i dhan t-seòmar-ionnlaid, a làmhan a-nis salach le duslach, agus ghlan i iad. Bha fallas air a h-aodann. Nuair a choimhead i anns an sgàthan, las a' ghrian, a bha a-nis a' dol fodha, air an t-seud-mhuineil. Bha e cho brèagha, cho eadar-dhealaichte. Carson nach do chosg i seo nuair a bha i pòsta? Dìreach air sgàth 's nach do chòrd e ri Tom.

An turas no dhà a bhiodh i ga chosg, gus an do thòisich Tom a' gearan ma dheidhinn, bhiodh daoine a' stad agus a' coimhead oirre – na sùilean dearga air an nathair a' soillseachadh sùilean donna Mairead agus am beagan deirge a bha na falt. Cha bu toil le Tom daoine a' toirt an aire dhi agus bha ise toilichte gu leòr a bhith an ìre mhath falaichte, cho fad 's a bha Tom toilichte.

Leig Mairead osna a-mach, thionndaidh i agus chaidh i air ais dhan t-seòmar-suidhe. Chrùb i sìos air an làr agus thòisich i ag obair air na cromagan. Bha iad rag agus thug i co-dhiù deich mionaidean mus d' fhuair air am fosgladh.

Bha e làn dhealbhan, cuid dhiubh ann am frèaman, cuid nach robh agus cuid air an dèanamh mar chairtean-puist. Bha leabhar beag còcaireachd ann cuideachd ach chuir Mairead sin air ais oir cha robh mòran ùidh aice ann an còcaireachd, gu h-àraidh bho 1937.

Shuidh i air an làr agus thòisich i a' coimhead tro na dealbhan. Bha i eòlach air cuid de na daoine, dealbhan air a seanair is seanmhair còmhla ri a h-athair agus uncail, agus cuid dhiubh air nach robh i eòlach: trì dealbhan ann de dh'fhireannach òg ann an èideadh; Granaidh agus a dà bhràthair, nach maireann a-nis; boireannach a' coimhead fiadhaich, 's dòcha màthair a Granaidh ach cha b' urrainn do Mhairead a bhith cinnteach mu dheidhinn sin. Bha dealbhan cuideachd ann air daoine ag obair air a' chroit, a' gearradh na mòna, dealbh air a seanair a' togail cruach-fheòir agus fear eile le daoine a' cur a' bhuntàta.

Aig bonn na màileid bha cèis aosta, dhonn agus ainm Flòraidh Dhòmhnallaich, seanmhair Mairead, sgrìobhte air. Dh'fhosgail Mairead e agus, an sin, bha dealbh ann am frèam, spotan de thais air nochdadh air a' ghlainne. 'S e dealbh Ghranaidh a bh' ann. Bhiodh i, 's dòcha, na deugaire an sin, na suidhe, falt fada donn fuasgailte timcheall a h-aodainn, gàire oirre airson a' chamara. Bha cuimhne aig Mairead an dealbh sin fhaicinn, turas no dhà, nuair a bhiodh i tadhal air Granaidh. Bha e air a' bhòrd-sgeadachaidh aice. Rinn Mairead gàire, a' cuimhneachadh nuair a bha i beag, gur e an 'obair' aice bòrd-sgeadachaidh Granaidh a lìomhadh, agus mar a dh'fheumadh i a bhith faiceallach a h-uile càil a thogail agus a chur gu aon thaobh airson a ghlanadh – lace doily, cìr, bruis agus sgàthan, an dealbh, poit 'cold cream', bogsa airson seudraidh agus botail cùbhrais. Nuair a bhiodh i deiseil, shuidheadh Mairead an sin, a' cìreadh a cinn, cold cream ga liacradh air a h-aodann mar aghaidh-choimheach.

Dh'fheuch Mairead ris na spotan taise a ghlanadh le a corrag ach cha do dh'obraich e. Dh'fheumadh i a' ghlainne a ghlanadh gu ceart agus thòisich i a' feuchainn ris an dealbh a thoirt a-mach às an fhrèam, a' fosgladh nan cromagan air a chùlaibh. Bha e aosta agus, air sgàth 's nach robh i ag iarraidh a bhristeadh, chuir i am frèam sìos air an làr fhad 's a thog i a' ghlainne air falbh. Sin dèanta, thog i an dealbh a-rithist airson sùil nas mionaidich fhaighinn air Granaidh. 'S ann an sin a mhothaich i e – dealbh eile, air cùlaibh dealbh a seanmhar.

'S e dealbh eile de Ghranaidh a bh' ann, agus bhiodh i mu fhichead 's a dhà bliadhna a dh'aois. Bha i seasamh ri taobh fear òg, caol, eireachdail, air beulaibh taighe. Taigh spaideil a bh' ann ged nach robh Mairead a' faicinn ach pìos beag dheth – dà staran a' leantainn gu dà dhoras mòr, fiodha le dà uinneag air gach taobh de gach doras. Gu aon thaobh de a seanmhair agus an duine, bha fear òg eile, gràin air aodann agus e a' sealltainn air a Granaidh agus an duine caol.

Cha robh cuimhne aig Mairead an dealbh seo fhaicinn a-riamh

roimhe. Choimhead i air an dealbh a-rithist, cinnteach nach robh i eòlach air na daoine eile ach, mar as motha a choimhead i air, 's ann as motha a bha e soilleir dhi gun robh i ag aithneachadh aon rud, an taigh fhèin. Càite am faca i e roimhe? Shuidh Mairead air ais air a casan, a' smuaineachadh. Dìreach an sin thàinig e thuice. A' cur dealbh a seanmhar leatha fhèin gu aon taobh, chuir i am frèam air ais còmhla, an dealbh eile fhathast ann, agus chaidh i a-null chun a' fòn-làimhe aice. Bha an t-eadar-lìon slaodach agus b' fheudar do Mhairead mionaid no dhà fheitheamh gus an do nochd dealbh beag air an sgàilean – Caisteal Chonaisg, an taigh mòr a bh' ann an dealbh a seanmhar.

Gun fhiosta dhi, ghabh Mairead grèim air an t-seud-mhuineil timcheall a h-amhaich agus rinn i gàire bheag – a-màireach, bhiodh i sireadh obair san aon àite san robh a Granaidh ag obair o chionn seachdad bliadhna.

Caibideil 8

Choimhead Grace air na dealbhan a bha nan laighe air a' bhòrd air a beulaibh. Aonghas agus Flòraidh a' coimhead cho toilichte còmhla agus, dìreach rud beag a-mach à sealladh, Niall. Dealbhan eile air a h-uile duine a bha ag obair sa Chaisteal. Daoine toilichte, daoine gun dragh sam bith... Cha deach na dealbhan a thogail ach 3 mìosan air ais ach dh'fhaodadh iad a bhith air an togail ann an saoghal eile.

Bha Grace na suidhe anns an t-seòmar aice, dà uinneag air a beulaibh le seallaidhean àlainn air an loch. Bha an seòmar mòr – stàiteil chanadh cuid – agus bha e follaiseach gur e daoine beairteach a bha a' fuireach an seo. Dha Grace, ged-tà, a bha, aig aon àm, cho toilichte anns an taigh seo – i fhèin agus an duine aice nach maireann, agus an dithis mhac, Niall agus Aonghas – sin dìreach an dachaigh aice. An robh i faireachdainn sàbhailte? Aig aon àm, gun teagamh. Cha robh i a-nis.

Thàinig i a-nall à Ameireaga às dèidh dhi Iain, athair Nèill agus Aonghais, a phòsadh. Bha banais mhòr aca thall. Cha robh duine ann bho thaobh Iain oir b' ann às an Eilean Sgitheanach a bha a theaghlach, astar mòr air falbh. Ach dh'fhàs Grace eòlach orra nuair a thàinig i air ais a Chaisteal Chonaisg còmhla ris. Bha sin còrr is 30 bliadhna air ais a-nis, ged-tà agus bha i air a bhith toilichte bhon phòs i. Am facal 'bha' a-rithist. Bha i toilichte, bha i sàbhailte. Dè thachair?

Bha camara na laighe ri taobh nan dealbhan, Kodak 35. Cheannaich Iain e an turas mu dheireadh a bha e ann an Ameireaga, 'dèideag' ùr dha fhèin. Bha e an-còmhnaidh a' trusadh rudan ùra mar sin.

"Faodaidh sinn dealbhan a thogail aig a' Chaisteal a-nis," thuirt e nuair a sheall e an camara dha Grace às dèidh dha tilleadh dhachaigh. "Seo an dòigh air adhart. Bidh camara aig a h-uile duine san àm ri teachd."

Cha robh Grace cho cinnteach. Cha robh fios aice ciamar a bha e ag obair. Bha film air choireigin na bhroinn agus dh'fhaodadh tu seo a thoirt dhan Cheimigear ann an Caol Loch Aillse agus dhèanadh esan na dealbhan dhut. Sin na planaichean a bha aig Iain co-dhiù ach gu mì-fhortanach cha d' fhuair e mòran chothroman an camara a chleachdadh. Cha b' fhada às dèidh dha tilleadh dhachaigh a fhuair iad a-mach gun robh aillse air, agus bhàsaich e. Cha robh e ach 55.

Dh'fhairich Grace a sùilean a' lìonadh le deòir agus thug i a-mach aon de na nèapaigin a bha na pòcaid, brògan na cuthaige air an dèanamh ann an obair-ghrèis timcheall air, am flùr a b' fheàrr leatha.

Bliadhna às dèidh dhan an duine aice bàsachadh, thòisich an Dàrna Cogadh. Ghairmeadh Niall agus Aonghas dhan arm. Bha Niall airson sabaid airson na dùthcha ged nach robh Aonghas, ach, mar a thachair e, 's e Niall a chaidh a dhiùltadh air sgàth 's a fhradharc, agus 's e Aonghas a chaidh a-steach. Nam biodh cùisean an dòigh eile, cha bhiodh Grace san t-suidheachadh anns an robh i an-dràsta.

Thog i an nèapaigin a-rithist. Fàileadh cùbhraidh a' toirt cofhurtachd dhi fhad 's a chaidh a h-inntinn air ais ann an ùine.

Dh'fhalbh Aonghas, saighdear ann an rèiseamaid nan Camshronach, agus cha deach latha seachad gun Grace a' gabhail dragh. Gach turas a thàinig cuideigin dhan doras shaoil i gur e telegram le droch naidheachd a bh' ann. Bha i eòlach air gu leòr theaghlaichean a bha air sin fhaighinn.

Chaidh na làithean seachad, Grace agus Niall a' fuireach aig an taigh, Niall a-nis a' coimhead às dèidh na h-oighreachd. Ged a bha an t-Eilean Sgitheanach fad air falbh bhon t-sabaid, bha buaidh aig a' chogadh air. Bha an t-àite trang leis an Nèibhidh. Chitheadh tu na seòladairean agus saighdearan ann an Caol Loch Aillse, na bàtaichean aca ri taobh a' chidhe an sin, leithid nam minelayers air an t-slighe a dh'Innis Tìle.

Uaireannan, bhiodh na saighdearan a' caismeachd tro na sràidean. Trup no dhà, nuair a chaidh Grace dhan Chaol, bha 'Barrage Balloons' ann cuideachd, airson dìon a thoirt dhan a' bhaile. Aon latha, nuair a chaidh i ann bha i bruidhinn ris a' Cheimigeir agus thuirt e gun robh iad air àiteachan-fasgaidh a thogail deiseil nan deigheadh glag-rabhaidh a ghairm. Ach cha do thachair sin uair sam bith a bha Grace anns a' Chaol agus, cho fad 's a b' aithne dhi, cha deach an cleachdadh a-riamh.

Bha e doirbh dha Niall an toiseach, a' faicinn nan saighdearan an sin, gu h-àraidh air sgàth 's gun robh a bhràthair air falbh a' sabaid. Chùm Niall trang ag obair air an oighreachd ged-thà. 'S e fear air leth a bh' ann, dìreach mar athair agus eu-coltach ri Aonghas. Cha robh Grace buileach cinnteach carson a bha Aonghas mar a bha e: duilich, gruamach, diombach an-còmhnaidh. Bha e mar nach robh e riamh ceart bhon a rugadh e, agus b' e sin a' bhreith dhoirbh.

Aon latha thuirt Niall gum biodh e math nan robh Grace a' faighinn barrachd cuideachaidh anns an taigh. Bha i air a bhith a' fulang le tinneas nan alt agus, uaireannan, bha e doirbh dhi faighinn timcheall. Cha b' fhada gus an do thòisich Flòraidh Dhòmhnallach. Cha robh i ach fichead bliadhna a dh'aois nuair a thàinig i dhan taigh mar solas a' soillseachadh gach seòmar dhan tigeadh i. Bha i àlainn, falt fada, dualach, donn agus sùilean mòra, donna. Cha do chleachd i maise-gnùise mar a chunnaic Grace air cuid de na nigh**e**an eile, cha robh i feumach air.

An toiseach chùm Niall air falbh bhuaipe, mì-chinnteach dè chanadh e rithe, ach bha fios aig Grace gun robh e a' tuiteam ann an gaol leatha. Cha robh i airson leigeil oirre, ged-tà, oir dh'fheumadh Niall sin a thuigsinn dha fhèin.

Chaidh na bliadhnaichean seachad gun naidheachd a chluinntinn bho Aonghas gus trì mìosan air ais. Bha Grace fhathast na laighe shuas na seòmar-cadail agus droch oidhche air a bhith aice. Chuala i gnog aig an doras agus sin Flòraidh le bracaist dhi. Bha i dìreach air tòiseachadh air an teatha òl nuair a chuala i fuaim càir a-muigh. Cha tug i aire air, a' smuaineachadh gur e Niall a bh' ann.

Bha Flòraidh a' fosgladh nan cùrtairean, "Tha duine shìos an sin, le baga."

"'S dòcha gur e caraid dha Niall a th' ann," thuirt Grace bhon leabaidh.

"Tha bann air a cheann..."

Dhèirich Grace, a cridhe a' bualadh gu luath. Aonghas! Chaidh i sìos an staidhre cho luath 's a b' urrainn dhi, Flòraidh a' tighinn às a dèidh, iongnadh air a h-aodann. Dh'fhosgail Grace an doras. Bha Aonghas na sheasamh air a beulaibh, èideadh an airm air, a cheann air a shuaineadh. Bha e coimhead sgìth, faileasan dorcha fo a shùilean, agus tana, a ghruaidhean fann, lachdann. Bha a cheann air a bhearradh gu lom, fuil air am bann geal a dhathadh dorch dhearg.

"Aonghais," dhèigh Grace a' coiseachd thuige, gàirdeanan fosgailte airson a ghlacadh gu teann thuice, "tha thu air tilleadh dhachaigh sàbhailte a m' eudail."

Cha tuirt e càil. Sheas e mar ìomhaigh snaighte à clach fhad 's a thug a mhàthair pòg dha.

"Cà' bheil Niall?" thuirt e mu dheireadh ann an guth ìosal.

"Bidh e timcheall an àiteigin. A Fhlòraidh, thalla 's faigh Niall. Innis dha gu bheil Aonghas air tilleadh dhachaigh."

Choimhead Flòraidh orra, mì-chinnteach am bu chòir dhi rudeigin a ràdh 's an uair sin dh'fhalbh i. 'S e àm a bh' ann airson màthair agus a mac.

"O, tha e cho math d' fhaicinn. Cha deach latha seachad nuair nach robh mi a' beachdachadh an robh thu ceart gu leòr. Gach turas a chluinninn an doras bha eagal mo bheatha orm gur e droch naidheachd a bh' ann. Dè thachair dhut? Tha leòn air do cheann? Am feum thu an dotair fhaicinn?" dh'fheuch Grace ri a cheann a shlìobadh ach gu h-obann bhuail e a làmh air falbh le a dhòrn.

"Fàg e!" dhèigh e, na faclan mar dranndan coin.

Ghabh Grace ceum air ais, "Tha mi duilich a ghaoil, bidh tu sgìth, 's mise timcheall ort mar chuileag. Tha an seòmar mar a bha e nuair a dh'fhàg thu ma tha thu airson laighe sìos. Cuiridh Flòraidh teine air gus am fuachd a thoirt air falbh."

"Fàg agam e, chan eil mi airson gun tig an òinseach shuarach sin dhan an t-seòmar agam!" Le sin, thog Aonghas am baga a bha air an talamh agus choisich e, gu slaodach, dhan taigh, Grace na seasamh a' coimhead às a dhèidh. Am faochadh a bh' oirre gun tàinig e air ais gu sàbhailte a' tionndadh gu dragh. B' e duine searbh, feargach a bha air tilleadh thuice.

An ath latha lorg Grace an camara agus dh'iarr i air caraid an teaghlaich dealbhan a thogail dhaibh. Dh'obraich i air Aonghas airson ùine mhòr agus, mu dheireadh thall, thàinig e a-mach às an t-seòmar aige. Cha do ghabh e pàirt anns na dealbhan ach choimhead e air na bha tachairt. 'S ann nuair a bha Niall a' faighinn dealbh còmhla ri Flòraidh a mhothaich Grace Aonghas a' coimhead orra, na h-aodainnean toilichte aca gu tur eadar-dhealaichte bhon ghràin air aodann Aonghais. Airson diog, dh'fhaodte a ràdh gun robh murt na shùilean. Dh'fhairich Grace crith an eagail agus b' fheudar dhi coimhead air falbh. "Bidh e ceart gu leòr ann an ùine," thuirt i rithe fhèin le barrachd misneachd na bha i faireachdainn. "Gheibh mi dotair dha."

Chaidh ceithir làithean seachad agus chan fhaca Grace mòran dhe Aonghas, chùm e ri sheòmar. Dh'fheuch Niall ri bruidhinn ris ach cha d' fhuair e freagairt sam bith a bharrachd air, "Tha mi ceart gu leòr..." Chuir Grace a dh'iarraidh an dotair aice fhèin ach cha robh Aonghas airson bruidhinn ris. Mu dheireadh leig e leis coimhead air an lot air a cheann ach, cho luath 's bha an dotair air sin a dhèanamh, dh'fhalbh Aonghas air ais dhan t-seòmar aige.

"Chan eil fhios 'am dè tha ceàrr air," thuirt Grace ris an dotair às dèidh dha Aonghas falbh. "An toiseach bha mi smuaineachadh gun robh e dìreach sgìth ach tha barrachd air sin sa chùis. Tha e cur dragh orm. Bha e riamh doirbh ach, chan eil mi ag aithneachadh a' bhalaich a tha air tilleadh thugam."

Shuidh an Dotair MacLeòid air beulaibh Grace, aodann sòlaimte, a' smuaineachadh. An ceann greis thuirt e, "Uill, mar a tha fios agad, cha d' fhuair mise cothrom bruidhinn ris ach, a rèir an rud a tha thu canail, tha thu ceart, chan e dìreach sgìths a tha ceàrr. Tha mi smuaineachadh gu bheil na dh'fhuiling e a' cur gu mòr air. Tha e gabhail uallach mu rudan a chunnaic e, no rudeigin a thachair dha, chanainn. Tha mi leughadh mu bhuaidh a' chogaidh air daoine. Anns a' Chiad Chogadh, b' e 'crith a' chogaidh' a bh' aca air."

"Crith a' chogaidh? 'S e sin an rud a tha ceàrr air? Chuala mi mu dheidhinn sin. An ann air sgàth nam bomaichean?"

"Uill, chan e dìreach sin. Chan eil fhios againn fhathast càit an robh Aonghas no dè bha e ris ach, bhiodh e air a bhith an sàs ann an sabaid. Chanainn gum faca e caraidean air am marbhadh, bhiodh aige fhèin ri daoine eile a mharbhadh. Airson cuid de dhaoine, chan eil an inntinn làidir gu leòr airson seasamh ri uabhas den t-seòrsa agus tha an nàdar air atharrachadh."

"Dè as urrainn dhuinn a dhèanamh?"

"Chan eil mi cinnteach, bheir mi dhut pilichean cadail dha, agus dèan cinnteach gu faigh e deagh fhois agus biadh math. A thuilleadh air sin, bhiodh e na chuideachadh dha nam faigheadh e a-mach cuairt bho àm gu àm."

Dh'fhalbh an dotair, na pilichean aig Grace. Dh'fheuch i ri bruidhinn ri Aonghas, ag innse dha mun rud a thuirt an dotair ach, cha tuirt e càil. Cha robh fios aice an e nach robh ùidh aige anns na bha i ag ràdh air neo nach robh e airson aideachadh gun robh rudeigin ceàrr air. B' fheudar dhi na pilichean fhàgail dha taobh a-muigh an dorais. Mhothaich i an ath latha gun robh na pilichean air falbh.

Dh'fhalbh na làithean, Aonghas a' cumail, airson a' mhòr-chuid, ris an t-seòmar ach, ged nach fhaca i mòran dheth, bha droch fhaireachdainn aice, mar gun robh rudeigin olc a' sìoladh tron taigh. Uaireannan air an oidhche chluinneadh i sgreuchail agus èigheachd a' tighinn bho sheòmar Aonghais. Dh'fheuchadh i fhèin agus Niall ri faighinn a-steach ach bha an doras an-còmhnaidh glaiste. Cò aige tha fios dè na rudan oillteil a bha e a' faicinn nuair a bha e na chadal. An ath latha, nuair a chuireadh Grace ceist air, chan fhaigheadh i freagairt.

Chùm cùisean a' dol san aon dhòigh gus aon latha nuair a thàinig Flòraidh thuice a' canail nach b' urrainn dhi aon de na seudan-muineil aig Grace a lorg. Bha i cinnteach gun do dh'fhàg i air a' phreasa e ach, nuair a chaidh i air ais, cha robh e ann.

Cha do smaoinich Grace mòran ma dheidhinn gus an do thachair e a-rithist le pìos seudraidh gu math luachmhor a thug Iain dhi greiseag às dèidh dhaibh pòsadh. A' faireachdainn an-fhoiseil, bhruidhinn Grace ri Niall ma dheidhinn. Bha esan mothachail gun robh rudan beaga timcheall a' Chaisteil air a bhith a' dol air chall, seann rudan ach rudan prìseil.

"Thòisich seo nuair a thill Aonghas! Feumaidh sinn stad a chur air!" thuirt Niall, a' fàs feargach. Bha e airson bruidhinn ri Aonghas ma dheidhinn ach cha do leig a mhàthair leis, i a' smuaineachadh gur e pàirt den tinneas a bh' ann agus nach robh e a' tuigsinn na bha e a' dèanamh.

Ged a bha e doirbh dha Grace smaoineachadh gur e mèirleach a bha ann an Aonghas, bha e math nach robh fios aice cho duilich 's a bha cùisean le Aonghas dol a dh'fhàs. Cho dona agus gum biodh aice ri co-dhùnadh air slighe eile a ghabhail na beatha.

Aon latha bha Grace anns a' Chaisteal na h-aonar. Bha Niall air falbh air gnothach air choireigin agus bha Flòraidh air tilleadh dhachaigh airson tadhal air an teaghlach. Bha an luchd-obrach eile air leth-latha dheth. Thàinig Aonghas gu Grace, a' chiad turas a bha e air bruidhinn rithe airson ùine mhòr. Cha do mhair an toileachas aig Grace ged-tà, cha robh Aonghas ag iarraidh a companais, bha e ag iarraidh airgead. Dh'innis Grace dha nach robh mòran airgid aice ach gu faigheadh e na bha san sporan aice.

"Chan eil thu gam thuigsinn," thuirt e. "Chan eil mi ag iarraidh dhà na thrì thastan. Tha mi ag iarraidh m' oighreachd!" dhèigh e.

Choimhead Grace air mar nach robh i ag aithneachadh an duine a bha na sheasamh air a beulaibh, "Tha am beairteas uile againn anns a' Chaisteal."

"Chan eil a h-uile càil..." thuirt Aonghas fo ghuth.

"Chan eil mi gad leantail..." fhreagair Grace.

"Seall air an t-seudraidh agad, dh'fhaodadh tu sin a reic airson airgead a thoirt dhomhsa."

"Thug d' athair na pìosan seo dhomh. Tha an stuth eile a' buntainn ri mo theaghlach ann am Ameireaga, chan eil e ciallach a reic. Cò bhiodh gan ceannach, an-dràsta, co-dhiù. Tha cogadh air," thuirt Grace le uabhas.

Gu h-obann thàinig Aonghas a-null thuice, chuir e a làmhan mu a h-amhaich agus phut e air ais i gus an robh a druim ris a' bhalla. Chrom e a cheann gus bruidhinn na cluais. Ann an guth ìosal, làn uilc, thuirt e, "Tha fios 'am gu bheil cogadh air, bha mi an sàs ann. Chunnaic mi fear gun cheann, fear eile a' sgreuchail, leth a chois a dhìth, fuil a' dòrtadh a-mach. Rinneadh rudan orm nach creideadh duine beò..." Sguir e a bhruidhinn, cha robh faclan air fhàgail aige.

"Tha mi duilich..." thuirt Grace air èiginn, e doirbh dhi bruidhinn leis a' ghrèim a bh' aig a mac oirre.

"Duilich! Duilich!" ghabh Aonghas grèim nas làidire air a h-amhaich gus an robh e doirbh dhith anail a ghabhail. "Cha robh mi airson a dhol ann, dh'fheumainn dol ann air sgàth 's nach deach Niall ann agus dè rinn thusa? Cha do rinn thusa càil. Nach eil thusa, mo mhàthair, airson dìon a thoirt dhomh? Nach e sin an dleastanas agad?"

"A-a," cha robh comas aig Grace a faclan fhaighinn a-mach. Sa mhionaid sin, shad Aonghas smiogaid na h-aodann.

"'S e sin an rud a tha mi smaoineachadh dhìotsa! Tha mi ag iarraidh airgead airson mo bheatha a thòiseachadh a-rithist, agus is tusa a bheir dhomh e." Le sin, leig e às a ghrèim agus choisich e a-mach às an t-seòmar.

Shleamhnaich Grace sìos chun an làir cho luath 's bha Aonghas air falbh, a bodhaig lag leis an eagal. Thog i a làmh agus ghlan i an smugaid a bha a' measgachadh leis na deòir shaillte a bha ruith sìos a h-aodann. Bha i caoineadh gu socair an toiseach, mar leanabh faisg air a' chadal. An uair sin, thòisich i a' guil, a bodhaig na chrith. Mu dheireadh thall, nuair a bha i nas socair, dh'èirich i agus ghluais i a-null chun an deasg far an robh litir fhathast na laighe bho a piuthar Mary. Bha Mary a' fuireach ann am Boston agus cha robh Grace air a faicinn airson ùine mhòr.

Dh'fheumadh i bruidhinn ri cuideigin mun rud a thachair, a' feuchainn ri òrdugh fhaighinn às ach, cò? Cha b' urrainn dhi bruidhinn ri Niall, bhiodh esan a' dol às a rian. Leugh i an litir a-rithist agus, an uair sin, thog i a' pheann. Cuireadh i litir gu Mary.

Nuair a thill Niall air an oidhche ud, cha tuirt Grace càil mu na rinn Aonghas. An aon rud a rinn i, 's e gun do dh'iarr i air an litir a chur air falbh an ath thuras a bhiodh e anns a' Chaol.

Dh'fhalbh na làithean. Niall trang leis an fhearann, Aonghas mar taibhse dhorcha a' tathaich an taighe agus Grace, uill bha Grace trang a' feuchainn ris na patan a bha air nochdadh air a corp fhalach.

Mhothaich Flòraidh aon air a làmh agus, nuair a bhruidhinn i air, thuirt Grace gu robh i air a làmh a bhualadh air an doras. Cha robh sin gu math fad bhon fhìrinn, ged nach do dh'inns i gur e Aonghas a bha air a làmh a bhualadh air an doras nuair nach tug i airgead dha. Bha aig Grace ri fàs gu math comasach air breugan innse, a' ceil nan lotan. Ach, bha Aonghas fhèin ealanta air goirteachadh far nach biodh e follaiseach.

Greiseag às dèidh sin, bha droch oidhche phiantail eile aig Grace. Bha i air Aonghas a chluinntinn a' sgreuchail agus, nuair a chaidh i suas dhan t-seòmar aige, ruith e a-mach a' bualadh a-steach innte air an t-slighe. 'S e tubaist a bh' ann an sin, bha e mar nach fhaca e Grace idir, a shùilean fosgailte ach chan e na bha mun cuairt air a bha e faicinn ach uabhasan bhon chogadh.

Chuidich Flòraidh Grace air ais dha leabaidh agus chaidh an gàirnealair, Dòmhnall, às dèidh Aonghais oir bha Niall air falbh. An ath latha chùm Grace ris an leabaidh, a bodhaig goirt bhon oidhche roimhe. Bha i fhathast an sin nuair a thàinig Flòraidh thuice le litir bho Mary.

B' fheudar dha Grace an litir a leughadh trì tursan gus an do thuig i gu robh Mary ag iarraidh oirre tighinn a-null a dh'Ameireaga! An toiseach cha robh i idir air a shon, agus iad ann am meadhan cogaidh, 's e turas bàsmhor a bhiodh roimhpe a' siubhal a' Chuan Siar. Ach, mar as motha a smaoinich i air, 's ann as motha a thàinig i dhan cho-dhùnadh gur dòcha nach robh e cho mì-chiallach.

Bha dragh oirre a thaobh Aonghais agus bha a piuthar air seo a thogail, oir bha i eòlach air balach dha leithid a bha air fàs cho dona na inntinn gun do mharbh e a mhàthair. A' leughadh seo uair is uair ann an dubh is geal, thàinig Grace dhan bheachd gum biodh e na b' fheàrr nan robh ise a-mach às an rathad. Ma bha cothrom idir dha Aonghas fàs nas fheàrr, cha tachradh e ma bha Grace fhathast aig an taigh. Sa mhionaid sin, cho-dhùin i a dhol a dh'Ameireaga.

Thuig i nach biodh e furasta dhi agus an cogadh fhathast a' dol ach bha fios aice gun robh bàtaichean a' dol a-null. Bha i air am faicinn anns a' Chaol.

Cha bhiodh Niall toilichte ach cha robh esan an seo an-dràsta. Chanadh e gum bu chòir dhi iarraidh air Aonghas an taigh fhàgail ach cha b' urrainn dhi sin a dhèanamh. Seo an dachaigh aige agus bha i faireachdainn ciontach nach b' urrainn dhi a chuideachadh.

Bhiodh e doirbh dhi rud sam bith a dhèanamh gun fhios do Fhlòraidh, 's mar sin, thuirt i rithe gum biodh e na dheagh bheachd nan robh i dol dhachaigh airson greiseag, gheibheadh i lioft suas gu ceann an rathaid le Dòmhnall, an gàirnealair, agus, an uair sin, am bus. Bha Flòraidh air a bhith ag innse dhi an latha roimhe nach robh a h-athair a' cumail gu math 's mar sin, bhiodh seo na dheagh leisgeil Flòraidh fhaighinn às an rathad.

An ath latha, nuair a thàinig Niall air ais, bha Grace a' feitheamh air. Shruth na planaichean teichidh às a beul mar eas. Mar a bha i an dùil, bha fearg dearg air agus e airson Aonghas a phutadh a-mach às an taigh sa bhad. Bha e cuideachd air leth duilich nach do mhothaich e dè bha tachairt. Bha e cheart cho doirbh dha dèiligeadh ri sin 's a bha e dèiligeadh ris an rud a rinn a bhràthair.

Mar a bha e, thug e ùine mhòr do Ghrace mìneachadh nach biodh e na chuideachadh dha Aonghas a bhith air a ruagadh às an taigh. Cha robh Aonghas a' tuigsinn an rud a rinn e, 's e an tinneas a bha ag obair air. Bhiodh Niall ceart gu leòr anns an taigh còmhla ris ach bhiodh e na bu shàbhailte dha Grace nan rachadh i air falbh. Bha i, mar-thà, air cùisean a chur air dòigh airson falbh le taic bho Dhòmhnall, an gàirnealair.

Aon rud nach do rinn i, 's e rudan a chur air dòigh a thaobh an t-seudraidh. Bha gu leòr phìosan air dol air chall agus cha robh Grace airson nach biodh càil air fhàgail nuair a thilleadh i. Cha b' ann air a sgàth fhèin ach airson Niall, agus airson Aonghas nuair a bha e na b' fheàrr. Cò aige bha fios dè seòrsa staid sam biodh an dùthaich nuair a thigeadh an cogadh gu crìoch?

Cho-dhùin Niall an t-seudraidh fhalach. Cha robh e airson a chumail ann am banca. Lorgadh e àite sàbhailte gus an robh Grace air ais agus gus an robh Aonghas na b' fheàrr. Dh'fhaodadh Grace pìos no dhà a thoirt air falbh leatha a dh'Ameireaga ach chuireadh Niall na rudan eile am badeigin sàbhailte gun fhios do Aonghas. An rud mu dheireadh a thuirt e, 's e gum feumadh Grace teicheadh cho luath 's a b' urrainn dhi, a-rithist, gun fhios do Aonghas. Cha robh e airson gun tachradh dad eile dhi san eadar-ama, gu h-àraidh air sgàth 's gun robh Flòraidh air falbh.

An ath latha, dh'fhalbh Niall leis an t-seudraidh. Cha robh fios aice càit an deach e ach bha e air falbh faisg air latha. Cha robh i airson gum falbhadh e leis an stuth bhon teaghlach ann am Ameireaga – an stuth leis na nathraichean. Bha an fhàinne agus na fàinneachan-cluaise a-nis aig Niall, agus bha i airson an seud-muineil a thoirt do Fhlòraidh. Cha b' ann dìreach airson gu robh i an dùil gum pòsadh Flòraidh agus Niall, ach cuideachd air sgàth 's gun robh a' chaileag cho cuideachail. Bha i mar nighean dhi, nighean nach biodh aice a-nis. Flòraidh – ainm àlainn. Neònach, sin an t-ainm a thug i dhan an nighean bheag aice, an nighean a bhàsaich aig àm a breith, Aileas Flòraidh Nic a' Chombaich, piuthar do Niall agus Aonghas. Bha i cho bòidheach. 'S e saoghal cruaidh a th' ann, aig amannan, smuainich Grace.

Dìreach an sin chuala i fuaim air a cùlaibh, Niall air tilleadh, "Tha mi air an t-seudraidh a chur am falach."

"A bheil thu airson beachd a thoirt dhomh cà' bheil e?"

"Chan eil," fhreagair e. Bha e coimhead sgìth. "Tha e nas sàbhailte dhut. Bha Aonghas shìos an staidhre nuair a thàinig mi dhachaigh. Tha mi smuaineachadh gu bheil fios aige gu bheil rudeigin a' tachairt..."

Dh'fhairich Grace cho fuar ris a' phuinnsean nuair a thuirt Niall sin, eagal a beatha oirre gun dèanadh Aonghas rudeigin eile. Bha aice ri bhith cho faiceallach gus nach dèanadh i dad a chuireadh fearg air.

"Nì mi cinnteach gu bheil e air ais anns an t-seòmar aige agus an uair sin cuiridh mi na bagaichean agaibh anns a' chàr. Bidh mi air ais ann am mionaid." Sheas Niall agus dh'fhalbh e.

Shuidh Grace a' coimhead air dealbhan a teaghlaich air a beulaibh. Ged a bha na dealbhan slàn, bha a teaghlach air a bhristeadh ann an iomadach pìos. Bha fios aice nach robh Aonghas ceart nuair a chaidh na dealbhan a thogail, ach bha i a' smuaineachadh gun robh e dìreach sgìth, latha no dhà san leabaidh agus bhiodh e glè mhath. Cho ceàrr 's a bha i. A-màireach bhiodh i a' fàgail airson Ameireaga gun fhios cuin a thilleadh i, 's dòcha às dèidh a' Chogaidh, nuair a bhiodh Aonghas na b' fheàrr. Gu sàmhach, gu socair, chuir i a làmhan còmhla, chrùb i a ceann agus dhùin i a sùilean, a' dèanamh ùrnaigh gu Dia. Gu mì-fhortanach, cha robh Dia ag èisteachd rithe an latha sin.

Caibideil 9

Nuair a dhùisg Mairead an ath latha rinn i deiseil airson a dhol a Thaigh-òsta Chaisteil Chonaisg airson an agallaimh. Cha robh an latha a' coimhead math, an t-uisge air a bhith ann tron oidhche, agus bha i an dùil gum biodh e ann nas fhaide tron latha cuideachd. Ghabh i tost agus cupa teatha airson a bracaist fhad 's a bha i coimhead air fiosrachadh mu dheidhinn Caisteil Chonaisg air an eadar-lìon. Bhiodh e math sealltainn dhan a' Mhanaidsear gun robh i air rud beag de dh'obair-dhachaigh a dhèanamh ro-làimh. Nuair a bha i deiseil, chaidh i sìos an staidhre agus a-null gu cidsin a pàrantan.

Bha a màthair a' dèanamh poit teatha nuair a chaidh i a-steach, na cupannan nan suidhe air a' bhòrd a' feitheamh. Bha athair Mairead na shuidhe ann an aon de na cathraichean ri taobh a' bhùird.

"Deiseil airson falbh a luaidh?" thuirt a màthair nuair a chaidh i dhan chidsin.

"'S mi a tha," fhreagair Mairead.

"Tha thu dol sìos a Chaisteal Chonaisg?" ars a h-athair. "Tha e cho daor ris an aran-mhilis, an taigh-òsta sin. Bha mi ann aon thuras. An do dh'innis mi dhut gum b' àbhaist do Ghranaidh a bhith ag obair an sin, uill, nuair a bha e na Chaisteal?"

"Bha seòrsa de chuimhne agam air," fhreagair Mairead, "nuair a choimhead mi air na dealbhan a-raoir."

"Dhìochuimhnich mi. Lorg thu a' mhàileid ma-thà?" dh'fhaighnich e.

"Lorg. Bha tòrr dhealbhan ann, cha robh mi buileach cinnteach cò an fheadhainn a bh' ann an cuid dhiubh ged-tà. A bheil fios agaibhse?"

"Cha bhithinn cinnteach nas motha ach tha mi a' smuaineachadh gu bheil cuid ann de do Shinn-sheanair agus Sheanmhair," thuirt e.

"Dè thachair dhaibh? An robh thusa eòlach orra?"

"O, cha robh. Bhàsaich mo Sheanair mus do rugadh mi," fhreagair a h-athair. "Chan eil mòran fiosrachaidh agam co-dhiù mun deidhinn. Bha do Ghranaidh ag obair shìos ann an Caisteal Chonaisg agus bha aice ri tilleadh dhachaigh oir dh'fhàs a h-athair tinn. A' chaitheamh – eil fhios agad, TB – saoilidh mi. Dh'fhuirich Granaidh aig an taigh còmhla ri mo sheanmhair às dèidh dha bàsachadh."

Dh'fhàs athair Mairead sàmhach.

"An gabh thu cupa teatha mus tèid thu sìos, a luaidh?" thuirt màthair Mairead, a' bristeadh dhan t-sàmhchair.

"Cha ghabh, fhuair mi tè shuas," fhreagair i. Bha i a' sùileachadh ceistean eile fhaighneachd mun dealbh ach, dìreach an sin, dh'èirich a h-athair bhon bhòrd.

"Uill, tha mi an dòchas gun tèid leat. Cluinnidh sinn. Feumaidh mise dèanamh deiseil airson an latha," agus thog e air a-mach.

"Duilich, thuirt sibh a-raoir nach bu chòir dhomh dad a ràdh," thuirt Mairead.

"Och, 's e dìreach d' athair a th' ann, chan eil e uabhasach fhèin cofhurtail a' bruidhinn mu dheidhinn an rud a thachair. Feumaidh tu cuimhneachadh, airson faisg air fad a bheatha, bha e smuaineachadh gur e do sheanair athair, ach, nuair a bhàsaich am bodach, fhuair e a-mach nach b' e."

"Cuin a phòs Granaidh mo sheanair?"

"Tha mi a' smuaineachadh gun do phòs i beagan mhìosan às dèidh dhi tilleadh dhachaigh. Cha robh e fada às dèidh dhi tilleadh dhachaigh a thuig a màthair gun robh Granaidh an dùil ri leanabh agus bha i airson gum pòsadh i mus faigheadh daoine eile a-mach."

"An robh iad ann an gaol nuair a phòs iad?"

"A Mhairead, dè seòrsa ceist a th' ann an sin! Ciamar a bhiodh fios agamsa mu dheidhinn!" thuirt a màthair a' coimhead oirre.

"Dè mu dheidhinn fìor athair m' athar?"

"Cò aige tha fios?" fhreagair a màthair.

Thog a màthair a cupa, "A Mhairead bha na h-amannan ud gu tur
eadar dhealaichte bhon latha an-diugh. Bha aon athair aig d' athair,
bha e toilichte nuair a bha e fàs. Tha Granaidh agus Seanair air siubhal
a-nis, dè feum a bhiodh ann faighinn a-mach cò am fìor athair?"
Ghabh i balgam dhen teatha agus thog i aon de na bonnaich a bh' air
a' bhòrd.

"Dè mu dheidhinn nan robh mise airson fiosrachadh a lorg mu
dheidhinn?"

"Uill, tha thu aosta gu leòr airson na thogras tu a dhèanamh. Cha
chreid mi gun cuireadh e stad ort. Chì mi dè chanas e. Dìreach bidh
faiceallach ma lorgas tu càil, a Mhairead, uaireannan tha e nas fheàrr
an t-àm a dh'fhalbh fhàgail far a bheil e."

Choimhead a màthair oirre, rabhadh na sùilean. Nuair a thàinig
Mairead sìos an toiseach, bha i airson ceistean fhaighneachd mun
dealbh ach bhiodh e na b' fheàrr dhi am fàgail gu latha eile a-nis.

"Tha e neònach, dol sìos gu an aon chaisteal far am b' àbhaist
do Ghranaidh a bhith ag obair," thuirt Mairead, a' feuchainn ris
a' chòmhradh a stiùireadh air ais gu talamh nas sàbhailte.

"Tha mi cinnteach gun robh e diofraichte ann an latha Ghranaidh.
'S dòcha gum bi cuideigin shìos an sin aig a bheil fiosrachadh ma
deidhinn," thuirt a màthair, a' coimhead a-null thuice. Mhothaich
Mairead bho sùilean a màthar gun robh i a' toirt cead dhi barrachd
fhaighinn a-mach mu a seanmhair.

Cha robh an t-slighe gu ceann a-deas an Eilein a' toirt ach leth-cheud
mionaid. Ghabh i an rathad gu Sligeachan agus an uair sin sìos an A87
gus an do ràinig i an t-Àth Leathann. Cha robh cuimhne aig Mairead
cuin mu dheireadh a bha i air an rathad seo, co-dhiù deich bliadhna.
Bha iad air rathad ùr dùbailte a thogail, 's mar sin bha an draibheadh
furasta. Fhad 's a chaidh i air adhart gu siùbhlach, sgiobalta thòisich
an dreach-tìre creagach, fosgailte ag atharrachadh. An toiseach, cha
robh ach craobh no dhà an siud 's an seo, a' ghaoth làidir air a gheugan
a lùbadh agus an stoc cho crùbte bha e mar gun robh scoliosis air, ach
mar a chaidh i na b' fhaide deas dh'fhàs an talamh torrach, uaine fo
choilltean is chnocan ìosal.

Thionndaidh Mairead an càr a-steach a phàirc-chàraichean an taighe-òsta mu aon uair deug. Cha robh ach trì càraichean eile an sin, BMW glas, Audi dubh agus Volvo uaine. Bha Mairead faiceallach an càr aice fhèin a pharcadh air falbh bho na càraichean spaideil sin agus mus do rinn i air doras an taighe-òsta ghlas i doras an t-seann Astra – ged a dh'fhaighnich i dhi fhèin le gàire carson a ghoideadh duine sam bith an càr aicese agus uiread chàraichean leòmach mun cuairt.

Bha dà dhoras fiodha air a beulaibh, dìreach mar a chunnaic i anns an dealbh, staran air gach taobh. A' gabhail ceum a-steach, lorg Mairead i fhèin ann an trannsa mhòr le làr fiodha lìomhte, doras fosgailte air a taobh chlì agus doras eile air a taobh dheas. Air a beulaibh bha cunntair fiodha le "Àite-fàilteachaidh" os a chionn agus staidhre ag èirigh gu clì ri thaobh. Mì-chinnteach mu càite an rachadh i, sheas i a' coimhead timcheall oirre gus an cuala i guth,

"Halo, a bheil sibh ceart gu leòr?"

Thionndaidh Mairead a dh'fhaicinn boireannach òg mu fhichead bliadhna a dh'aois le falt fada ruadh a' cosg sgiorta ghorm, lèine gheal agus peitean tartan. Chan fheumadh tu a bhith nad lorg-phoileas airson faicinn gun robh i an dùil ri leanabh.

"Tha mi a' lorg Alina Mhoireach?"

"O," thuirt am boireannach, "an robh dùil aice ribh?"

"Bha. Dh'iarr i orm tighinn sìos an-diugh airson coimhead timcheall an taighe-òsta, tha mi sireadh obair."

"Ceart ma-thà. Fuirich mionaid. Dè an t-ainm a th' oirbh?" dh'fhaighnich am boireannach mus do dh'fhalbh i tro dhoras air an taobh dheas.

Bha an t-àite sàmhach, cha robh e trang mar na taighean-òsta a gheibheadh tu ann an àitichean eile, prìsean nas ìsle a' toirt cead dha tòrr a bharrachd fuireach annta. An seo, cha bhiodh ann ach daoine beairteach. Cò ris a bha e coltach nuair a bha a seanmhair an seo? An robh e fhathast cho sàmhach no an robh tòrr dhaoine anns an teaghlach, gàire anns a h-uile seòmar san rachadh tu? Bha Mairead a' faireachdainn duilich an uair sin nach do chuir i barrachd cheistean air Granaidh nuair a bha i beò ach, chan eil thu smuaineachadh air sin nuair a tha thu òg.

Às dèidh còig mionaidean, thàinig am boireannach air ais, "Tha mi duilich, chan eil Alina timcheall an-diugh. B' fheudar dhi falbh a-raoir, bha a màthair ann an tubaist. Cha robh fios 'am gun robh i an dùil ri cuideigin. Tha sibh a' sireadh obair, sin ceart?"

"Tha, chuala mi gun robh sibh a' lorg neach-fàilteachaidh."

"Dè ma sheallas mi fhìn timcheall sibh agus faodaidh sinn rudeigin eile a chur air dòigh nuair a thilleas Alina? Gheibh sibh dinnear anns an taigh-òsta an-asgaidh cuideachd?"

"Math fhèin," thuirt Mairead.

"O, agus 's e mise Maggie," ars am boireannach agus le sin, thòisich an turas aig Mairead timcheall 'a' Chaisteil'.

Bha deich seòmraichean-cadail a bhiodh iad a' leigeil a-mach agus bha gach fear dhiubh brèagha, ach thuit Mairead ann an gaol le aon seòmar far an robh dà uinneag mhòr le seallaidhean àlainn tarsainn an locha. 'S e seòmar stàiteil a bh' ann le mullach àrd. Bha Mairead a' faireachdainn fàileadh de rudeigin ann cuideachd, fàileadh bhrògan na cuthaige, sin e. Am flùr a b' fheàrr leatha...

Fhad 's a bha Mairead a' leantail Maggie, bha i a' faighneachd cheistean mu dheidhinn Chaisteil Chonaisg, nuair a bha e na Chaisteal, ach cha robh càil a bharrachd fiosrachaidh aig Maggie na bha air an eadar-lìon.

"'S dòcha ma bhruidhneas sibh ris a' ghàirnealair, Dòmhnall, gheibh sibh barrachd a-mach. B' àbhaist dha athair a bhith ag obair an seo nuair a bha e aig teaghlach Mhic a' Chombaich. Seallaidh mi dhuibh far a bheil e," thuirt Maggie nuair a bha iad deiseil a' dol timcheall. "Bidh e ag obair air na flùraichean anns an taigh-ghlainne."

Thòisich an dithis aca a dh'ionnsaigh an taighe-glainne, ach thàinig air Maggie tilleadh a-steach agus aoighean air nochdadh.

"Halo?" dh'èigh Mairead. Chuala i cuideigin air an taobh staigh ged nach b' urrainn dhi faicinn cò bh' ann oir bha lusan tomàto na rathad. Diog às dèidh sin, nochd duine air a beulaibh, meadhanach àrd le falt geal, agus mu an aon aois ri a h-athair. Bha na sùilean aige gorm agus geur-sheallach, chan fhaigheadh càil seachad air.

"Am faod mi do chuideachadh?" dh'fhaighnich e, a thoirt dheth a mhiotagan agus a' suathadh fallas bho a cheann.

"Tha mi an dòchas. Is mise Mairead NicLeòid. Bha mi dìreach a' coimhead timcheall an taighe-òsta, tha mi a' sireadh obair. B' àbhaist do mo sheanmhair a bhith ag obair an seo nuair a bha i na nighean agus bha mi dìreach a' beachdachadh an robh fiosrachadh agaibh idir mun àite."

"Aha, thuirt thu gum b' àbhaist do ghranaidh a bhith ag obair an seo. Cò i?"

"Flòraidh, Flòraidh Dhòmhnallach, 's e searbhanta a bh' innte."

"Uill, uill, 's tu an t-ogha. Dè an t-ainm a th' ort a-rithist?"

"Mairead, Mairead NicLeòid."

"Uill, a Mhairead, thig a-mach agus chì sinn dè a' chuimhne a th' agam air na làithean sin."

Lean Mairead Dòmhnall a-mach às an taigh-ghlainne agus shuidh an dithis aca air beinge. Choimhead Dòmhnall air an loch air a bheulaibh ged nach robh e ga fhaicinn, "B' àbhaist dha m' athair a bhith ag obair an seo gus an deach e na theine am bliadhna a rugadh mise. 'S ann aig teaghlach Mhic a' Chombaich a bha an Caisteal an uair sin, màthair, Bean-uasal Nic a' Chombaich, agus dà mhac, Niall agus Aonghas. Bha a' mhàthair uabhasach fhèin laghach, a rèir m' athar agus bha am balach bu shine san aon dòigh, Niall. Bhàsaich Niall, an Tighearna, ann an tubaist anns a' Chuiltheann beagan ro dheireadh an Dàrna Cogaidh. Thug e seachdain mus do lorg iad a chorp. Greis às dèidh sin, chaidh an Caisteal na theine, cha robh fios aig duine ciamar ach, 's e seann Chaisteal a bh' ann, iomadh rud a dh'fhaodadh adhbharachadh tha mi a' creidsinn.

An rud a bh' ann, 's e teaghlach beairteach a bh' anns na Combaich. 'S e Ameireaganach a bh' anns a' Bhean-uasal agus 's ann an sin a choinnich Mac a' Chombaich i. Phòs iad agus thàinig ise a-null. Nuair a chaidh an taigh na theine, chaill a' mhàthair a beatha, bha ise shuas an staidhre agus bha an doras glaiste. Cha b' urrainn dhi fhaighinn a-mach."

"Tha sin cho duilich," thuirt Mairead.

"Nach eil. Bha rudeigin neònach mu dheidhinn na cùise ged-thà. Bha am balach eile, Aonghas, anns a' Chaisteal aig an àm agus, a rèir coltais, cha robh fios aige gun robh a mhàthair anns an taigh ged a thuirt aon de na nigheanan às a' chidsin gun robh i air innse dha. Fhuair esan a-mach ach bhàsaich a mhàthair. Bha tòrr seudraidh aice, rudan luachmhor, agus dh'fhalbh sin cuideachd, feumaidh gun deach e na theine anns an t-seòmar. Cha deach dad a lorg co-dhiù."

"Dè thachair dhan a' mhac eile, an e Aonghas an t-ainm a bh' air?"

"Uill, cha robh airgead gu leòr aige airson an Caisteal a chumail 's mar sin laigh e falamh airson ùine mhòr gus an do cheannaich Daibhidh e anns na 80an. Dh'fhalbh Aonghas, chan eil fhios agam càite."

"Uncail Dhòmhnaill, tha thu an sin. Carson nach eil thu freagairt na fòn-làimhe agad."

Thionndaidh Mairead timcheall beagan nuair a chuala i guth air an robh i eòlach.

"O, siud gille mo bhràthar, cha bhi mi ach mionaid." Rinn Dòmhnall deiseil airson seasamh nuair a nochd duine òg air am beulaibh.

"Duilich, Fhearchair, thòisich mi a' bruidhinn mu na seann làithean leis an tè òg seo, Mairead."

Thog Mairead a ceann.

"A Mhairead, 's fhada bhon uair sin!"

Caibideil 10

Ghabh Fearchar a làmh na dhà làmh fhèin, gu dùrachdach.

"Gu dearbh," fhreagair Mairead.

"Tha sibh eòlach air a chèile," thuirt Dòmhnall, gàire air aodann.

"Bha sinn san àrd-sgoil còmhla, nach robh a Mhairead!" thuirt Fearchar, a' dèanamh gàire. "Ach bha Mairead na b' òige na mise. Tha mise 33 's tha sin a' ciallachadh gu bheil thusa..."

"Trichead." Cha tuirt Mairead an còrr, a' cuimhneachadh na h-àird-sgoile ann am Port Rìgh agus Fearchar...

A' chiad turas a thachair i ris, bha i na seasamh san loidhne a' feitheamh ri faighinn dhan chlas bith-eòlais còmhla ri Maighstir Greumach. Cha robh e fada às dèidh dhi tòiseachadh san sgoil. Bha i bruidhinn ri a caraid, Johanna, a thàinig bhon bhun-sgoil còmhla rithe, nuair a thòisich balaich bhon treas bliadhna a' dèanamh loidhne air taobh eile na trannsa. Bha iadsan a' feitheamh airson clas Gàidhlig còmhla ri Maighstir MacCoinnich.

Bha Johanna beag, bàn agus bòidheach, eu-coltach ri Mairead.

"Haidh Johanna, cò an caraid agad?" guth balaich san loidhne mun coinneamh.

"Haidh Fhearchair, ciamar a tha thu? Seo Mairead."

"Mairead. Chan fhaca mi thusa an seo riamh."

Cha tuirt Mairead càil. Choimhead i sìos air a brògan.

"A Mhairead, Mo Nighean Donn Bhòidheach," dh'èigh Fearchar.

Dh'fhàs Mairead dearg, cha b' urrainn dhi gluasad agus dh'fhairich i fallas fo na h-achlaisean. Bha Fearchar àrd, falt donn air agus gàire air aodann. Bha e a' cosg aodach na sgoile, ach às aonais taidh.

Thòisich na balaich eile a' gàireachdainn.

"A Mhairead, bruidhinn rium. Tha mi feuchainn an seo!" Fearchar a-rithist a' cur a làmhan gu a bhroilleach mar gu robh a chridhe a' bristeadh.

"Chan e nighean donn bhòidheach a th' innte ann, ach Banrigh na Deighe," thuirt aon bhalach, a' lachanaich.

Bha Mairead ag iarraidh rudeigin a ràdh, bha tòrr rudan a' dol timcheall a cinn ach cha tàinig na faclan a-mach, 's mar sin, sheas i balbh gus an do ghairm an glag. Dh'fhalbh na balaich dhan chlas aca, fhathast a' gàireachdainn.

"Carson nach tuirt thu rudeigin?" dh'fhaighnich Johanna. "'S e balach eireachdail a th' ann am Fearchar."

"Chan eil fhios 'am..."

"Òinseach!" dh'èigh Johanna agus choisich i dhan chlas gun coimhead às a dèidh.

Airson an ath thrì bliadhnaichean, gus an do dh'fhàg Fearchar an sgoil, gach turas a chitheadh e Mairead, bhiodh e canail rudeigin rithe, rudeigin a bhiodh a' cur gàire air a h-uile duine eile, ach Mairead. Chanadh e rudeigin mu dheidhinn a h-aodaich, a figear, a falt, rud sam bith. Cha b' e droch rudan a bh' ann, ach bha e a' magadh oirre – "Seo piuthar Jessica Rabbit, Jessie Crabbit."

Nuair a dh'fhàs Mairead na b' aosta, uaireannan bhiodh i a' canail rudeigin mar, "Bi sàmhach!" no "Nach tu tha èibhinn!" ach rinn sin cùisean na bu mhiosa buileach oir bhiodh e an uair sin ag ath-aithris air an dòigh a chanadh i e. Bha i ro dhiùid dèiligeadh ri seo agus cha robh mòran charaidean aice, a bharrachd air Johanna agus an fheadhainn eile bhon bhun-sgoil. Bha e doirbh dhi caraidean eile a dhèanamh.

Bha cuid de dhaoine a' smuaineachadh gun robh i mòrchuiseach agus nach robh i airson bruidhinn riutha ach, b' i an fhìrinn gu robh an t-eagal oirre. Eagalach gum biodh iad a' smuaineachadh gur e òinseach a bh' innte, eagalach mu dheidhinn a guth (den bheachd gun robh e ro ìosal airson guth nighinn, gòrach nuair a smuainich Mairead air ais) agus, cha robh càil inntinneach aice ri ràdh co-dhiù.

Bha na nigheanan eile san sgoil cho brèagha agus cho fasanta. Cha robh Mairead. Cha robh mòran airgid aig a pàrantan 's mar sin cha b' urrainn dhaibh na brògan as ùire a cheannach no an t-seacaid as daoire. Cha robh Mairead, a bharrachd, cho tana ri cuid de na nigheanan eile 's mar sin, cha robh i a' coimhead cho snog riutha. Na beachd fhèin, co-dhiù.

Nuair a choisich Fearchar air falbh bhon sgoil às dèidh nan deuchainnean, cha chuala Mairead guth mu dheidhinn tuilleadh. Dè cho mì-fhortanach 's a bha e gun do làndaig e san aon àite rithe an-diugh?

"Feumaidh gu bheil tòrr naidheachdan agad bhon turas mu dheireadh a choinnich sinn," thuirt Fearchar le gàire. Bha fhalt fhathast donn ach le gaoisnean no dhà a-nis air fàs liath. Bha e fèitheach, dèanta na bhodhaig.

"Agus tha thusa cho èibhinn 's bha thu riamh," fhreagair Mairead.

"Dè an t-ainm a bh' agam ort san àrd-sgoil?"

"Banrigh na Deighe."

"Tha sin cho fìor an-diugh 's bha e an uair sin, tha e coltach," thuirt Fearchar le gàire eile. "Uill, fàgaidh mi agaibh e, tha mi faicinn gu bheil companas ann an dithis agus cus ann an triùir. Uncail Dhòmhnaill, bha mi dìreach airson a ràdh nach bi mi feumach air a' chàr a-nochd. Dhìochuimhnich mi gun robh coinneamh agaibh aig a' Chlub."

"Glè mhath ma-thà, an tig thu ann airson dinnear?"

"Cha tig, tha mi airson a dhol a dh'iasgach shìos aig an loch."

"Uill, tha mi an dòchas gun glac thu rudeigin."

"Glacaidh, na gabh dragh. Tìoraidh, tìoraidh a Bhanrigh na Deighe!" agus, le sin, choisich Fearchar air falbh.

Choimhead Dòmhnall air Mairead, "Tha mi duilich mu dheidhinn Fhearchair, bha e dìreach a' tarraing asad."

"Sin mar a bha e san àrd-sgoil," fhreagair Mairead. Cha robh i airson an còrr a chanail.

Choimhead Dòmhnall air uaireadair, "Tha mi duilich, a nighean, feumaidh mise falbh an-dràsta ach, bha mi airson a ràdh mus tàinig Fearchar, tha dealbhan agamsa aig an taigh. Chan eil fhios 'am am biodh sin na chuideachadh dhut? Dh'fhaodadh tu tighinn a-null nuair a tha mi deiseil an seo ma tha thu ag iarraidh. Feumaidh mi falbh aig ochd uairean oir tha coinneamh agam ach, gabh dinnear còmhla rium agus seallaidh mi dhut na dealbhan. Dè mu dheidhinn sin? Chì sinn an urrainn dhuinn rudeigin fhaighinn a-mach mu dheidhinn do ghranaidh."

"Uill..."

"Tha thu ceart gu leòr, tha a h-uile duine eòlach orm timcheall an seo. Cha dèan mi cron sam bith ort."

Dheargaich gruaidhean Mhairead nuair a thuirt e sin, "O, cha robh mi a' ciallachadh sin! Dìreach nach robh mi airson dragh a chur oirbh."

"Na gabh dragh idir, chan eil mòran dhaoine ann a tha ag iarraidh cluinntinn mu dheidhinn nan seann làithean. Chì mi thu aig ceithir uairean, tha an taigh agam còig mionaidean seachad air an taigh-òsta sa chàr. Gabh an t-slighe chun làimh dheis. 'S e rathad singilte a th' ann. Cùm air sin gus am faic thu taigh geal, leis fhèin, bidh càr na shuidhe air a bheulaibh."

"Glè mhath, uill, chì mi an uair sin sibh. Thèid mi cuairt an toiseach."

Bha tòrr ùine aice gus an tadhladh i air Dòmhnall a-rithist 's mar sin, chaidh i sìos gu fìor cheann a-deas an Eilein airson splaoid. Stad i aig bùth bheag airson bogsa theòclaidean fhaighinn dha Dòmhnall. Cha robh i cinnteach an robh e ag òl agus bhiodh teòclaidean na bu shàbhailte dhi.

Mu chairteal an dèidh ceithir, dhràibh i gu taigh Dhòmhnaill – taigh croite geal, doras gu aon taobh. Bha lios feòir air a bheulaibh agus seada gu aon taobh le tòrr chraobhan air a chùlaibh agus bha Mairead taingeil nach robh na meanbh-cuileagan a-muigh oir gheibheadh iad tòrr fasgaidh annta.

"Thig a-steach, thig a-steach," arsa Dòmhnall, a' fosgladh an dorais diog às dèidh dhi gnogadh air. "Tha mi air na dealbhan a lorg agus tha an dinnear gu bhith deiseil a dh'aithghearr, ma tha sin ceart gu leòr. Iasg agus buntàta."

"Sgoinneil!" fhreagair Mairead agus lean i Dòmhnall dhan taigh, tro phoirdse agus doras eile fosgailte airson a fàilteachadh chun chidsin. Chùm Dòmhnall air adhart, tron chidsin chun an t-seòmair-suidhe far an robh teine fosgailte le cathair air gach taobh agus sòfa air a bheulaibh. Bha bòrd air cùlaibh na sòfa agus 's ann an sin a bha pacaid dhealbhan fosgailte, cuid dhiubh nan laighe air an sgaoileadh air a' bhòrd.

"Thoir dhomh do sheacaid agus suidh sìos. Chan eil mòran dhaoine a' tadhal orm sna làithean seo. Bha barrachd ann nuair a bha mo bhean beò. Bhàsaich i o chionn còig bliadhna."

"Tha mi duilich sin a chluinntinn," thuirt Mairead.

"Sin dìreach mar a tha e. Cha robh sinn fortanach gu leòr airson clann a bhith againn. Tha Fearchar mar mhac dhomh. Chan eil fhios 'am dè dhèanainn mura a robh e ann."

"Tha sibh ga fhaicinn gu tric?"

"Tha e ag obair air falbh aig amannan ach chan eil latha a' dol seachad nach bi mi a' cluinntinn bhuaithe. 'S e fhèin a thug dhomh a' fòn-làimhe. Tha e nis a' fuireach ann an taigh mo bhràthar, an ath thaigh suas mar a thèid thu a-mach an rathad seo. Is math dhòmhsa gu bheil e cho faisg orm. 'S e balach air leth a th' ann," thuirt Dòmhnall a' coiseachd dhan chidsin. "Nise, an gabh thu cupa teatha agus briosgaid agus an uair sin togaidh mi a-null na dealbhan. Bainne agus siùcar anns an teatha agad?"

"Gabhaidh gu dearbh, dìreach bainne dhòmhsa, tapadh leibh."

Fhad 's a bha Dòmhnall trang sa chidsin, choimhead Mairead timcheall oirre. Bha dealbh anns a' phreas le dithis air an latha pòsaidh – Dòmhnall 's a bhean, is cinnteach. Bha ise brèagha, fada na b' òige na Mairead nuair a phòs i. Bha a' mhòr-chuid de na dealbhan eile de dh'Fhearchar – air a' bhaidhsagail, a' ruith, a' cluich ball-coise.

"Seo sinn," thuirt Dòmhnall a' tighinn dhan doras le dà chupa agus truinnsear de bhriosgaidean air treidhe. "Am b' urrainn dhut am bòrd beag sin a thoirt a-mach air mo shon?" thuirt e.

Chunnaic Mairead bòrd beag a bha mar phàirt de sheata. Chuir i sìos e ann am meadhan an t-seòmair deiseil airson treidhe Dhòmhnaill.

"Cuidich thu fhèin a ghràidh," thuirt Dòmhnall a' togail a chupa agus briosgaid agus a' suidhe anns a' chathair as fhaisg air Mairead, ri taobh an teine.

"Tapadh leibh," fhreagair i, a' togail briosgaid teoclaid.

Cha robh mòran ri ràdh eatorra a bharrachd air còmhradh àbhaisteach fhad 's a bha iad ag òl agus ag ithe agus, às dèidh deich mionaidean, dh'èirich Dòmhnall agus chaidh e a-null chun a' bhùird airson na dealbhan fhaighinn.

"Nise, bha mi an dùil gun robh barrachd dhealbhan ann ach cha b' urrainn dhomh an lorg. 'S e Peigi, mo bhean, a bhiodh a' coimhead às dèidh rudan mar sin agus chan eil fhios agam càite an cuireadh i rudan mar seo."

"Rud sam bith, bhiodh e sgoinneil tha mi cinnteach," thuirt Mairead, a' gluasad nas fhaisg air na dealbhan.

Thog Dòmhnall aon dhiubh, dealbh dhubh 's gheal. Bha naoinear ann, triùir nan suidhe air an talamh agus sianar nan seasamh air an cùlaibh, air beulaibh Chaisteil Chonaisg. Chuir e a chorrag air aon duine, fear àrd, a' cosg briogais, seacaid agus lèine gheal, ad air, "Seo m' athair, Dòmhnall."

Thog Mairead e airson coimhead na b' fhaisg, "Tha e a' coimhead spaideil."

"Fuirich mionaid thu," thuirt Dòmhnall ag èirigh às a' chathair. "Tha glainne-mheudachaidh agam sa phreas. Chan eil na seann dealbhan cho soilleir." Thòisich e a' rùrach, "Seo e!" Leig e thaic ri gàirdean na cathrach agus shuidh e sìos a-rithist. "Nise, càite an robh sinn?"

"Bha mi dìreach a' canail cho snog sa tha ur n-athair."

"Nach eil!" Chuir e a chorrag air cuideigin eile, boireannach òg, a' cosg dreasa fhada, aparan agus ad gheal. Bha i bòidheach. "Agus, seo do ghranaidh."

Thug Dòmhnall seachad a' ghlainne-mheudachaidh agus choimhead Mairead air an dealbh, a seanmhair ach mu fhichead bliadhna a dh'aois ann. Cha bhiodh fios aice an uair sin nach biodh e fada gus an robh i air ais aig an taigh, a h-athair a' bàsachadh agus, i fhèin an dùil ri leanabh.

"Tha i coimhead cho òg."

"Nach i a tha!"

"Cò an fheadhainn eile san dealbh?"

"Seo Aonghas, Niall agus am màthair. Chan eil mi buileach cinnteach mun fheadhainn eile," fhreagair Dòmhnall a' cur na deilbh sìos. "'S dòcha gun do dh'innis m' athair dhomh aig an àm ach chan eil fhios agam a-nis. Tha dealbh eile agam an seo, dìreach a' Bhean-uasal fhèin ged-tà."

Thog Dòmhnall dealbh eile a-mach às a' chruinneachadh agus choimhead e air mus tug e seachad do Mhairead e. "Seo dealbh den Bhean-uasal Nic a' Chombaich dìreach às dèidh dhi pòsadh. Nach i a bha brèagha."

"Bha dha-rìreabh," thuirt Mairead a' gnogadh a cinn agus a' togail na deilbh bho Dhòmhnall. Bha rudeigin mun tè san dealbh a dhùisg cuimhne Mhairead. An robh i air a faicinn am badeigin roimhe? Cha do leig i dad oirre agus dh'fhaighnich i, "Carson a bha na dealbhan seo aig ur n-athair?"

"Uill, bha e ag obair airson an teaghlaich, 's mar sin, tha mi cinnteach gun tug a' Bhean-uasal dhà no trì dha. A bharrachd air sin, tha mi smuaineachadh gun robh a' Bhean-uasal agus m' athair faisg, chan ann an dòigh nach robh freagarrach ach mar nàdar de charaidean. Bha mi eadar dà-bharail, nuair a dh'fhosgail an taigh-òsta, am bu chòir dhomh na dealbhan a thoirt dhaibh, eachdraidh an àite, tuigidh tu. Cha do rinn mi e, ged-tà. 'S e an eachdraidh agamsa tha seo."

"Nach eil dealbhan acasan co-dhiù?" dh'fhaighnich Mairead.

"Chan eil, chaill iad, cha mhòr a h-uile càil nuair a chaidh an Caisteal na theine."

"Ah," thuirt Mairead agus choimhead i air an dealbh dhubh 's gheal a bha na làimh, a' sealltainn leth-aghaidh na Mnà-uasail, a' coimhead àite eile, làmh chlì shuas fo a smiogaid. Bha a falt goirid agus dualach, leth-ghàire air a h-aodann, sùilean le frèam fhabhran orra, bha i a' coimhead sìtheil. Cho bòidheach, smuainich Mairead. An sin, bhuail an smuain i – nach e seo an tè a bh' anns an dealbh a bh' aig an fhear a lorg i san t-seada? Ghluais aire Mairead an uair sin sìos gu amhach na Mnà-uasail.

'S e an seud-muineil a ghlac aire Mairead an toiseach, a' boillsgeadh ann an solas a' chamara. An uair sin, na fàinneachan-cluais, san aon stoidhle ris an t-seud-mhuineil agus, mu dheireadh thall, an fhàinne, air a corrag, bann mar nathair, dà shùil agus teanga.

"Shìorraidh bheannaichte," thuirt i fo guth.

"A bheil thu ceart gu leòr?" dh'fhaighnich Dòmhnall, a' coimhead oirre.

Dè a b' urrainn dhi a ràdh ris? Gu luath, dh'fhalaich Mairead an seud-muineil mu a h-amhaich le a làmh. "Tha," fhreagair i, le gàire bheag, mhì-chinnteach.

Thionndaidh e gu na dealbhan a-rithist agus, a' faireachdainn mar mhèirleach, thug Mairead an seud-muineil dhith agus chuir i na baga e.

"Seo sinn," thuirt Dòmhnall, "seo dealbh eile dhen Bhean-uasal agus a dà mhac. Seo Niall air taobh deas a mhàthar agus Aonghas air an taobh eile."

Bha sùilean Mairead air an tarraing dhan Bhean-uasal a-rithist. Bha i cosg dreasa a' ruigsinn dìreach fo na glùinean aice, putanan air a bheulaibh, coilear geal, muilicheannan goirid agus bogha anns a' mheadhan. Aonghas le sgraing air, agus Niall, àrd agus eireachdail.

Glainne-mheudachaidh na làimh, choimhead Mairead air an dealbh a-rithist. B' urrainn dha Mairead dìreach dèanamh a-mach an seud-muineil timcheall a h-amhaich agus an fhàinne a-rithist. Ach, chan e a-mhàin sin, ach bha Mairead a-nis an ìre mhath cinnteach gur i seo an tè ann an dealbh an fhir mhairbh. Mhothaich Mairead Dòmhnall a' coimhead oirre.

"Bha dealbh aig mo Ghranaidh mar seo ach bha ise anns an dealbh seach a' Bhean-uasal. Cha robh fios agam cò na daoine."

"Ah, uill, tha fios agad cò th' annta a-nis."

"An fhàinne a tha a' Bhean-uasal a' cosg, 's e nathair a th' ann."

"Feumaidh gu bheil do shùilean-sa nas fheàrr na an fheadhainn agamsa. Ciamar a mhothaich thu sin?"

"Tha a' ghlainne seo ag obair glè mhath..." fhreagair Mairead, gu socair.

"'S e 'Drake' an sloinneadh a bh' air a' Bhean-uasal mus do phòs i agus, tha cuimhne agam m' athair ag innse dhomh gun robh sin a' ciallachadh 'nathair' ann an seann Bheurla. Bha tòrr sheudraidh aig a' Bhean-uasal. Bha i beairteach mar a thuirt mi."

"Dè thachair dhan an t-seudraidh?"

"Uill, nuair chaidh an Caisteal na theine, ise na bhroinn, chaill ise a beatha agus chaill an teaghlach a h-uile càil eile a bh' aca..." fhreagair Dòmhnall.

"Ach, nach do mhothaich duine sam bith dhan an teine – tha tòrr dhaoine anns na dealbhan."

"A rèir coltais bha iad air latha dheth, an fheadhainn a bha a' fuireach a-staigh co-dhiù. Cha robh ach a mac, Aonghas, ann agus bha esan a' smuaineachadh gun robh i a-muigh am badeigin."

"Tha e cho uabhasach duilich," thuirt Mairead, a h-inntinn air a' Bhean-uasal bhochd, glaiste ann an togalach na theine.

"Tha dha-rìreabh. Sin an dearbh rud a thuirt am fear eile nuair a bha mi ag innse dha," arsa Dòmhnall.

"Dè?"

"Bha cuideigin, fear òg, a' faighneachd cheistean mun teaghlach o chionn seachdain no dhà. Bha e tadhal air an taigh-òsta agus thàinig e a-mach airson bruidhinn rium."

"Bha e ag iarraidh eachdraidh an àite cuideachd?" dh'fhaighnich Mairead.

"Aidh, dìreach mar thu fhèin, faighneachd mun teaghlach, dè thachair dhaibh. An aon seòrsa cheistean a tha thusa a' faighneachd. Ach cha do dh'inns mi mòran dha. Agus cha do sheall mi na dealbhan dha. Bha rudeigin ma dheidhinn nach robh a' còrdadh rium, eil fhios agad?"

Dìreach an sin, chuala Mairead fuaim cloc air a' bhreus.

"Nise, seall air an uair," thuirt Dòmhnall. "Feumaidh mise an dinnear a thòiseachadh."

Shuidh Mairead a' smuaineachadh mun t-seud-mhuineil agus an fhàinne fhad 's a bha Dòmhnall a' deasachadh na dinnear. Bha i faisg air cinnteach gur e an aon seud-muineil a bha aig a' Bhean-uasal a bha aice fhèin a-nis. Ach carson a bha e aig a seanmhair? An toireadh a' Bhean-uasal seud-muineil cho prìseil do shearbhanta mar phrèasant?

Cha robh e dèanamh ciall. Agus, dè mu dheidhinn na fàinne? Chrath Mairead a ceann gu crosta nuair a smuainich i air. Dearg òinseach a bh' innte a' call rudeigin mar sin. 'S dòcha gur ann leis a' Bhean-uasal a bha sin cuideachd.

Chaidh an còrr dhen oidhche seachad, Mairead a' gabhail dinnear bhlasta còmhla ri Dòmhnall. Bhruidhinn iad gu dòigheil mu chuspairean eile seach seann dhealbhan agus seudraidh agus cha robh an t-àm fada a' dol seachad. Bha Dòmhnall a' dol don choinneamh aige agus thàinig e a-mach nuair a chaidh Mairead don chàr.

"Uill, taing mhòr airson na dinneir agus na dealbhan a shealltainn dhomh," thuirt Mairead.

"'S e do bheatha. Nise, tionndaidh gu an làimh chlì nuair a ruigeas tu deireadh an dràibh agam," thuirt Dòmhnall a' dol dhan chàr aige fhèin.

"Bidh mi ceart gu leòr. Tìoraidh," dh'èigh Mairead às a dèidh.

Thòisich i air a slighe dhachaigh, a h-inntinn air a gabhail thairis leis na dh'ionnsaich i agus bha i pìos sìos an rathad mus do thuig i gun do thionndaidh i chun taobh cheàrr. "Daingit," thuirt i a-mach. "Nach bu mhi a' ghlaoic!"

Cha b' urrainn dhi tionndadh oir bha an rathad cho cumhang agus b' fheudar dhi cumail a' dol airson greis gus an do ràinig i àite-seachnaidh. Bha i dìreach air "20 point turn" a dhèanamh san rathad nuair a rinn an càr fuaim neònach agus bhàsaich an t-einnsean. Thionndaidh Mairead an iuchair còig no sia tursan ach cha do rinn e diofar sam bith. Cha robh an càr airson gluasad.

Dh'fheuch i a fòn-làimhe ach cha robh siognail air. Gu feargach, leum a-mach às a' chàr, a' spìonadh a baga an-àirde agus a' tòiseachadh air ais suas an rathad, a' toirt breab dhan chàr san dol seachad. Cha do rinn e cron sam bith air a' chàr ach ghoirtich i a cas.

Bha Mairead eadar dà bharail – bheireadh e ùine mhòr dhi coiseachd air ais chun an rathaid mhòir ach, air an làimh eile, bha Dòmhnall air a ràdh gu robh taigh Fhearchair meadhanach faisg. Cha robh i airson tadhal air Fearchar ach, cha robh i airson coiseachd fad an rathaid nas motha. Mu dheireadh thall, rinn i co-dhùnadh gun stadadh i aig an taigh aige agus gu faighnicheadh i dha am b' urrainn dhi a' fòn aige a chleachdadh. Cha toireadh e ach dhà na thrì mhionaidean.

Chaidh còig mionaidean deug seachad mus faca i taigh beag geal, na sheasamh air falbh bhon rathad air a taobh dheas. Bha e sìos leathad, faisg air a' loch agus bha na solais air. Cha robh sgeul air duine timcheall 's mar sin, ghnog i air an doras. Chuala i fuaim bhon taobh a-staigh mar gun robh cuideigin a' gluasad timcheall agus mionaid às dèidh sin, dh'fhosgail an doras.

"Uill, uill, uill..." thuirt Fearchar, a' coimhead sìos oirre, gàire a' cluich air a bhilean.

Caibideil 11

"Banrigh na Deighe feumach air cuideachadh bhuam!"

Sheas Mairead far an robh i.

"Aidich e, bha thu dìreach airson m' fhaicinn a-rithist. Bha thu gam ionndrainn."

"Bhris an càr agam sìos air an rathad…"

"Càr briste? Dè thachair dhan 'Snow Mobile' agad?"

Nuair a thuirt Fearchar sin, dh'fhàs Mairead feargach. Bha i sgìth, crosta agus troimh-a-chèile mu na bha air tachairt thairis air na làithean a chaidh seachad.

"Ceart, dìreach FÀG E! Chan eil mi feumach air cuideachadh. B' fheàrr leam coiseachd air ais a Phort Rìgh na bhith faighinn cuideachadh BHUATSA! Chan eil annad ach duine mosach ge bith dè tha Dòmhnall a' smuaineachadh dhìot," dh'èigh Mairead na aghaidh. Thionndaidh i, agus thòisich i a' coiseachd air falbh gu luath, sùilean a' lìonadh le deòir, aodann dearg leis an droch nàdar. Bha i faisg air deireadh an starain nuair a chuala i ceuman air a cùlaibh.

"Haidh! Stad!" Fearchar ag èigheachd às a dèidh.

Bha i air an rathad a ruigsinn nuair a ghabh Fearchar grèim oirre. A làmhan air a guailnean, thionndaidh e timcheall i gus an robh i a' coimhead air.

"Dìreach stad," thuirt e ann an guth tùchanach.

Choimhead Mairead a-steach na aodann.

"Tha mi duilich," thuirt e rithe. "Cha robh còir agam siud a ràdh idir. An urrainn dhuinn tòiseachadh a-rithist?"

Sheas Mairead airson mionaid, i sgìth a-nis. Bha a cuthach air leaghadh air falbh.

"Nise, innis dhomh dè thachair?"

Às dèidh dhi innse dha, thuirt i, "Bha mi dìreach airson faighneachd an robh fòn agad, chan eil siognail air a' fòn agamsa an seo."

"Chan eil ach fòn-làimhe agam agus chan eil sin ag obair nas motha. Bha fòn anns an taigh ach chan eil e ceangailte tuilleadh."

"O..." thuirt Mairead, cha b' urrainn dhi smuaineachadh air càil eile a ràdh.

"Dè ma choimheadas mi air a' chàr agad? Fuirich thusa san taigh, tha thu a' coimhead sgìth, agus chì mi an urrainn dhomh rudeigin a dhèanamh leis?"

"Chan eil fhios agam..."

"Bidh mi fada nas luaithe leam fhìn. Coimheadaidh mi air agus, mas urrainn dhomh an càr a thòiseachadh, dràibhidh mi air ais leis agus 's urrainn dhutsa dol dhachaigh. Tha e dèanamh ciall."

"Ma tha thu cinnteach..."

"Thoir dhomh na h-iuchraichean agad agus theirig air ais dhan taigh. Cuidich thu fhèin gu rud sam bith a tha a dhìth ort. Cha bhi mi fada."

Anns an taigh, chaidh Mairead air tòir an taighe-bheag a bha shìos trannsa dhorcha. Chaidh i a-steach gun an solas a chur thuige. Cha robh e spaideil ach bha e glan agus bha sgàthan os cionn an t-sionc. Bha a falt air fàs nas dualaich anns an smugraich uisge a bh' ann a-nis agus a sùilean a' coimhead dubh anns an leth-dhorchadas. Shaoil i i fhèin coltach ri a seanmhair na h-òige.

Anns an t-seòmar-suidhe, bha teine air aon bhalla, cathair gu aon taobh agus sèithear-tulgaidh air an taobh eile. Fon uinneag, bha sòfa flùrach, bòrd mu choinneamh an teine, t.bh. anns an oisean agus preasa ris a' bhalla eile. Bha an seòmar a' coimhead seann fhasanta, gun samhla sam bith ri nàdar Fhearchair.

Shuidh i air an t-sòfa agus chuir i aon de na cuiseanan air cùlaibh a cinn. Bha e blàth agus sàmhach agus cha robh càil ri chluinntinn ach fuaim a' chloc agus eun no dhà a' ceilearadh taobh a-muigh na h-uinneige. Dhùin Mairead a sùilean, a smuaintean air a seanmhair.

Nuair a dh'fhosgail i a sùilean a-rithist, airson diog, cha robh fios aice càite an robh i. Bha plaide timcheall oirre agus cuiseanan fo a casan.

"Duilich, thuit pìos fiodha a-mach às an teine. Sin a dhùisg thu."

Thionndaidh i a ceann. Bha Fearchar na shuidhe ri taobh an teine a' coimhead oirre. Shuidh i gu h-obann.

"Tha mi duilich, thuit mi nam chadal. Dè an uair a tha e?"

"Leth-uair an dèidh aon uair deug."

"Carson nach do dhùisg thu mi? O, shiorraidh!" Sheas Mairead, am plaide a' tuiteam chun làir agus choimhead i timcheall airson a baga.

"Gabh air do shocair. Chan eil thu dol a dh'àite sam bith a-nochd."

"An do chàirich thu an càr agam?"

"Chàirich."

"Uill, ma tha e air a chàradh, feumaidh mi falbh," ars ise a' togail a baga.

"Canaidh mi seo ann an dòigh eile, tha fios agam dè tha ceàrr air a' chàr agus 's urrainn dhomh a chàradh a-màireach ach cha bhi thu dol a dh'àite sam bith a-nochd."

"Carson?" Sheas Mairead far an robh i, a' coimhead air Fearchar gu crosta. Bha esan a' feuchainn ri làmh an uachdair fhaighinn oirre, dìreach mar a rinn Tom. Uill, bha ise nas làidire a-nis, cha leigeadh i leis a' chùis a dhèanamh oirre.

"Chan eil peatrail ann..."

"O..." shuidh Mairead, mar taidhear a chaill èadhar. Bha i taingeil gun robh e car dorcha san t-seòmar gus nach faiceadh Fearchar dath na nàire air a h-aodann. "O..." thuirt i a-rithist.

"Gheibh mi grèim air càr m' uncail a-màireach agus gheibh mi peatrail dhut. Chan eil mi dol a-mach a-rithist a-nochd ged-tà agus tha an stèisean-peatrail dùinte co-dhiù."

"O..."

"'S e oidhche fhada a bhios againn mura h-eil càil agad ri ràdh ach O!"

"Duilich..." thuirt Mairead. "Ach, carson nach do dhùisg thu mi?"

"Uill, bha thu nad chadal agus cha robh àite ann dhan rachadh tu co-dhiù. Cha robh adhbhar ann."

Thog Mairead a' phlaide, "Tapadh leat airson na plaide agus na cuiseanan…"

"'S e do bheatha. Nise, tha mise airson grèim bidhe agus balgam uisge-bheatha a ghabhail. Tha an t-acras gam tholladh."

"Tha mi an dòchas nach do chuir mi stad ort a bhith ag ithe," thuirt Mairead.

"Cha robh mi airson do dhùsgadh, bha thu coimhead sìtheil."

Dh'fhàs Mairead dearg a-rithist. Carson a bha e cho snog rithe? Cha robh i cleachdte ri fear a' dèanamh sin. "Uill, ma tha thu a' deasachadh rudeigin, ithidh mi còmhla riut."

"Glè mhath ma-thà…" Sheas e agus choisich e seachad air Mairead chun a' chidsin. Bha fàileadh spìosraich ann nuair a chaidh e seachad, fiadhaich agus milis, fearail. Ghabh Mairead anail a-steach.

Choimhead e air ais nuair a choisich e sìos an trannsa, jeans air dùinte le crios leathair donn. Bha lèine theann, gheal air agus chitheadh i fèith dhà-cheannach a' gluasad nuair a bha e coiseachd. Cha robh càil air a chasan. Aig aon àm shealladh Mairead air Tom san dòigh sin, mus do dh'fhàg e i airson boireannach eile…

Shluig i agus choimhead i air falbh, a' faireachdainn ciontach. Cha bu chòir dhi a bhith a' coimhead air Fearchar mar seo. Bha gràin aice air, nach robh? Agus, às dèidh Tom, cha robh i airson dol faisg air fear sam bith eile.

Thàinig e air ais le botal agus dà ghlainne agus chuir e sìos iad air a' bhòrd.

"Tha mi dèanamh cupa teatha dhut, bainne agus siùcar?"

"Dìreach bainne," fhreagair Mairead.

Shuidh i a' coimhead dhan teine gus an do thill Fearchar a-rithist a' giùlan treidhe làn bìdh. Chaidh Mairead a-null agus shuidh i aig a' bhòrd, a' coimhead le iongnadh air na truinnsearan air a beulaibh. Cha b' urrainn dhi cuid de na rudan ainmeachadh agus gu dearbh cha b' urrainn dhi an dèanamh. Saoil cò às a thàinig na sgilean còcaireachd aige?

"Ceart, thèid mi tro na rudan a th' againn," thuirt Fearchar a' cur a chorraig air truinnsear uaine an toiseach, "Seo cearc ròst le salad buntàta, pasta le sabhs tomato, aran-coirce le houmous agus càise, agus aran air a dhèanamh le olive tapenade. Cuidich thu fhèin, cha robh mi buileach cinnteach dè bhiodh tu ag ithe. Ghlac mi iasg na bu tràithe ach tha mi airson an còrr a thoirt seachad dha m' uncail Dòmhnall a-màireach."

Nuair a bha iad deiseil, chuidich Mairead e a' cur nan truinnsearan dhan chidsin. Gun guth eatorra, nigh Fearchar na soithichean fhad 's a bha Mairead gan tiormachadh.

"Cuiridh mise air falbh iad," thuirt e nuair a mhothaich e Mairead a' lorg dachaigh airson nan truinnsearan. "Seo uisge airson an uisge-bheath," thuirt e a' toirt siuga dhi.

Air ais san t-seòmar-suidhe lìon Fearchar na glainneachan. Chuir i drùdhag bheag uisge ann. Shuidh e sìos air a' chathair ri taobh an teine.

"Bhiodh e na b' fheàrr seo òl nuair a tha e dubh dorcha a-muigh, agus a' ghaoth a' sèideadh gu làidir," thuirt e a' gabhail balgam.

Cha tuirt Mairead mòran, cha robh i buileach cinnteach dè chanadh i. Bha e cho neònach a bhith a' suidhe an seo còmhla ri Fearchar, cuideigin a bha cur sìos oirre fad trì bliadhna san àrd-sgoil. 'S dòcha, gun an t-uisge-beatha a' toirt misneachd dhi, gun robh i tapaidh gu leòr a-nis, cò aige tha fios ach thàinig a' cheist a-mach, "Carson a rinn thu e?" dh'fhaighnich i a' coimhead a-null thuige, an teine a' lasadh dàrna leth aodainn.

"Dè?" thuirt e, a' cur na glainne air uchd.

"Carson a chùm thu a' magadh orm nuair a bha sinn san àrd-sgoil?"

Choimhead Fearchar dhan teine, inntinn air gluasad air ais ann an tìm gus na làithean sgoile aca. Cha tuirt e càil airson mionaid no dhà agus uair sin thionndaidh e agus choimhead e air Mairead.

Gu slaodach thuirt e, "Cha do bhruidhinn thu rium..."

"Dè tha sin a' ciallachadh?" thuirt Mairead gu diombach. Na faireachdainnean a bha aice san àrd-sgoil a' tilleadh thuice: latha às dèidh latha, Fearchar a' magadh oirre, na balaich eile a' gàireachdainn agus Johanna a' coimhead oirre le truas. Thog Fearchar a' ghlainne agus dh'òl e an t-uisge-beatha mu dheireadh a bha ann. Sheas e agus chaidh e null chun a' bhùird agus lìon e a' ghlainne a-rithist, uisge ann aig an deireadh. Choisich e a-null gu Mairead an uair sin agus, gun facal a ràdh, dhòirt e barrachd uisge-bheatha agus uisge dhan ghlainne aicese. Shuidh e sìos a-rithist agus ghabh e balgam eile a' coimhead air Mairead.

"Tha cuimhne agamsa a' chiad turas a chunnaic mi thu. Bha mi air an treas bliadhna, 's e feasgar Dihaoine a bh' ann agus bha mi coiseachd sìos an trannsa gu clas Gàidhlig còmhla ri Maighstir MacCoinnich. Bha Calum agus Alastair còmhla rium, cho fad 's as cuimhne leam. Chaidh sinn gu deireadh na loidhne agus 's ann an sin a bha thu, air an taobh eile a' feitheamh a dhol a-steach gu bith-eòlas. Bha thu coimhead cho bòidheach, falt fada, donn agus sùilean cho donn dh'fhaodadh iad a bhith dubh. Bha nighean eile ann còmhla riut, Johanna, bha ise cho bàn an coimeas riutsa. Bha i an-còmhnaidh a' smuaineachadh gun robh i cho brèagha ach bha i meallta, maise-gnùise oirre. Ach thusa, bha thusa foirfe."

Sguir Fearchar agus ghabh e deoch eile bhon ghlainne, "Tha cuimhne agamsa gun do dh'fhaighnich mi dè an t-ainm a bh' ort agus thuirt Johanna, 'Seo Mairead'. A Mhairead, Mo Nighean Donn Bhòidheach." An sin, thòisich Fearchar a' seinn, cho socrach an toiseach bha e doirbh dha Mairead a chluinntinn…

Ho rò mo nighean donn bhòidheach,
Hi rì mo nighean donn bhòidheach,
Mo chaileag laghach bhòidheach,
Cha phòsainn ach thu.

A nighean dhonn nam blàth-shùl
Gur trom a thug mi gràdh dhut;
Tha d' ìomhaigh, ghaoil, is d' àilleachd,
A ghnàth tighinn fom ùidh.

"Bha mi airson siud a sheinn dhut, an sin, anns an trannsa ach cha tuirt thu guth rium nuair a thòisich mi bruidhinn riut an toiseach. Bha thu dìreach a' coimhead orm mar rudeigin a thug thu a-steach air sàil do bhròig. An uair sin dh'èigh aon de na balaich, Calum tha mi smuaineachadh, rudeigin mu dheidhinn Banrigh na Deighe. Gach turas a chunnaic mi thu às dèidh làimh bhiodh tu coimhead orm san aon dòigh. Bhruidhinn mi ri Johanna aon turas mud dheidhinn agus thuirt i rium gun robh thu a' smuaineachadh gur e amadan a bh' annam agus nach rachadh tu faisg orm..."

Sguir e a bhruidhinn cho luath 's a bha e air tòiseachadh agus ghabh e balgam eile. Cha do ghluais Mairead, choimhead i sìos dhan an uisge-bheatha.

"Bha mi ro dhiùid, cha b' urrainn dhomh bruidhinn riut. Cha robh mi airson a bhith sodalach 's e dìreach nuair a bhruidhinn thu rium an toiseach cha b' urrainn dhomh freagairt, cha tàinig na faclan a-mach. Dh'fhàs e na bu mhiosa gach turas a chunnaic mi thu. An rud a thuirt mi ri Johanna, bha sin dìreach airson mo dhìon fhèin, cha robh mi airson gum biodh daoine a' smuaineachadh gun robh na rudan a bhiodh tu ag ràdh rium gam ghoirteachadh. Tha e cho gòrach a-nis..."

Choimhead Fearchar a-null thuice, "Tha mi duilich. Deugaire a bh' annam, bha mi dèidheil ort, bha mise a' smuaineachadh gun robh thusa a' cur sìos ormsa. Bha an dithis againn òg. 'S math gu bheil sinn air gluasad air adhart bhon uair sin." Rinn e gàire nuair a thuirt e sin.

"Nach eil," fhreagair Mairead.

Bha Fearchar na shuidhe a-nis a' coimhead dhan teine. Gun teagamh sam bith bha e eireachdail, àrd, fèitheach agus coibhneil.

"Innis dhomh mu do dheidhinn fhèin, a Mhairead." Bhris guth Fhearchair a-steach dha na smuaintean aice, "Dè tha toirt ort a bhith an seo a-nochd? Carson nach eil thu a' coimhead às dèidh triùir chloinne, pòsta agus a' fuireach ann an taigh mòr ann am Port Rìgh?"

Rinn Mairead gàire nuair a thuirt e sin. An e seo an dòigh a bha e ga faicinn? Dh'innis i dha mu dheidhinn a beatha gu ruige seo, Tom agus a pòsadh. An corp a lorg i anns an t-seada.

"Aidh, chuala mi ma dheidhinn," thuirt Fearchar. "Cha robh fios 'am gur e thu fhèin a lorg e."

Chùm Mairead a' dol, ag innse dha gun robh i air a bhith a' sireadh obair sa Chaisteal, an ùidh a bh' aice ann an eachdraidh a seanmhar agus carson a bha i bruidhinn ri Dòmhnall. Chuidich an t-uisge-beatha a sgeul.

"Uill, tha fios agadsa air mo bheatha-sa, dè mu do dheidhinn fhèin? Carson a tha thu an seo, a' fuireach nad aonar ann an taigh a bhiodh nas freagarraiche dha seann chroitear?" thuirt Mairead le gàire.

"Bhàsaich m' athair an t-seachdain sa chaidh..."

"O... tha mi duilich..."

"Chan fheum thusa a bhith duilich, cha robh thu eòlach air. Seo an taigh aige. Chan eil taigh agamsa ann. Seall orm, 33 agus gun taigh."

"Chan eil thu nad aonar. Tha tòrr dhaoine san aon suidheachadh agus chan eil mise fada air do chùlaibh. Dè thug bàs air d' athair? An robh e tinn?"

"Bha aillse air, meall air eanchainn. Cha b' urrainn dha na dotairean rud sam bith a dhèanamh air a shon. Bha e doirbh, bha e air a bhith cho làidir, cha robh e riamh tinn. Agus, an uair sin, ceithir mìosan air ais thòisich e le ceann goirt, tric, aon às dèidh aon. Rinn iad scan agus sin e. 'Tha aillse air d' eanchainn, chan urrainn dhuinn rud sam bith a dhèanamh air do shon.' Sin a thuirt an dotair ris. Thug e an naidheachd sin dha, dìreach mar a bhiodh tu a' bruidhinn air an aimsir." Chrath Fearchar a cheann agus ghabh e balgam dhen uisge-bheatha.

"Uill, ghluais mise a-steach còmhla ris. Mhothaich mi, gach latha, gun robh am meall ag obair air. Bha e fàs dìochuimhneach, cha b' urrainn dha ainmean a chumail na cheann. Bhiodh e dol dhan t-seòmar-suidhe agus cha robh fios aige carson a chaidh e ann. Bhiodh e a' fàgail na h-àmhainn air tron oidhche. An uair sin, dh'fhàs e cliobach, mar leanabh, a' tuiteam thairis air rudan nach robh ann. Cha b' urrainn dhomh rud sam bith a dhèanamh dha..." Stad Fearchar an uair sin agus mhothaich Mairead deòir na shùilean.

"Bhàsaich e san ospadal, an t-seachdain sa chaidh agus cha robh e fiù 's gam aithneachadh, bha mi mar strainnsear dha. Bha mi nam shuidhe anns a' chathair ri taobh na leapa. Tron oidhche. Feumaidh gun do thuit mi nam chadal. Tha cuimhne agam gun do dhùisg mi oir rinn m' athair fuaim agus sguir e a tharraing anail. Ruith mi airson nan nursaichean, ag iarraidh rudeigin a dhèanamh dha, ach bha e marbh. Cha b' urrainn dhaibh rud sam bith a dhèanamh..."

Chuir e a cheann sìos, na glugan-caoinidh ag obair tro bhodhaig. Chunnaic Mairead deòir a' sruthadh sìos, na jeans aige a' fàs fliuch far an do thuit iad. 'S ann an sin a dh'fhairich i fortanach. Bha an dà phàrant fhathast aice. Bha i singilte ach bha a pàrantan aice, rud a bha i air dìochuimhneachadh thairis air na mìosan a chaidh seachad nuair a bha i a' dealachadh ri Tom.

Sheas i agus chaidh i a-null thuige, a' crùbadh taobh na cathrach. Cha do sheall Fearchar an-àirde ach chuir Mairead a gàirdeanan timcheall air, a' cumail grèim air gu teann, a gruaidh air a cheann. Cha robh facail air a ràdh eatorra, cha robh fuaim ri chluinntinn ach na glugan-caoinidh aig Fearchar a bha a' fàs nas socaire gus nach robh càil ann ach sàmhchair agus dorchadas.

Caibideil 12

Dhùisg Mairead agus, airson an dàrna turas ann an dà latha, bha i mì-chinnteach càite an robh i. Bha a ceann goirt agus b' fheudar dhi gluasad gu faiceallach. Choimhead i timcheall oirre agus, gu slaodach, thàinig tachartasan na h-oidhche raoir air ais thuice. Bha cuimhne aice suidhe còmhla ri Fearchar fhad 's a bha e bruidhinn mu dheidhinn athar. Bha i toilichte nach do thachair càil eatorra, 's e dìreach an t-uisge-beatha a bha toirt orra a bhith mar sin. Cha robh i riamh math nuair a dh'òladh i uisge-beatha.

Bha i na laighe ann an leabaidh dhùbailte, leabaidh Fhearchair. Chaidil esan air an t-sòfa. Cha robh fuaim sam bith ri chluinntinn. Dh'èirich i gu slaodach, ceann fhathast goirt, agus tharraing i air na jeans aice a bha nan laighe air an làr. Dh'fhosgail i doras an t-seòmar-chadail agus choimhead i a-mach. Chaidh i dhan taigh-bheag an toiseach agus choimhead i dhan sgàthan – cha robh i a' faireachdainn math agus cha robh i a' coimhead math.

Deiseil anns an taigh-bheag chaidh i sìos dhan t-seòmar-suidhe ach cha robh sgeul air Fearchar an sin ged a bha a h-uile càil bhon oidhche raoir air a sgioblachadh. 'S ann nuair a chaidh i dhan chidsin a mhothaich i nota air a' chunntair.

Haidh,

Dh'fhalbh mi a dh'fhaighinn càr m' uncail. Gheibh mi peatrail dhut san Àth Leathann agus tillidh mi leis a' chàr agad. Tha

*mi an dòchas gun do chaidil thu. Tha pilichean an seo ma tha
ceann goirt ort. Tha isbeanan dèanta dhut, dìreach cuir anns
a' mhicrowave iad, chì thu aran an sin.*

Fearchar

Bha an not pongail, cha robh 'le gaol' air no pògan aig bonn na
duilleige. Cha robh càil ann airson tuairmse a thoirt dhan leughadair
dè cho dlùth 's a bha iad air a bhith an oidhche roimhe. 'O uill,'
smuainich Mairead, nuair a bha i a' faighinn rudeigin ri ithe, 'tha fios
agam càite a bheil mi a' seasamh a-nis.'

Bha i dìreach air crìoch a chur air ceapaire nuair a chuala i fuaim
aig an doras agus thàinig Fearchar a-steach, "Tha thu an sin. Ciamar a
tha do cheann?" thuirt e a' seasamh ann am meadhan an dorais.

"Glè mhath, taing airson nam pilichean agus mo bhracaist."

"'S e do bheatha, bha mi dèanamh bracaist air mo shon fhèin
co-dhiù. Nise, tha peatrail agad sa chàr agus tha e taobh a-muigh an
taighe, deiseil nuair a tha thusa."

"O, tapadh leat. Dè a' phrìs a bha air a' pheatrail?"

"Fàg e, tha e ceart gu leòr," thuirt Fearchar, a' sèideadh a làmhan.

"Chan fhaod thu pàigheadh air mo shon, dè chosg e?" Dhèirich
Mairead bhon chathair agus phut i seachad air Fearchar. Dh'fhalbh
i dhan t-seòmar-suidhe airson airgead fhaighinn a-mach às a' bhaga
aice. Bha e follaiseach bho nàdar Fhearchair gun robh e ga h-iarraidh
air falbh.

"Chan eil fhios 'am..."

"Tha mi dol a thoirt airgead dhut," thuirt Mairead, a' sealltainn dha
£20.

"Ceart, thoir dhomh am fichead, cha robh e mòran a bharrachd..."
thuirt Fearchar le osna.

"Seo dhut," thuirt Mairead a' toirt an airgid dha. Phut e steach an
t-airgead do phòcaid na jeans aige gun a bhith a' coimhead air.

"Uill, feumaidh mise falbh..." thuirt Mairead airson rudeigin
a ràdh. "Feumaidh mi fios a leigeil dha mo phàrantan a thaobh dè

thachair dhomh a-raoir. Sin an duilgheadas nuair a tha thu a' fuireach san aon taigh ri do phàrantan, bidh iad a' gabhail dragh mura h-eil thu a' nochdadh!" Choimhead Mairead air Fearchar an uair sin agus thuig i an rud a thuirt i, "Oh, tha mi duilich, cha do smaoinich mi..."

Bha Fearchar fhathast na sheasamh san doras, a' coimhead oirre. Chrath e a cheann. "Chan eil adhbhar dhut a bhith duilich. Agus, eh, tapadh leat airson a-raoir..."

"Cha do rinn mi càil, dhèanadh duine sam bith e, bha thu troimh-a-chèile mu d' athair, sin nàdarrach... Ceart, feumaidh mise falbh..." Rinn Mairead airson an dorais.

"O, mus dìochuimhnich mi, bha m' uncail a' canail gum bu chòir dhut feuchainn san tasglann a th' aca ann am Port Rìgh, airson barrachd fiosrachaidh fhaighinn mu do ghranaidh."

"Tasglann? Cha chuala mi mu dheidhinn sin. Càite bheil e?"

"Aig Oifis na Comhairle. Faodaidh mi a shealltainn dhut, ma tha thu ag iarraidh."

Dh'èirich dòchas Mairead. Bhiodh e cheart cho math dhi a dhol ann an-dràsta fhèin agus Fearchar deònach sealltainn dhi càite an robh e. Chuireadh i fòn dha a pàrantan air an t-slighe.

"A bheil thu airson tighinn còmhla rium?" dh'fhaighnich Mairead, beagan mì-chinnteach.

"Duilich, chan eil, tha agam ri dhol a Phort Rìgh. Tha rudan agam ri chur air dòigh, tha tìodhlacadh m' athar gu bhith ann a-màireach. Nam b' urrainn dhut lioft a thoirt dhomh, seallaidh mi dhut càite bheil an t-àite, ma tha thu ag iarraidh? Tha mi air a bhith a' cleachdadh càr m' Uncail Dòmhnaill. Bha càr aig m' athair ach tha e feumach air MOT, 's cha do rinn mi sin fhathast! Cus eile ri dhèanamh."

Choimhead Mairead air falbh. Thuig i an uair sin gu robh e dìreach a' feuchainn a bhith càirdeil – carson a bha i an-còmhnaidh a' togail chùisean an dòigh cheàrr? A' smuaineachadh gun robh Fearchar dèidheil oirre – dh'fhàs a gruaidhean teth leis an nàire agus b' fheudar dhi a ceann aomadh gus nach faiceadh e.

"Bhiodh sin na chuideachadh dhomh, tapadh leat," thuirt i. "Ciamar a gheibheadh tu air ais bho Phort Rìgh ged-tà?"

"Chan eil fhios 'am. Bus?"

Bha an càr na shuidhe a-muigh agus, nuair a chuir i an iuchair a-steach, thòisich e a' chiad turas.

"Mìorbhaileach an dòigh a tha e ag obair nuair a tha peatrail ann..." thuirt Fearchar, a' coimhead air Mairead le gàire.

Chùm Mairead a teanga, nàire fhathast oirre gu robh i cho gòrach mun h-uile càil, am peatrail ...agus Fearchar. Chùm iad a' dol pìos beag suas an rathad gus an d' fhuair Mairead siognail air a' fòn-làimhe, agus stad i aig taobh an rathaid fhad 's a chuir i fòn dhachaigh. Cha robh cothrom aice ach a chanail gun robh i ceart gu leòr agus gum biodh i air ais feasgar nuair a chaill i an siognail a-rithist. Dh'fheumadh i fòn a chur thuca nuair a ruigeadh iad Port Rìgh.

Air an rathad a-rithist, thuirt Fearchar, "Nise, innis dhomh a-rithist mu do ghranaidh, chuala tu tòrr mu mo dheidhinn-sa a-raoir, tha mi duilich, ach tha mi feuchainn ri cuimhneachadh dè thuirt thusa, carson a bha thu bruidhinn ri m' uncail a-rithist?"

Chaidh Mairead tron stòiridh a-rithist, ag innse mar a bha a seanmhair ag obair anns a' Chaisteal, gum b' fheudar dhi tilleadh air sgàth tinneas a h-athar, na rudan a bha uncail Fhearchair a' canail mu dheidhinn teaghlach Mhic a' Chombaich agus gun robh granaidh Mairead an dùil ri leanabh nuair a thàinig i dhachaigh. 'S ann nuair a bha Fearchar a' cur cheistean oirre mun chèilidh air uncail, a chuimhnich Mairead mu dheidhinn an t-seud-mhuineil. Chuir i a làmh air a h-amhaich agus airson diog, chaidh i fuar a' smuaineachadh gu robh i air a chall. Chuimhnich i an uair sin gu robh e na baga. Nan robh Mairead airson innse dha Fearchar mu dheidhinn, b' e seo deagh àm agus bha i fhathast a' beachdachadh an innseadh nuair a bhris Fearchar a-steach dha na smuaintean aice, "An ann shìos an rathad sin a tha thu fuireach?" thuirt e, a' sealltainn air an t-soidhne airson Flùrabost.

'S ann, nach robh thu riamh ann?"

"Uill, bidh mi a' gabhail an rathaid sin airson an Cuiltheann a ruigsinn ach bidh mi a' tionndadh dheth mus ruig mi Flùrabost."

"'S e sreapadair a th' annad, nach e?"

"'S e. Bidh mi a' toirt dhaoine suas anns a' Chuiltheann, gu h-àraidh as t-samhradh."

"Neach-treòrachaidh?"

"'S e. An Cuiltheann mar as tric as t-samhradh agus, an uair sin, thall thairis airson pàirt dhen gheamhradh – bidh mi ag obair ann an diofar dhùthchannan."

"O, càite am bi thu a' dol? Am bi thu a' sreap nuair a tha thu thall thairis?"

"Bidh, bidh mi a' dol gu mòran àiteachan, a rèir càite bheil daoine gam iarraidh – anns an Fhraing, an Eilbheis, uaireannan shìos anns a' Chuimrigh – Snowdonia, tha pàirtean an sin a cheart cho doirbh ri àiteachan thall thairis."

"O..." Cha b' urrainn do Mhairead smuaineachadh air ceistean eile oir cha robh eòlas gu leòr aice mu dheidhinn sreap. Bha i riamh a' smuaineachadh gum bu chòir dhi dhol dhan Chuiltheann agus bha fios aice air cuid de dh'ainmean nam beanntan ach, sin e. Shuidh iad ann an sàmhchair gus an do ràinig iad Port Rìgh. Nuair a dhràibh iad seachad air na soidhnichean airson 30 mìle san uair, dh'fhaighnich Mairead, "Càite an lorg mi an tasglann? A bheil thu airson tighinn a-steach no an leig mi a-mach thu aig na Funeral Directors?"

"Tha e aig a' Chomhairle, ma thèid thu dhan chùl faodaidh mise dìreach coiseachd dha na Funeral Directors bho sin."

Bha Mairead faisg air meadhan a' bhaile a-nis ach chùm i a' dol gus an do lorg i àite-parcaidh. Thàinig an dithis aca a-mach às a' chàr, Mairead a' togail a baga a bha air an làr ri taobh casan Fhearchair.

"Tapadh leat a Mhairead, tha mi an dòchas gun tèid leat leis an search agad."

"Agus thusa, airson a' chàir agus an t-slighe..."

Sheas iad an sin airson mionaid, clobhdach. Mairead a' lorg rudeigin a chanadh i ach mì-chinnteach air dè.

"Uill, tìoraidh," thuirt Fearchar, a' tionndadh agus a' tòiseachadh a' coiseachd air ais gu meadhan a' bhaile.

Choimhead Mairead air airson diog agus an uair sin, ruith i às a dhèidh, "Fuirich!" Stad e agus thionndaidh e gus an robh e coimhead oirre, "A bheil thu ceart gu leòr?" dh'fhaighnich e.

"Em..." thuirt i, ag iarraidh rudeigin a ràdh ach, mar a thachair iomadach turas ron sin, cha tigeadh na faclan ceart thuice.

"A Mhairead?" bha e coimhead oirre le iongnadh a-nis.

Agus, an uair sin, bha i a' bruidhinn mus robh e comasach dhi stad a chur oirre fhèin, "Em, bha mi dìreach a' smuaineachadh em..., am faodainn a dhol dhan tìodhlacadh aig d' athair a-màireach? Dìreach ma tha thu toilichte gu leòr, cha tèid mi ann mura h-eil thu gam iarraidh... Chan eil mi airson a bhith sa rathad... 'S e droch bheachd a bh' ann... Cha tèid mi ann idir. Duilich..." Thàinig na faclan às a beul ann am fras, a' spreadhadh a-mach. Tàmailt ga tachdadh a-nis, ghabh i ceum air ais agus thòisich i a' coiseachd air falbh.

"Fuirich," thuirt Fearchar às a dèidh.

Stad i agus thionndaidh i gus an robh i coimhead air.

"Bhiodh sin snog nam b' urrainn dhut tighinn ann. Tha e math caraidean a bhith timcheall ort agus, tha mi smuaineachadh gu bheil sinn nar caraidean a-nis?"

"Tha," thuirt Mairead le gàire.

Chaidh e null thuice.

"Thoir dhomh a' fòn-làimhe agad agus cuiridh mi an àireamh agam a-steach, dìreach mus bi trioblaid sam bith agad." Thug Mairead a' fòn a-mach às a' bhaga aice agus thug i dha e. Chuir e a-steach am fiosrachadh aige. "Tha thu dìreach air teacs a chur thugam. Tha an àireamh fòn agadsa agam a-nis. 'S ann san Eaglais Shaor ann an Conasg a tha e, meadhan-latha a-màireach."

"Ceart ma-thà, uill, fàgaidh mi agad e," thuirt Mairead agus thòisich i a' coiseachd air falbh, gàire air a beul. Cha do mhair e fada, ged-tà oir, mar bu mhotha a bha i smuaineachadh air a' chòmhradh eadar i fhèin agus Fearchar, 's ann bu motha a bha i tighinn dhan bheachd gum biodh esan a' saoilsinn gur e òinseach a bh' innte – cò bhiodh a' faighneachd airson dol gu tìodhlacadh? An robh i cho èiginneach sin? Uill, dh'fheumadh i dhol ann a-nis agus, cho luath 's a bhiodh e deiseil, b' urrainn dhi falbh a-rithist. 'S dòcha gum b' urrainn dhi fòn a chur gu Fearchar latha no dhà às dèidh an tìodhlacaidh, dìreach airson faighinn a-mach ciamar a bha e. Nochd a' ghàire air a h-aodann a-rithist...

Gu luath, chuir Mairead fòn dha a màthair a-rithist, ag innse dhi dè thachair, uill, pàirt dheth co-dhiù. Cha do dh'ainmich i Fearchar, thuirt i gun do dh'fhuirich i aig taigh caraid. Cha robh dragh air a màthair, bha i ann am meadhan bèicearachd agus cha robh càil air a h-aire ach gu robh flùr a dhith oirre.

Sin dèanta, rinn Mairead air an tasglann, aig cùl prìomh thogalach na Comhairle – tòrr plastaig agus glainne, coltas air nach deach mòran a chosg air, chan e àite airson seann stuth a bh' ann, ro ùr, ghleansach. Bha àite-fàilteachaidh ann le trì dorsan dheth agus boireannach mu leth-cheud bliadhna a dh'aois air cùlaibh cunntair. Bha i àrd le falt dualach a b' àbhaist a bhith donn ach a bha a-nis a' fàs liath, agus bha i a' cosg speuclairean.

"Tha mi an dòchas gun urrainn dhuibh mo chuideachadh. Tha mi feuchainn ri fiosrachadh a lorg mu Chaisteal Chonaisg agus teaghlach Mhic a' Chombaich," thuirt Mairead a' dol suas thuice.

"Ah, uill, cha chreid mi gu bheil mòran againn ach chì sinn dè th' ann. Cha bhi mi fada ga lorg co-dhiù oir bha cuideigin a' coimhead ris o chionn seachdain no dhà agus tha fios agam an dearbh àite sa bheil e. Sibh tha fortanach! Nach tig sibh an taobh seo," thuirt i, a' tighinn a-mach bho chùl an deasg agus a' dol dhan doras air an taobh chlì. Lean Mairead i gu seòmar nas motha, uinneag chun aghaidh, preasan air dà bhalla agus dà dheasg anns a' mheadhan. Bha coimpiutair air aon de na deasgaichean. Thug am boireannach pasgan phàipearan a-mach à aon de na preasan agus chuir i sìos air an deasg e.

"Seo an stuth mun Chaisteal agus an teaghlach. Dìreach leig fios dhomh ma tha sibh feumach air cuideachadh."

Nuair a dh'fhalbh am boireannach, shuidh Mairead agus thòisich i a' dol tron phasgan. Bha dealbh no dhà ann den Chaisteal agus den teaghlach. Ged a bha Dòmhnall a' smuaineachadh nach deach càil a shàbhaladh bhon teine, bha fianais ann gun deach. A bharrachd air sin, bha pìosan a chaidh a ghearradh às pàipearan-naidheachd mu bhàs Nèill agus, cuideachd, mun teine agus bàs na Mnà-uasail Nic a' Chombaich. Choimhead Mairead air na dealbhan a-rithist agus leugh i na pìosan a-mach às na pàipearan-naidheachd. Shuidh i air ais às dèidh greiseag agus choimhead i timcheall oirre.

Dè bha i ag iarraidh a lorg? B' ann le Grace Nic a' Chombaich, a rèir coltais, a bha an seud-muineil a bha a-nis na baga fhèin, ach b' i a' cheist, carson a fhuair a granaidh e? Carson a bha an aon fhàinne aig an duine shìos ann an Lunnainn agus aig a' Bhean-uasal? Carson a bha dealbh aige dhith? Choimhead Mairead tron fhiosrachadh a-rithist ach cha b' urrainn dhi ceangal sam bith a dhèanamh. 'S dòcha gur e tuiteamas a bh' ann, Mairead a' coimhead airson rudeigin nach robh ann. Chuir i na dealbhan agus na pàipearan-naidheachd air ais dhan phasgan agus dhùin i e.

Sheas i agus choisich i timcheall an t-seòmair. Bha dealbhan air na ballachan, seann dhealbhan a' sealltainn an Eilein mar a bha e bliadhnaichean air ais. Stad i air beulaibh aon dhiubh, rudeigin tarraingeach ma dheidhinn. Thàinig am boireannach air ais dhan t-seòmar.

"Seo an S.S. Tribune," thuirt i, a' tighinn a-null thuice. "Dìreach nuair a dh'fhàg i an cidhe ann an Caol Loch Aillse. A bheil fhios agad càite bheil sin?"

"Tha, 's ann às an Eilean a tha mi."

"An cuala tu mun S.S. Tribune ron a seo?"

"Uill, chuala mi rud beag mu dheidhinn, dìreach na sgeulachdan. 'S ann à Flùrabost a tha mi. Sin am bàta Nèibhidh a chaidh fodha, nach e?"

"'Uill, Merchant Nèibhidh Ameireaganach, 's e soitheach-solair a bh' innte."

"Dè thachair? Cha robh mi riamh buileach cinnteach agus, feumaidh mi ràdh, chan eil mi air rannsachadh a dhèanamh air."

"Uill, nan robh, 's dòcha nach biodh obair agamsa!" Rinn am boireannach gàire an uair sin. "Dh'fhàg am bàta Caol Loch Aillse le criutha air bòrd, seòladairean, 's dòcha mu 70 dhiubh. Bha am bàta a' tilleadh a dh'Ameireaga. Bha i air tighinn a-bhos le biadh, flùr, measan, rudan mar sin. Bha Caol Loch Aillse gu math cudromach aig àm a' Chogaidh, eil fhios agad. 'S e suidheachadh air leth math a bh' aige. Thug iad an t-ainm Port ZA dhan Chaol agus H.M.S. Trelawny dhan champa a bh' ann. Chleachd an Nèibhidh e. An latha sin, dh'fhàg am bàta Caol Loch Aillse airson na slighe a dh'Ameireaga. Uill, dh'èirich stoirm agus b' fheudar dhan bhàta cur a-steach gu Flùrabost airson fasgadh fhaighinn. Bha i air dol air chall sa Mhinch. Cha robh an Caiptean eòlach air a' bhàgh, ged-tà, agus chaidh iad air na creagan, agus chaidh am bàta fodha. Chaill cuid den chriutha am beatha ach, gu fortanach, bha a' mhòr-chuid air an sàbhaladh. Chaidh muinntir na sgìre a-mach anns na bàtaichean aca agus thug iad daoine gu tìr. A rèir coltais, bha boireannach beairteach air bòrd agus chuala mi gu bheil daoine a' dol sìos dhan chladach an-diugh fhathast a' feuchainn ris an stuth prìseil aice a lorg. Chan eil fiosrachadh sam bith agam mu dheidhinn sin ged-tà, 's dòcha nach eil ann ach fathann. Tha mi cinnteach gu bheil am pàipear slàn againn. Seo dìreach pàirt a-mach às," thuirt i a' sealltainn air an dealbh air a' bhalla.

Chaidh i a-null gu preasa eile agus thug i a-mach bogsa a chuir i air a' bhòrd.

"Tha mi smuaineachadh, ma choimheadas tu an seo, gun lorg thu am pàipear bhon tàinig an dealbh sin..." Bha i airson rudeigin eile a ràdh nuair a chuala iad fuaim an dorais, "Duilich, feumaidh mi falbh," agus, le sin, chaidh i an ath-dhoras.

Dh'fhosgail Mairead am bogsa agus thug i a-mach a' chiad phasgan: "Glasgow Herald, Fiosrachadh mun Eilean Sgitheanach, Àm an Dàrna Cogaidh"

A' coimhead air na duilleagan, cha b' fhada gus an do lorg i am pàipear san robh fiosrachadh mu dheidhinn an S.S Tribune. Thionndaidh i an duilleag agus, an sin, bha artaigeal gu math goirid mun bhàta a' dol fodha agus pìos ann mu dithis den chriutha a chaidh a shàbhaladh, A' Chiad Oifigear Joe Delahunt agus Cadet Steve Elwin.

Cha do leugh Mairead an còrr mun deidhinn oir mhothaich i seann chairt-phuist aig bonn a' bhogsa, le dealbh an S.S. Tribune air, deiseil airson falbh, a rèir an ceann-sgrìobhaidh co-dhiù. An rud a ghlac sùil Mairead 's e boireannach a bha na seasamh air a' chidhe, bagaichean timcheall oirre mar gun robh i deiseil airson falbh. Feumaidh gun do thogadh an dealbh gun fhiosta dhi oir cha robh i coimhead air a' chamara, bha i bruidhinn ri cuideigin eile. Bha an dealbh duilich dèanamh a-mach agus thug Mairead a-mach a' fòn-làimhe aice, a' cur an app meudachaidh gu feum. Sheall i a-rithist air an dealbh, a-nis nas motha agus nas soilleire. Bha coltas uabhasach fhèin spaideil air a' bhoireannach, falt goirid dualach agus ad. An e sin a' Bhean-uasal Nic a' Chombaich? Bha e gu math coltach rithe! Dìreach mar na dealbhan eile dhith. Ach, cha robh sin a' dèanamh ciall. A rèir Dhòmhnaill, bhàsaich a' Bhean-uasal anns a' Chaisteal ann an 1944 ann an suidheachadh amharasach. Ach, bha Mairead a' coimhead air dealbh ga sealltainn ann an 1944, ri taobh bàta a' dèanamh deiseil airson a dhol a dh'Ameireaga.

Caibideil 13

Gu luath, thog Mairead am pàipear-naidheachd a-rithist agus leugh i tron artaigeal air fad air eagal gun robh rudeigin ann mun bhoireannach uasal an sin agus nach do mhothaich i. Cha robh. Dìreach na bha tè na tasglainn air innse dhi. Chaill seachdnar duine deug am beatha, an caiptean nam measg.

Chuir Mairead am pàipear sìos. Bha e doirbh dhi smaoineachadh mu dheidhinn mar sin, gu h-àraid agus i cho eòlach air an àite. Àiteigin, aig bonn na mara ann am Flùrabost, bha an seachdnar deug. Bha seòrsa de chuimhne aice gun deach i a-mach cuairt aon Sàbaid nuair a bha i òg, còmhla ri a seanmhair agus stad iad aig clach-chuimhne airson nan daoine a chaill am beatha. Bha nàire oirre nach do thill i.

Bha a' chairt-phuist fhathast na laighe air an deasg. Thog Mairead a-rithist e agus choimhead i air. Bha i faisg air cinnteach gur e seo Bean-uasal Nic a' Chombaich ach, carson a bhiodh i a' seòladh gu Ameireaga, gu h-àraidh ann am meadhan an Dàrna Cogaidh? Gu sgiobalta, mus do thill am boireannach, thog i dealbh dhen a' chairt mus do chuir i air ais a-steach dhan bhogsa e.

"An do lorg thu na pàipearan a bha a dhìth ort?"

"Lorg, tapadh leat," fhreagair Mairead. "An dùil a bheil dòigh ann airson fiosrachadh a lorg air cò bhiodh air a' bhàta seo?"

"Uill, tha clàran ann, ged nach eil againne."

"O..." thuirt Mairead, bristeadh-dùil follaiseach na guth.

"Duilich," thuirt am boireannach gu luath, "cha robh mi a' ciallachadh nach urrainn dhuinn am faighinn. Bhiodh iad air an eadar-lìon. Faodaidh tu an coimpiutair a chleachdadh. Ma tha ainm a' bhàta agus an deit agad faodaidh tu faicinn cò bha oirre. Seallaidh mi dhut. Chan eil fhios 'am dè cho furasta 's a bhiodh e, ged-tà, oir 's e soitheach Ameireaganach a bh' ann. Ach, le bhith ag ràdh sin, tha clàran acasan cuideachd!"

Chaidh am boireannach a-null gu aon de na coimpiutairean agus thòisich i a' taidhpeadh. Ann an leth-mhionaid bha fiosrachadh aice: 'Liosta de Shoithichean-solair, 1920 – 1960'

"Seo dhut," thuirt i. "Faodaidh tu coimhead tro na duilleagan seo, ma lorgas tu am bàta agus a' bhliadhna gheibh thu barrachd fiosrachaidh mun deidhinn. Tha mearachdan ann, ged-thà. Feumaidh tu cuimhneachadh gun deach clàran air chall anns a' chogadh."

Cho luath 's a bha am boireannach air falbh, thòisich Mairead a' rannsachadh. Às dèidh greiseag, lorg i an S.S. Tribune agus liosta de na daoine a bha air bòrd. Cha do mhair a toileachas, ged-tà, oir, ged a choimhead i air an liosta ceithir tursan, cha robh ainm na Mnà-uasail ann, dìreach ainm nan seòladairean, Joe Delahunt agus Steve Elwin nam measg.

Shuidh i air ais aig an deasg. Bha i air a bhith cho cinnteach gur e Bean-uasal Nic a' Chombaich a bh' anns an dealbh, bha i a-nis sgìth, agus crosta nach robh i ceart. Bha i dìreach dol a chur a' choimpiutair dheth nuair a thàinig smuain thuice, 's dòcha nach b' ann fon ainm Nic a' Chombaich a bhiodh i clàraichte, 's dòcha gun do chleachd i ainm eile. Dè an t-ainm a bh' oirre mus do phòs i? Rudeigin ceangailte ri nathair... Drake.

Gu luath, choimhead Mairead air ais air an liosta, Treas Oifigear Danver..., Seòladair Davis..., Seòladair Drake. Seòladair? An e mearachd a bh' ann? Thuirt am boireannach gun robh tòrr mhearachdan ann. Shuidh Mairead air ais, a' coimhead air an ainm a bha air a beulaibh, ge b' e dè bha sgrìobhte air a' chlàr seo, bha i cinnteach gur e seo Nic a' Chombaich, a' dèanamh a slighe a dh'Ameireaga ann an 1944.

Choimhead Mairead air ais tron bhogsa san robh na pàipearan-naidheachd ach cha do lorg i fiosrachadh sam bith eile mu dheidhinn a' bhàta a' dol fodha agus cò a chaill am beatha. Mì-chinnteach an robh i coimhead anns a' bhogsa cheart, chaidh Mairead a-mach a bhruidhinn ris a' bhoireannach a-rithist, "Haidh, bha mi feuchainn ri barrachd fiosrachaidh a lorg mu dheidhinn an S.S. Tribune. Bha mi dìreach airson a bhith cinnteach gun robh mi coimhead anns na bogsaichean ceart?" Bha Mairead eòlach air saoghal far an robh tòrr fiosrachaidh ri fhaighinn mun h-uile cuspair.

"Tha, ach chan fhaigh thu lorg air mòran mu dheidhinn sin, ged-tà," fhreagair am boireannach.

"Ciamar?"

"Chuir an riaghaltas casg air an fhiosrachadh. Thachair sin gu tric aig àm a' chogaidh. Cha robh cead aig na pàipearan ach glè bheag fiosrachaidh a phriontadh mu dheidhinn cuid de na rudan a thachair agus seo aon dhiubh."

"Ciamar a gheibheadh tu fiosrachadh mu dheidhinn?"

Rinn am boireannach gàire, "Uill, mura bheil thu eòlach air cuideigin a bha beò aig an àm no air fianais sgrìobhte fhaighinn bho chuideigin a bha beò aig an àm, chan eil fianais ann. Tha mi duilich." Thòisich a' fòn air an deasg aice a' gliongadaich agus thionndaidh i ga fhreagairt.

Bha Mairead troimh-a-chèile. Bha a seanmhair ceangailte ri teaghlach Mhic a' Chombaich ach bha Mairead a' smuaineachadh gun deach e nas doimhne na dàimh eadar searbhanta agus luchd-fastaidh. Dh'fheumadh i coimhead a-rithist air na dealbhan agus 's dòcha bruidhinn ri Dòmhnall a-rithist, às dèidh an tìodhlacaidh a-màireach.

Às dèidh dhi tighinn dhan cho-dhùnadh nach b' urrainn dhi barrachd fhaighinn a-mach an sin, rinn Mairead airson na dachaigh, sgìth agus a h-inntinn ann am buaireadh – ciamar a fhuair a seanmhair an seud-muineil? An do rinn i rudeigin gu sònraichte airson na Mnà-uasail agus fhuair i e mar phrèasant air neo, rud nach robh Mairead airson smuaineachadh mu dheidhinn, an do ghoid i e? Dh'fheuch i ris an smuaint sin a chur gu cùl a h-inntinn nuair a bha i dràibheadh dachaigh.

Cha robh duine ann nuair a ràinig i ach bha not air a' bhòrd anns a' chidsin a' canail gun deach iad gu taigh a h-uncail. Chaidh i suas an staidhre gu a' flat airson fras a ghabhail agus rudeigin ithe, an t-acras ga tolladh. Bha i dìreach dol a shuidhe air an t-sòfa, ceapaire na làimh, nuair a chuala i gnog aig an doras agus cuideigin ag èigheachd. Chaidh i sìos a dh'fhaicinn cò bh' ann.

"Bha mi a' lorg d' athar?" thuirt Andy gu pongail nuair a dh'fhosgail i an doras.

"Tha e muigh an-dràsta," thuirt Mairead.

"Ceart, dìreach can ris gun urrainn dha faighinn dhan t-seada a-rithist, tha sinn deiseil an sin."

"'S urrainn dhuinn dol air ais a-steach, ma-thà?" thuirt Mairead.

"Gu dearbh," fhreagair Andy gu searbh. "Clever girl!"

"Beul brèagha..." thuirt Mairead fo a guth mus do dh'fhaighnich i dha, "An do lorg thu barrachd a-mach mun duine?"

"Cha do lorg, ach na gabh dragh, cha bhi sinn a' sireadh duine sam bith eile anns a' chùis seo..."

"Cha robh mi a' gabhail dragh," fhreagair i. "An e sin uileas?" thuirt i a' coimhead air.

"Sin e... tha mi cinnteach gum faic mi fhathast thu, cùm a-mach à trioblaid agus, dèan cinnteach gu bheil doras an t-seada glaiste nuair nach eil sibh ann!" thuirt Andy, mus do thionndaidh e air falbh.

Sheas Mairead an sin, aig bonn na staidhre, gus an cuala i càr Andy a' falbh. An uair sin, leig i mach osna. Cha bhiodh i dol faisg air a' phoileas cho fad 's a bha Andy ag obair air an son.

Às dèidh dhi iuchair an t-seada a lorg, tharraing i oirre seann phaidhir bhrògan a màthar agus chaidh i mach airson a ghlasadh sa bhad. Ach, nuair a ràinig i e, shaoil i gu sealladh i na bhroinn. Cha robh fios aice an robh i an dùil corp eile a lorg ach, bha e dìreach mar a bha e an latha roimhe nuair a bha an triùir aca ann, a h-athair, Andy agus i fhèin. Bha i dìreach dol a dhùnadh an dorais a-rithist nuair a mhothaich i màileid a seanmhar air an làr. Chaidh i null agus dh'fhosgail i e. Bha a h-athair air a bhith ga rùrach mar-thà ach, 's dòcha gun robh rudeigin ann a bheireadh beachd air choireigin dhi carson a bha an seud-muineil aig a seanmhair.

Tharraing Mairead an stuth a-mach, ga chur gu faiceallach air an làr. Chosg i tòrr ùine a' coimhead tro na rudan gu mionaideach ach, gu mì-fhortanach, cha robh freagairtean ri lorg. 'S ann nuair a bha i sgioblachadh nan rudan air falbh a smuainich Mairead gur dòcha gun sealladh i air na dealbhan aon turas eile, dìreach airson a bhith cinnteach nach do chaill i càil.

Bha a' mhàileid eile anns a' phreas sa flat mar a dh'fhàg i e. Shlaod i a-mach e agus, fhad 's a bha i feuchainn ri chur sìos air an làr, thuit e agus làndaig a h-uile càil a bha na bhroinn air an làr. A' leigeil seachad droch-chainnt, chrùb i airson na rudan a thogail. 'S ann an sin a mhothaich i rudeigin a' deàrrsadh fon bhrat-ùrlair – an fhàinne na laighe air an làr. Thog i e agus thionndaidh i na corragan e airson mionaid mus d' fhuair i an seud-muineil a-mach às a baga. Sin na làimh, chuir i an dà rud sìos air a' bhòrd san t-seòmar-suidhe agus shuidh i a' coimhead orra. Gun teagamh sam bith, nuair a bha iad ri taobh a chèile bha iad ceangailte, an aon chlachan, an aon stoidhle. Feumaidh gur e seo an aon fhàinne a bha a' Bhean-uasal a' cosg san dealbh, dìreach mar a bha Mairead a' smuaineachadh.

Dhùin i a sùilean, a' togail a làmhan gu a h-aodann, corragan gan còmhdach mar chùrtairean – 's dòcha mura b' urrainn dhi an t-seudraidh fhaicinn, gun rachadh iad a-mach à sealladh uile gu lèir. Dh'fhosgail i a sùilean a-rithist agus choimhead i sìos, bha iad fhathast ann. Agus, bha a-nis ceann goirt oirre.

Cha robh i a' tuigsinn seo. 'S dòcha gur e tuiteamas a bh' ann gun robh an aon fhàinne aig a' cheannaiche seudraidh aig an dearbh àm a bha Mairead shìos ann an Lunnainn. Tha e tachairt, uill, ann am filmichean co-dhiù, mar 'Casablanca' le Humphry Bogart agus Ingrid Bergman nuair a tha i a' tighinn a-steach dhan taigh-sheinnse, "Of all the gin joints, in all the towns, in all the world, she walks into mine...". Cha robh a' choinneamh aig Mairead romansach ann an dòigh sam bith ged-tà. Aig a cheart àm mhothaich i gun robh dealbh a seanmhar a-nis na laighe briste air an làr. Thog i e agus gheàrr a' ghlainne bhriste a corrag.

"Murt mhòr," ars i, a' feuchainn ri grèim a chumail air an fhrèam le aon làmh fhad 's a bha i a' deoghail na fala, eagallach gun tuiteadh e air an dealbh. Sheas i mionaid, dealbh na làimh, gus an robh an fhuil air stad agus, an uair sin, gu faiceallach, thug i às na pìosan glainne agus chuir iad dhan bhiona. Dh'fhosgail i taobh eile an fhrèam agus tharraing i air falbh e, deiseil airson a chur dhan bhion cuideachd agus 's ann an sin a mhothaich i e, air cùlaibh an deilbh, mapa! Ann an èiginn gus sùil nas fhaisge fhaighinn air, cha do mhothaich Mairead gun do thuit pìos beag pàipeir eile air an làr.

A' coimhead air ann an dòigh nas mionaidich, bha e soilleir gur e mapa de bheinn a bh' ann. Bha coltas air gu robh pàirt dhen mhapa a dhìth. Bha ainm sgrìobhte aig a' mhullach, "Sgùrr a' "... Cha robh a' phàirt eile dhen mhapa ann ged-tà, airson innse dè sgùrr a bh' ann. Fo sin, bha "Taobh ... de..." sgrìobhte ach, a-rithist, bha pàirt eile dhen sgrìobhadh a dhìth.

Bha an dealbhadair air peansail nas duirche a chleachdadh airson creagan sònraichte a shealltainn, pìosan a bhiodh a' stobadh a-mach, agus bha sgrìoban ann airson sealltainn na slighe, ged nach robh fios aig Mairead càite an robh e dol. Bha ainmean air a' bheinn, cuideachd, 'Leacan Dearga' ri taobh chreagan ceàrnagach aig bonn na beinne, 'An Doras' agus 'Am Bealach'. Bha na sgrìoban air slighe a chlàradh air na 'Leacan Dearga', a-null chun 'Dorais' agus 'Am Bealach'. Feumaidh gun robh na sgrìoban a' cumail a' dol ach air pìos pàipeir eile.

Thàinig gruaim air aodann Mairead. Nuair a dh'fhosgail i a' mhàileid airson an dàrna turas, bha i airson fuasgladh fhaighinn a thaobh an t-seud-mhuineil, a-nis bha ceist eile aice. Bha a ceann a' fàs nas miosa. Dh'èirich i agus chaidh i a-null chun phreas a lorg leabhraichean mu dheidhinn sreap. Bha leabhar-iùil beag ann, le còta pàipeir, mu dheidhinn sreap anns an Eilean Sgitheanach. Thog Mairead a-mach e agus chaidh i air ais chun a' bhùird far an robh dealbh na beinne fhathast na laighe. Bha an leabhar-iùil làn de dhealbhan bheanntan anns a' Chuiltheann agus beanntan eile air an Eilean. A' coimhead anns a' chlàr-amais an toiseach, lorg Mairead gach 'sgùrr' anns an leabhar agus thòisich i a' coimhead air na dealbhan orra. Bha i air a bhith a' coimhead air, co-dhiù, ochd dealbhan de bheanntan nuair a thàinig i tarsainn air dealbh de Sgùrr a' Ghrianain, aon de na beanntan anns a' Chuiltheann. Rinn i coimeas eadar seo agus an dealbh a bh' aice agus bha i cinnteach gur e an aon bheinn a bh' ann. Shuidh i air ais, a' coimhead timcheall oirre agus a' smuaineachadh. 'S ann nuair a rinn i sin a thug i an aire don phìos pàipeir a bha air tuiteam roimhe. Cha mhòr nach do ghabh i grèim cridhe nuair a leugh i dè bha sgrìobhte air.

A Fhlòraidh,

A ghaoil mo chridhe, tha mi gad ionndrainn gach latha a tha thu air falbh bhuam. Tha mi an dòchas gu bheil d' athair nas fheàrr a-nis. Tha mi duilich, a-rithist, nach urrainn dhomh a bhith còmhla riut ach, cha bhi e fada. 'S math nach eil thu an seo, tha cùisean a' fàs nas miosa. Chan eil mi airson a ràdh san litir, tha dealbh aig DM agus dealbh eile agamsa. Gus am faic mi a-rithist thu.

Le gaol gu bràth...

Bha ainm sgrìobhte aig a' bhonn ach cha dèanadh Mairead a-mach dè bh' ann – bha an sgrìobhadh uile camagach agus bha e air a bhith doirbh dhi cuid de na faclan a leughadh co-dhiù. Thog i dealbh a seanmhar, le Niall, am bràthair bu shine na sheasamh ri a taobh, Aonghas, pìos beag air falbh. An dòigh a bha iad nan seasamh, cho faisg, carson nach do mhothaich Mairead ron sin? Gun teagamh sam bith, 's e Niall leannan a seanmhar, athair athair Mairead, seanair Mairead! Sin an t-adhbhar a bha an dealbh air cùlaibh an deilbh eile, cuimhne air a leannan.

Eanchainn air bhoil, Mairead ag iarraidh fhreagairtean, thòisich i a' rùrach tron mhàileid a-rithist, a h-aire an turas seo air an leabhar bheag còcaireachd a bha aig a' bhonn, an aon rud air nach do sheall i roimhe. Bha còta dubh air agus 's e 'Còcaireachd aig an Taigh' an t-ainm a bh' air. A bharrachd air na reasabaidhean, bha sgrìobhadh ann mar gun do chleachd cuideigin e mar leabhar-sgrìobhaidh – ainmean, dàin bheaga, teachdaireachdan, sgrìobhaidhean mar seann thòimhseachain:

"B' e fiodh an iuchair, an t-uisge' a' ghlas;
Bhàthadh na sealgairean; is thàrr an sealgte às"
Dè bha seo?

agus dàin mu dheidhinn diofar chuspairean – gaol, rudan èibhinn agus bàs:

"Ceart mar a thig gailleann nan sian
Nuair nach miann leat a bhith ann;
Is amhlaidh sin a thig an t-aog
Ged a shaoil thu nach b' e an t-àm"

Chùm Mairead a' dol gus an do thionndaidh i aon duilleag agus an sin a bha sgrìobhadh ann an làmh a seanmhar, gu tur eadar-dhealaichte bhon sgrìobhadh ron seo. 'S e pàirt de leabhar-latha a bh' ann, an deit, Diciadain 11 Dàmhair 1944, an t-àm a chaidh an soitheach fodha anns a' bhàgh.

Diciadain 11 Dàmhair 1944

Tha mi air seo a sgrìobhadh sìos air eagal gun dìochuimhnich mi san àm ri teachd agus air eagal nach bi mise ann airson an sgeul innse. 'S mise Flòraidh Dhòmhnallach agus tha mi 22 bliadhna a dh'aois. 'S e searbhanta a th' annam agus tha mi ag obair ann an Caisteal Chonaisg dha teaghlach Mhic a' Chombaich...

Sùilean mar thruinnsearan, chùm Mairead a' leughadh mu dheidhinn a seanmhar a' tilleadh dhachaigh bhon obair aice sa Chaisteal, an stoirm, a' faicinn an S.S. Tribune a' dol fodha, an dòigh a bha ise agus muinntir na sgìre a' feuchainn ri taic a thoirt dhan chriutha air a' bhàta. 'S ann nuair a bha i faisg air deireadh a' chunntais airson Diciadain agus an rud a thachair leis a' bhàta, a thàinig i air ainm eile, ainm air an robh i eòlach – a' Bhean-uasal Nic a' Chombaich.

Thàinig aon bhàta a-steach le boireannach air bòrd agus 's ann an sin a chunnaic mi i, Bean-uasal Nic a' Chombaich. Cha chreideadh tu e – ise an sin! Cha robh i gu math, b' fheudar dhomh a toirt gu Bean a' Mhinisteir. Dh'fhuirich mi an sin airson ùine ach cha b' urrainn dhomh càil a dhèanamh dhi.

Diardaoin 12 Dàmhair 1944

Thàinig Niall chun an taighe againn, tha e airson a mhàthair a thoirt air ais dhan Chaisteal. Dh' iarr e air mo theaghlach seo a chumail sàmhach. Cha robh ùine aige innse dhomh carson a bha a mhàthair ann. Gheibh mi a-mach, tha mi cinnteach. Bha Niall a' feuchainn ri airgead a thoirt dha m' athair airson sin ach cha robh esan ag iarraidh rud sam bith. Feumaidh mi ràdh gun robh m' athair pròiseil gun robh Niall a' cur earbsa annainn nach bitheamaid ag innse dad. Bha uiread a' tachairt air an oidhche ud, tha mi cinnteach nach do mhothaich duine eile dhi ach Dòmhnall Eàirdsidh, sgiobair a' bhàta.

Bha mise nam leabaidh nuair a thàinig Niall ach, nuair a dh'èirich mi thug mo mhàthair dhomh prèasant a dh'fhàg e air mo shon. Tha mi smuaineachadh gu bheil fios aig mo mhàthair mu ar deidhinn. Cha tuirt i mòran nuair a thug i am poca dhomh ach b' urrainn dhomh rudeigin fhaicinn na sùilean. Is gann gun creidinn dè bh' anns a' phoca, chan urrainn dhomh sgur a choimhead air, tha e cho brèagha. Bu thoil leam a chur orm an-dràsta ach chan urrainn dhomh. Chan urrainn dhomh innse do dhuine sam bith, cumaidh mi sàbhailte an-dràsta e.

Thionndaidh Mairead an duilleag ach cha robh càil eile sgrìobhte. Bha i air a bhith air ais ann an 1944, a' leughadh smuaintean a seanmhar, a' fàs faisg oirre agus, cho luath 's thòisich e, sguir e. Bha daoine riamh a' canail gun robh i cho coltach ri a seanmhair ach, a-nis, nuair a choimhead Mairead air na dealbhan agus an sgrìobhadh air a beulaibh, cha robh i buileach cinnteach an robh i idir eòlach oirre. Bha i air rudan a chumail falaichte bho dhaoine san teaghlach fad a beatha airson cuideigin eile a dhìon, a rèir coltais. A' cheist a bha aig Mairead a-nis, an e an obair aicese rùintean dìomhair a seanmhar innse no am bu chòir dhi an cumail sàmhach, dìreach mar a rinn a granaidh roimhpe?

Caibideil 14

Shuath Niall a shùilean. Bha iad goirt agus dh'fheumadh e an dùnadh airson beagan fois fhaighinn. Bha e fàs dorcha anns an t-seòmar a-nis agus bha sin na chuideachadh dha. Bha a shùilean an-còmhnaidh na b' fheàrr nuair a dh'fhàsadh e dorcha. Dh'fheumadh e fàs cleachdte ris. Bha fios aige gun robh e fàs dall agus bha sin a' cur an eagail air. Nuair a smuaineachadh e air bha e mar gun robh e air a mhùchadh, cha b' urrainn dha anail fhaighinn. Dh'èireadh an t-eagal na bhroinn agus dh'fheumadh e teicheadh. Àite sam bith cho fad 's a bha rùm timcheall air gus anail a tharraing a-rithist.

Cha robh e airson innse dha a mhàthair, bha cus uallaich oirre mar-thà. Bha fios aig Flòraidh ma dheidhinn. Air an oidhche, nuair nach robh duine sam bith eile timcheall orra, chanadh i gum biodh ise ag obair mar shùilean dha nuair a thachradh e. Dh' innseadh i dha, ann an dòigh mhionaideach, dè bha timcheall orra gus nach cailleadh e càil. Bha fios aige gun dèanadh i sin cuideachd. Bha e air leth taingeil gun robh Flòraidh aige. Bhiodh e math nan robh i còmhla ris an-dràsta ach bha fios aige gun robh feum aice tilleadh dhachaigh airson coimhead às dèidh a h-athar. Bha e na bu shàbhailte dhi, cò aige tha fios dè dhèanadh Aonghas...

Bha Niall fhathast feargach mun rud a thachair. Nan robh e a' faighinn a dhòigh fhèin, bhiodh Aonghas air a chur a-mach às an taigh. Ach, cha robh a mhàthair deònach.

"Chan urrainn dhuinn sin a dhèanamh," thuirt i aig an àm. "Chan eil e gu math. 'S e an tinneas a tha 'g obair air. Bhiodh e na b' fheàrr dhuinn uile nan rachainn-sa air falbh."

Dh'èirich fearg dearg na bhroilleach, mar teine, nuair a smuainich e air ais. Bha Aonghas air a bhith ag obair air a mhàthair airson ùine mhòr, ciamar nach do mhothaich e? A-nis, bha i air a bhith a' dèanamh deiseil airson falbh. A rèir coltais, thòisich e a' chiad turas nuair a bha Niall air falbh ann an Inbhir Nis, a' cur pàipearan a' Chaisteil air dòigh. Cha tuirt a mhàthair càil aig an àm agus cha robh fios aig Niall gun robh càil ceàrr oirre. Cha b' urrainn dha a mhàthair a lorg nuair a thàinig e air ais. Cha robh i anns an t-seòmar-suidhe mar a bhiodh e an dùil aig àm seo dhen fheasgar. Nuair a lorg e i anns an t-seòmar-chadail, bha i a' cosg sgarfa ged nach robh latha fuar ann idir. Thuirt i nach robh i faireachdainn gu math agus ghabh Niall ris. 'S dòcha nam biodh e air a ceasnachadh, bhiodh cùisean gu math diofraichte.

A rèir coltais, bha Aonghas a' cur a' choire air a mhàthair agus Niall gun deach a thogail dhan arm, gu h-àraid air sgàth 's gun do dh'fhuirich Niall aig an taigh. Feumaidh gun robh a mhàthair a' cur a' choire oirre fhèin cuideachd nach b' urrainn dhi dìon a thoirt dha a mac oir a-nis, bha i a' dèanamh deiseil airson falbh a dh'Ameireaga. Bha fios aice nach b' urrainn dhi fuireach aig an taigh còmhla ri Aonghas agus, an àite a bhith ag iarraidh air Aonghas falbh, bha i fhèin gu bhith fàgail. Bha Niall a' smuaineachadh gur e droch bheachd a bh' ann, gu h-àraidh ann am meadhan cogaidh ach, bha i mar-thà air gnothaichean a chur air dòigh. Gu fortanach, bha i airson gun cuireadh Niall an t-seudraidh air falach. Nam faigheadh Aonghas grèim air cha bhiodh càil air fhàgail agus, an rud bu mhiosa, cha bhiodh e sàsaichte leis an t-seudraidh, bhiodh e an uair sin ag iarraidh a' Chaisteil fhèin.

Bha Niall air an t-seudraidh a chruinneachadh ann am poca. Bha a mhàthair air pìos no dhà a chumail air ais, an stuth leis na nathraichean air – an seud-muineil, an fhàinne agus na fàinneachan-cluaise. Bha Niall air a dhol dhan a' Chuiltheann an-dè airson an t-seudraidh eile a chur am falach...

Bha e air a bhith a' sreap sa Chuiltheann bhon a bha e na bhalach. Bha na beanntan mar phàirt dhen oighreachd aige, san teaghlach fad bhliadhnaichean. Ged a bha pàipearan ann a' sealltainn gur ann leis an teaghlach a bha an Cuiltheann, bha Niall, agus athair roimhe, riamh a' smuaineachadh gur ann le muinntir an Eilein a bha iad, leis an tuath, chan e dìreach teaghlach Mhic a' Chombaich. 'S dòcha, nuair a bhiodh an Cogadh seachad, gun toireadh iad dha na h-Eileanaich iad oir bha e mothachail gun robh barrachd 's barrachd dhaoine a-nis a' sreap annta.

Nuair a bha Niall beag, bhiodh e dol dhan Chuiltheann còmhla ri athair. Uaireannan bhiodh Aonghas còmhla riutha ach cha robh esan cho dèidheil air sreap 's a bha Niall. Bha Niall fìor eòlach air gach beinn – Sgùrr nan Gillean, Balaich na Glaice Mòire, Am Baisteir. Dh'fhaodadh e cumail a' dol. Nan robh beatha eile air a bhith aige, bhiodh e math air daoine a thoirt suas, mar Iain MacCoinnich à Sgonnsar, nach maireann. B' àbhaist dha Iain a bhith na chroitear gus an do thòisich e a' toirt dhaoine dhan Chuiltheann. Nuair a bha Niall na bhalach, choinnich e ris aon turas, mus robh daoine mothachail gun robh rudeigin ceàrr air fhradharc.

Mo fhradharc, smuainich e. Cha bhi sin agam idir san àm ri teachd. Mura robh e agam riamh, cha biodh e cho doirbh a bhith às aonais ach, tha e agam agus chan eil tuigse aig duine beò dè cho eagalach 's a tha e nuair a tha a h-uile càil dol a dh' fhàs dorcha.

Sin an dearbh rud a thachair an-dè dha, nuair a dh'fhalbh e leis an t-seudraidh tràth sa mhadainn. Mar a bha Niall 's a mhàthair air aontachadh, bha a mhàthair air an t-seudraidh aice a chruinneachadh ann am pocannan beaga deiseil airson Niall a chur am falach. Bha fios aig Niall gum biodh e mach às an taigh faisg air fad an latha agus, eagallach gum biodh Aonghas a' feuchainn ri a mhàthair a ghoirteachadh a-rithist, dh'iarr e air Dòmhnall, an gàirnealair, sùil a chumail oirre.

Dòmhnall, no DM mar a bh' aig Niall air, an t-ainm a thug e dha nuair a bha e beag 's nach b' urrainn dha Dòmhnall a ràdh. Bha DM air a bhith còmhla ris an teaghlach fad a bheatha, e fhèin agus athair Nèill nas fhaisg na bràithrean. 'S e duine earbsach a bh' ann an DM, sàmhach, socair, Gàidhealach na dhòighean. Fad beatha Nèill, cha chuala e DM riamh a' cur sìos air duine sam bith, fiù 's nan robh iad airidh air: 'Na loisg do spàin ann an càl neach eile.' Cha tuirt Niall mòran ris a thaobh na bha e an dùil dèanamh, cha robh e airson gum

128

biodh DM ann an droch shuidheachadh le Aonghas nan cuireadh e ceistean air: 'Rud as math leat a chleith, na innis do chloich e.' Faclan athar air tilleadh thuige. Bha DM, mar-thà, aig an taigh nuair a bha Niall dèanamh deiseil airson falbh. Cha tuirt e mòran, "Gabh air do shocair a bhalaich agus cuimhnich, an rud a nithear anns a' chùil thig e a dh'ionnsaigh an t-solais." Bha fios aig Niall gur ann mu dheidhinn Aonghas agus na rudan a rinn e a bha e mach.

Bha e fhathast dorcha nuair a dh'fhàg Niall an Caisteal ach bha solas na gealaich a' lasadh na slighe dha. Thagh e Latha na Sàbaid airson an t-seudraidh a chur am falach oir bha fios aige gum biodh an rathad sàmhach. Air a' bhaidhsagail, ghabh e a-null gu an Àth Leathann, a' cumail a' dol troimhe gus an do ràinig e slighe bheag a ghabhadh e airson Camas Fhionnairigh a ruigsinn. Cha b' e slighe fhurasta a bh' ann air baidhsagail oir cha robh ann ach frith-rathad eabarach agus, turas no dhà, bha e fortanach nach do thuit e dheth.

Nuair a ràinig e an druim a' sealltainn tarsainn Chamais Fhionnairigh stad e agus choimhead e sìos – tarsainn a' bhàigh, a-null gu Loch Scabhaig, a-mach gu Sòthaigh agus, an uair sin, Eileanan Ruma, fhathast gorm dhorcha ag èirigh às a' mhuir le stiallan pinc, orains agus buidhe, faileas bhon adhar.

Bha a' ghrian a-nis a' lasadh Garsbheinn air astar, beinn le taobhan cho ceart gu robh e coltach ri Pioramaid Giza. Cha robh i air Sgùrr a' Ghrianain, far an robh esan a' dol, a ruigsinn fhathast, agus bha e dubh dorcha ann am beul na maidne. Aig an aon àm a bha Niall a' gabhail iongnadh air an t-sealladh air a bheulaibh, dh'fhairich e clisgeadh ag èirigh na bhroinn. Dh'fheumadh e dol na bu luaithe gus am biodh e san àite cheart no bhiodh e ro fhadalach. Bha an ùine a' ruith air, ùine nach robh aige.

Air a' bhaidhsagail a-rithist, chùm e a' dol gu luath, cha robh tìde aige smuaineachadh air dè thachradh nan tigeadh e dheth. Cha b' fhada gus an robh e shìos ann an Camas Fhionnairigh. Dh'fhàg e am baidhsagail ri taobh feansa an sin, dh'fheumadh e an còrr den t-slighe a shiubhail air chois.

Stad e a-rithist agus choimhead e, bha lasadh na grèine air gluasad timcheall agus bha fios aige nach bitheadh e fada gus an robh i air Sgùrr a' Ghrianain. Dh'fheumadh esan bonn nam beann a ruigsinn ron sin. Chùm e a' dol a' coiseachd timcheall a' bhàigh, gu taingeil bha an talamh tioram fo a chasan, a' ciallachadh nach biodh an abhainn ro àrd agus dh'fhaodadh e dol tarsainn air creagan. B' àbhaist dha drochaid fhiodha bhith ann ach dh'fhalbh i anns an stoirm mu dheireadh, cumhachd an uisge ga toirt a-mach dhan Chuan Siar.

Cha robh Sgùrr a' Ghrianain fad air falbh bhuaith a-nis, beinn a bha àrd agus, chanadh daoine, doirbh ri sreap, agus 's e sin le bhith a' gabhail na slighe air an robh daoine eòlach. Bha Niall gu bhith a' gabhail slighe gu tur eadar-dhealaichte. Shreap Niall Sgùrr a' Ghrianain trup no dhà na bheatha, a' cleachdadh na slighe àbhaistich air an taobh eile dhen bheinn, agus, ged a bha e na shàr-eòlaiche, shaoil e gun robh e doirbh. An-diugh, ged-tà, ghabhadh e an t-slighe eile – slighe a b' aithne dhàsan, agus cho fada 's a bha fios aige, dhàsan a-mhàin. Cha robh duine sam bith eile eòlach air an t-slighe seo oir dh'fheumadh tu bhith anns an àite cheart, aig an àm cheart, no cha robh dòigh ann air a dhèanamh.

Ràinig Niall bonn na beinne agus choimhead e, a' fàs eòlach a-rithist air far am b' urrainn dha a làmhan agus a chasan a chur an toiseach. A' sìneadh, ghabh e grèim agus tharraing e a bhodhaig teann ris a' chreag, a làmh eile a' lorg sgàineadh sa ghabbro, a chasan a chladhach a-steach. Shreap e a' chiad phàirt dhen bheinn, na Leacan Dearga, a chasan agus a làmhan a' greimeachadh mar a b' urrainn dhaibh. Bhon taobh sa, bha Sgùrr a' Ghrianain a' coimhead mar Easbaig and an geama tàileisg, na taobhan ag èirigh gu biorach le pìos a' stobadh a-mach faisg air a' mhullach.

Bha e doirbh grèim fhaighinn air a' chlach agus e cho rèidh. 'S e 'sreap saor' a bha anns a' phàirt seo, cha robh àite ann dha airson ròpa sam bith a chur an sàs agus bha a' chreag cho cruaidh nach b' urrainnear spìc fhaighinn a-steach. Bha a' ghrian air a bhith a' gluasad timcheall agus a-nis bha i a' lasadh Sgùrr a' Ghrianain, cha bhiodh e fada idir gus an lorgadh Niall an t-slighe suas, a' ghrian ga chuideachadh. Cha robh e eòlach air duine sam bith a bha air am mullach a ruigsinn a' gabhail na slighe seo oir bha leac creige a' cur bacadh air daoine. Cha do chuir e bacadh air Niall, ged-tà, ach dh'fheumadh e fuireach far an robh e airson mionaid no dhà gus an robh a' ghrian san àite cheart.

Lorg e an t-slighe seo grunn bhliadhnaichean air ais nuair a bha e anns na ficheadan. Bha e air èirigh tràth aon mhadainn nuair a bha e a' campachadh agus shreap e a' chiad phàirt dhen bheinn gus an do dh'fhàs a' chùis ro dhoirbh. Bha e a' dèanamh deiseil airson tilleadh sìos nuair a las a' ghrian air pàirt dhen chreag agus bha e mar gun do dh'fhosgail doras air a bheulaibh – an t-adhbhar a thug Niall an t-ainm 'an Doras' air. Bha pìos creige ann a dh'fhaodadh e cleachdadh airson ròpa a chur timcheall, chan fhaca e idir e ron seo.

Seo an rud air an robh Niall a' feitheamh an-dràsta, a' ghrian a' lasadh air aghaidh na creige airson cuideachadh a thoirt dha. Dìreach an sin, chunnaic Niall e, pìos dhen chreag a' stobadh a-mach rud beag. Snaidhm anns an ròpa mar-thà, thilg e e gus an deach e timcheall an stoba. A' cleachdadh gach pìos neirt na bhodhaig, tharraing e air a' ròpa agus shlaod e air gus an robh e faisg air a' chreag. Mar dhraoidheachd, nochd sgàinean anns a' chreag mar cheumannan beaga gus stiùireadh a thoirt dha.

Ghluais e a bhodhaig timcheall, a chasan a' feuchainn ri àiteachan coise a lorg. Cha robh e cho furasta sa bha e an turas mu dheireadh. Bha a shùilean air fàs ceòthach agus bha am baga làn seudraidh ga tharraing air falbh bho aghaidh na creige. Stad e airson diog airson anail a ghabhail agus 's ann an sin a thachair e – dh'fhalbh a fhradharc agus chaidh a h-uile càil dorcha.

Dh'èirich clisgeadh na bhroilleach, inntinn a' sabaid gus a' ghrèim a bha aig a chasan agus a làmhan a chumail. An uair sin thòisich a chasan a' crith, gu dona agus gun stad. Bha eagal air gluasad ach, mura gluaiseadh e, thuiteadh e. A' cur earbsa na bhodhaig, gu slaodach agus gu faiceallach, ghluais e aon de chasan dhan taobh dheas. Ged nach robh e ach diogan, bha e faireachdainn mar ùine mhòr, a' feuchainn ri aon de na ceuman a lorg. Nuair a bha e air gluasad, sguir a' chrith. Sheas e an sin mionaid agus, gu slaodach, thàinig a fhradharc air ais. Bha a h-uile càil sgleòthach ach bha e nas fheàrr na bhith dall.

Mì-chinnteach, chùm Niall a' dol, a' faireachdainn nan ceuman garbh fo a chasan gus an do ràinig e an leac creige. 'S e faochadh a bh' ann am pìos seo a ruigsinn agus, às dèidh dha a tharraing fhèin seachad air, thuit e sìos, a' tarraing anail gu trom.

An rud eile a lorg Niall, a' chiad latha a bha e fortanach Sgùrr a' Ghrianain a shreap bhon taobh-sa, 's e uamh. Cha robh e furasta fhaicinn, bha seòrsa de bhinnean sa bheul agus dh'fheumadh tu do shlaodadh fhèin a-steach airson faighinn ann.

A' gluasad timcheall air a' leac, air a' ghlùinean, chaidh e a-null chun a' bhinnein, phut e am poca san robh an t-seudraidh tron an toll agus tharraing e e fhèin a-steach dhan an uamh. Làndaig e air làr na h-uamha, le beul na h-uamha agus a' chreag a' falach na bha na bhroinn. A' faireachdainn na phòcaid, thug e toirds a-mach agus chuir e air e. 'S e saoghal eile a bh' ann, dorcha, sàmhach. Ghabh e mionaid a' coimhead timcheall agus an uair sin thog e am poca. Cha robh ùine aige ach airson an t-seudraidh a chur am falach. Bha sgàineadh air a' bhalla air aon taobh agus bha e a' coimhead mòr gu leòr airson am poca a chur ann. Thug e ceum no dhà air ais, a' dèanamh cinnteach nach b' urrainn do dhuine sam bith am poca fhaicinn, gus an tilleadh e airson an t-seudraidh a thogail a-rithist.

'S ann an-dè a thachair turas Nèill gu Sgùrr a' Ghrianain, agus fad an latha an-diugh bha e air a bhith a' feuchainn ri dealbh a dhèanamh air a' bheinn airson sealltainn ciamar a lorgadh tu an uamh, air eagal 's nach biodh a fhradharc math gu leòr airson a dhol ann leis fhèin. Choimhead e sìos air a' mhapa a-nis. Bha e air mapa a dhèanamh air cùl cuid de dhealbhan a mhàthar, dìreach airson sàbhailteachd, cha bhiodh daoine idir a' smaoineachadh gum biodh mapa air cùlaibh deilbh. Chumadh esan aon phàirt agus bheireadh e seachad pàirt dha Flòraidh agus pàirt dha DM.

Shuidh e air ais agus choimhead e air a' mhapa a rinn e. Bha e toilichte leis, bha e mionaideach, mar a bhiodh tu an dùil nan robh thu eòlach air Niall. Bha e air a bhith doirbh dha a dhèanamh, dh'fheumadh e sgur gu tric airson a shùilean a shuathadh oir bha iad a' fàs goirt, sgleòthach. 'S math gun robh e deiseil a-nis.

Bha trì cèisean a' feitheamh airson nam pàirtean dhen mhapa, litir bheag anns na cèisean aig Flòraidh agus DM. Gu faiceallach, chuir e na dealbhan anns na pocannan. Sin dèanta, sheas e agus sheall e a-null chun na h-uinneige a bha a' coimhead tarsainn a' ghàrraidh fodha. Bha a' ghealach shlàn a' lasadh air an loch air beulaibh a' Chaisteil, sealladh àlainn, a dh'fheumadh e cumail na inntinn air eagal 's nach biodh comas aige tòrr a bharrachd sheallaidhean mar seo fhaicinn.

Sheas e an sin airson mionaid no dhà a' coimhead agus, an uair sin, thionndaidh e agus choisich e air falbh. Gun fhios dha, cha b' e Niall a-mhàin a bha a' coimhead air an loch an oidhche sin. Cho luath 's a ghluais Niall air falbh bhon uinneag, thàinig Aonghas a-mach às an dorchadas, Aonghas a bha shìos anns a' ghàrradh a' coimhead air, a' beachdachadh carson a bha Niall air falbh a' sreap an-dè, Latha na Sàbaid?

"Gheibh mi a-mach," thuirt Aonghas fo ghuth "agus cha bhi thu a' coimhead cho toilichte nuair a nì mi e..."

Caibideil 15

Cha do chaidil Mairead nuair a chaidh i dha leabaidh a-raoir, cus na h-inntinn. Fiù 's nan robh i airson innse dha a pàrantan mun stuth a lorg i, bhiodh e doirbh oir cha tàinig iad air ais gus anmoch. Mar sin, às dèidh dhi coimhead tron stuth, a' feuchainn ri obrachadh a-mach dè bha an dealbh agus an sgrìobhadh a' ciallachadh, chaidh i dhan leabaidh.

Bha pàirt de Mhairead airson fuireach sa flat agus coimhead tron stuth a-rithist airson faicinn an robh soillearachadh ri fhaighinn ach, bha i air faighneachd dha Fearchar an-dè am b' urrainn dhi dol dhan tìodhlacadh, 's mar sin, dh'fheumadh i dol ann.

Bhruis i a falt agus tharraing i oirre na brògan aice. Bha i air mullach na staidhre a ruigsinn nuair a thionndaidh i agus thill i chun t-seòmar-chadail. Eagallach gun tigeadh a màthair, chuir i am mapa, an leabhar beag agus an t-seudraidh air falbh. Mus innseadh i dha a pàrantan mu na lorg i, dh'fheumadh i obrachadh a-mach na h-inntinn dè chanadh i.

Cha robh ach a màthair shìos, "Sin thu a nighean. Ciamar a chaidh dhut aig a' Chaisteal, chan fhaca mi airson latha no dhà thu."

"Cha robh am Manaidsear ann, bha tubaist aig a màthair. Feumaidh mi tilleadh nuair a tha i air ais."

"O, uill, chì sinn dè thachras. Cà' bheil thu dol an-diugh, 's tu cho spaideil?"

"Tha mi a' dol gu tìodhlacadh..." Cha robh i airson a ràdh gur e tìodhlacadh athair Fhearchair a bh' ann, cha robh i airson ceangal a dhèanamh eadar i fhèin agus Fearchar. Shaoileadh a màthair gun robh e ro luath, a' dealachadh ri aon duine agus a' tòiseachadh le fear eile. Bha i feuchainn ri smuaineachadh air rudeigin a chanadh i nuair a ghairm a' fòn agus thionndaidh a màthair airson a thogail. Ghabh Mairead an cothrom teicheadh às an taigh agus ceistean doirbh a sheachnadh.

Cha tug i fada a' lorg na h-eaglaise. Seann togalach a' seasamh air falbh bhon rathad taobh a-staigh balla cloiche. Bha tòrr charbadan air a bheulaibh agus b' fheudar dha Mairead an càr aicese fhàgail ri taobh an rathaid. Às dèidh dhi 'Halo' a chanail ri Fearchar agus Dòmhnall a bha nan seasamh aig an doras a' cur fàilte air a h-uile duine, chaidh i a-steach.

'S e seirbheis shnog a bh' ann, nam b' urrainn dhut sin a ràdh mu dheidhinn tìodhlacadh sam bith. Bha am Ministear a' bruidhinn mu dheidhinn athair Fhearchair, na h-ùidhean aige agus an seòrsa duine a bh' ann. Bha cuimhne aig Mairead nuair a bhàsaich a seanmhair, chaidh i dhan tìodhlacadh aice. Bha e doirbh gu leòr a dhol ann ach, 's e an rud a bu mhiosa, nach do dh'ainmicheadh a granaidh idir anns an t-seirbheis, dh'fhaodadh iad a bhith a' bruidhinn air boireannach sam bith, fiù 's fireannach sam bith. O, bha am Ministear eòlach gu leòr oirre ach cha tuirt e guth mu dheidhinn cò ris a bha i coltach idir. Bha an t-seirbheis fuar, brùideil, a h-uile duine air an t-slighe a dh'ifrinn mura deònaicheadh iad am beatha aingidh atharrachadh.

Bha Fearchar làidir fad na seirbheis, mar Dòmhnall fhèin. Bhris e sìos rud beag nuair a chuir iad a' chiste dhan talamh agus dh'fhairich Mairead na deòir a' tighinn gu a sùilean le truas dha. Dìreach mus do dh'fhàg Mairead an cladh, agus daoine a' dèanamh air taigh Dhòmhnaill airson grèim bidhe, chuir Fearchar làmh air a gàirdean, "An toir thu lioft dhomh dhan taigh agam fhìn?" thuirt e rithe.

Dhràibh an dithis aca air ais gu taigh Fhearchair. An sin, thug e dheth an deise agus an taidh a bha e cosg aig an tìodhlacadh agus chuir e air jeans agus lèine-t.

"Cha bhiodh m' athair gam aithneachadh ann an deise."

Rinn Mairead gàire bheag ach cha b' urrainn dhi rud sam bith a ràdh.

"Am fàgadh tu an càr an seo? Tha mi ag iarraidh coiseachd gu taigh m' uncail agus bhiodh e math companas fhaighinn."

"Ceart gu leòr leamsa," thuirt Mairead, "ach nach bi d' uncail agus na daoine eile a' gabhail fadachd nach eil thu a' nochdadh?"

"Tha fios aig m' uncail nach eil mi math aig rudan mar seo. Cha chreid mi gum mothaich daoine eile."

Thòisich iad a' coiseachd air ais gu taigh Dhòmhnaill. Bha tòrr dhaoine fhathast aig an taigh nuair a ràinig iad agus b' fheudar dha Fearchar bruidhinn riutha. Bha a' chuideachd mar seòrsa de phàrtaidh, daoine a' tighinn còmhla, a' gabhail biadh agus ag òl deoch làidir. Cha do ghabh Mairead deoch làidir, ged-tà, agus aice ris a' chàr a dhràibheadh air ais dhachaigh. O chionn nach robh i eòlach air daoine shuidh i gu sàmhach ann an oisean agus thòisich a smuaintean a' sgèith air ais gu na rudan a lorg i an latha roimhe.

'S e Niall, mac na Mnà-uasail, leannan a seanmhar agus, a' cur nam pìosan mhìrean-measgaichte còmhla, feumaidh gur e an seud-muineil an rud a bha am broinn 'a' phrèasant' a thug Niall dhi. Cha robh Mairead buileach cinnteach dè bu chòir dhi dèanamh. Bha eagal oirre innse dha a h-athair, cha robh fios aice dè a b' urrainn dhi dèanamh mun fhàinne, agus carson a bha mapa an sin? Cha robh ach aon phìos aig Mairead, Bha fios aice gun robh pìos aig Niall, feumaidh gun deach e na theine, agus bha pìos aig DM.

Bha tòrr cheistean a' dol timcheall a h-eanchainn gur dòcha a dh'fhaodadh Dòmhnall a fhreagairt ach, seo latha airson an teaghlaich, cha b' e àm freagarrach a bh' ann. Thàinig Fearchar air ais às dèidh dha cuairt a dhèanamh air na h-aoighean.

"A bheil thu ceart gu leòr?" dh'fhaighnich e, uallach air aodann. "Tha e mar gu bheil an saoghal gu lèir a' laighe ort."

"Tha mi duilich, bha mi dìreach a' smuaineachadh mu dheidhinn rudeigin, na gabh dragh. Bu chòir dhòmhsa a bhith a' faighneachd sin mu do shon-sa," thuirt Mairead, a' feuchainn ri gàire bheag a dhèanamh.

"Cò tha ceart gu leòr aig tìodhlacadh athar?" thuirt Fearchar, uisge-beatha na làimh.

Cha tuirt Mairead càil. Rinn Fearchar gàire an uair sin. "Tha e mar phàrtaidh, nach eil? Duilich nach eil m' athair ann, bhiodh e còrdadh ris."

Ghabh Fearchar balgam eile agus choisich e air falbh bho Mhairead. Cha robh e air mhisg ach cha robh e fad bhuaithe.

Shuidh Mairead far an robh i a' coimhead timcheall oirre. Cha b' urrainn dhi saoilsinn ciamar a bhiodh i fhèin a' faireachdainn nan tachradh rudeigin dha a h-athair-sa. Bha i an-còmhnaidh a' smuaineachadh gur e gaisgich a bha na pàrantan, nach tigeadh cron sam bith orra. Ge bith dè an aois a bhiodh iad no a bhiodh i fhèin, 's e rud uabhasach a bhiodh ann. Glaiste anns na smuaintean aice fhèin, cha do mhothaich Mairead nuair a thàinig Dòmhnall a-null a chrùbadh ri a taobh.

"Duilich a nighean, cha d' fhuair mi mòran cothroim bruidhinn riut. 'S math gun tàinig thu."

"Tha mi fhìn duilich nach b' urrainn dhomh mòran a bharrachd a dhèanamh air ur son."

"Tha thu an seo, chan fheum thu an còrr a dhèanamh," thuirt Dòmhnall a' cur a làmh air a gàirdean agus ag èirigh.

"Uill, 's urrainn dhomh na soithichean a dhèanamh," fhreagair Mairead a' tòiseachadh a' cruinneachadh cuid de na truinnsearan agus na cupannan a bha timcheall an t-seòmar-suidhe. Chaidh i dhan chidsin far an robh dithis bhoireannach mar-thà aig an t-sinc.

"An urrainn dhomh ur cuideachadh?" dh'fhaighnich Mairead, na seasamh pìos beag a-staigh an doras.

"Uill, ma tha thu airson cuideachadh, seo searbhadair dhut," thuirt aon de na boireannaich, le falt dualach, liath. Bha i, mar-thà, a' tiormachadh nan soithichean.

"'S e caraid Fhearchair a th' annad," thuirt am boireannach eile, a' tionndadh bhon t-sinc, a làmhan air an còmhdachadh le cop siabainn, a craiceann dearg bhon uisge theth.

"Uill, bha sinn san àrd-sgoil còmhla..."

"'S math gu bheil caraid aige. Tha e feumach air a bhith seatladh sìos seach a bhith dol timcheall an t-saoghail fad na h-ùine," thuirt am boireannach liath.

Dh'fhàs Mairead dearg. "Uill, mar a thuirt mi, 's e dìreach caraidean a th' annainn."

"'S e teaghlach còir a th' annta uile. Fearchar, Dòmhnall, athair Fhearchair. Uile bhon aon stoc." Sguir am boireannach aig an t-sinc a-rithist, a' coimhead a-mach air an uinneag, mar gun robh i ann an saoghal eile.

"Gu dearbh fhèin. Uill, dìreach smuainich air DM. Nach b' e an nàbaidh, 's cha b' e a h-uile nàbaidh."

"DM," thuirt Mairead, a' togail air an ainm. "Cò th' ann an DM?"

Thionndaidh an dithis bhoireannach agus choimhead iad air a chèile agus, an uair sin, air Mairead, mar gun do làndaig i bhon ghealach. "Em, siud seanair Fhearchair, athair Dhòmhnaill, b' àbhaist dha a bhith na ghàirnealair aig a' Chaisteal nuair a bha teaghlach Chombaich ann. Carson?" thuirt an tè liath.

Bha Mairead a' smuaineachadh air rudeigin a ràdh nuair a thàinig Fearchar a-steach, "Boireannaich anns a' chidsin, far am bu chòir dhuibh a bhith," thuirt e le gàire, rud beag cugallach air a chasan.

"Thalla a-mach à seo, bleigeard a th' annad!" thuirt falt liath.

"Ach, a Pheigi, tha fios agad nach eil mo shùilean air tè sam bith ach thu fhèin," thuirt e a' dol a-null agus a' toirt pòg dhi.

"Nach e d' fhacal a tha faisg ort a bhalaich!" fhreagair i le gàire.

"Tha mi ann an triom math a-nochd. Nise, feumaidh mi Mairead a ghoid airson greiseag."

Thòisich Fearchar a' dèanamh air an doras, a' tarraing Mairead às a dhèidh.

"Nach tu a tha fortanach, 's e duine gu chùl a tha sin a luaidh," thuirt falt liath fo a guth. Rinn Mairead seòrsa de leth ghàire air ais dhi.

Ann am mionaid bha i fhèin is Fearchar nan seasamh taobh a-muigh an taighe.

"'S math gu bheil mi a-mach à sin," thuirt Fearchar. Choimhead Mairead air, a' dèanamh a-mach a chumaidh fo sholas na gealaich.

"Coisich dhachaigh còmhla rium."

"Tha thu fàgail an-dràsta?" thuirt Mairead.

"Thuirt mi ri m' uncail gu robh mi a' falbh, chan eil mi airson an còrr a chluinntinn mu dheidhinn an-diugh."

Choisich iad air ais sìos an rathad gun fhacal a ràdh eatorra, Fearchar a' smuaineachadh mu athair agus Mairead a' smuaineachadh mu dheidhinn DM.

Nuair a ràinig iad an taigh, thuirt Mairead, "Uill, feumaidh mise falbh..."

"Ach, thig a-steach airson deoch," thuirt Fearchar, a' leigeil a thaic ri doras an taighe.

Sheas Mairead airson mionaid, mì-chinnteach dè dhèanadh i. Cha robh i airson dràibheadh air ais ach an robh i airson fuireach oidhche eile aig taigh Fhearchair? Nach e taic a chumail ri Fearchar an dearbh adhbhar a chaidh i chun tìodhlacaidh? Airson a bhith faisg air. Uill, bha i air a miann fhaighinn. Ach, nach robh a saoghal ann am bùrach mar-thà? An robh i feumach air barrachd amalaidh?

"Ceart, thig mi a-steach ach cho fad 's a tha an dithis againn soilleir gur e dìreach caraidean a th' annainn."

Choimhead Fearchar oirre agus an uair sin rinn e gàire, "Tha thusa smuaineachadh gu bheil sùil agam annad? Aidh, còig bliadhna deug air ais, 's dòcha, ach tha thu sàbhailte gu leòr a-nis. Agus, cha leig thu leas a bhith stùirceach."

Bha i a-nis na seasamh le a gàirdean paisgte air a broilleach, bus oirre. Chrath i a ceann, bha i sgìth, dìth cadail na h-oidhche roimhe ag obair oirre a-nis.

"Ge b' e air bith..." thuirt i. "Uill, ma tha mi gu bhith fuireach oidhche tha mi an dòchas gu bheil rudeigin agad ri òl, tha mi seachd searbh sgìth de theatha."

Cho luath 's a bha iad anns an taigh, thug Fearchar a-mach an t-uisge-beatha agus shuidh an dithis anns an t-seòmar-suidhe.

"An do lorg thu càil mu do Ghranaidh?" dh'fhaighnich e eadar balgaman.

Shuidh Mairead airson mionaid agus choimhead i air. "Tha mi airson rudeigin innse dhut ach feumaidh tu gealltainn nach can thu càil ri duine."

"Tha sin car doirbh nuair nach eil fhios agam dè th' ann," fhreagair Fearchar, gàire ag obair timcheall a bheòil.

"Ceart, cha chan mi an còrr," thuirt Mairead, a' gabhail balgam mòr dhen uisge-bheatha, a' crith nuair a chaidh e sìos a sgòrnan.

"Duilich, tha mi gealltainn, cha chan mi càil mu dheidhinn an rud a tha thu gu bhith ag innse dhomh." Dh'fheuch e ri cros a dhèanamh le chorrag air a bhroilleach ach bha e car mì-sgiobalta agus dhòirt e steall air na jeans aige.

"Uill, eil fhios agad gun robh mi coimhead air dealbhan de mo Ghranaidh. B' àbhaist dhi a bhith ag obair aig a' Chaisteal anns an dàrna cogadh?"

"Uh huh..." ghnog Fearchar a cheann.

"Uill tha mi smuaineachadh gur e mo sheanair a bh' ann an Niall Mac a' Chombaich, gur e esan athair m' athar."

"Eh!" thuirt Fearchar. "Cò?" a' coimhead oirre le iongnadh.

"Niall Mac a' Chombaich, a bha aig a' Chaisteal. Agus, an seud-muineil agamsa, a bha mi a' cosg an latha a choinnich mi riut, 's ann leis a' Bhean-uasal a bha sin, thug Niall sin dha mo Ghranaidh. B' ise a leannan," thuirt Mairead. Chùm i a' dol, cha b' urrainn dhi sgur, "Tha fàinne agam cuideachd, b' ann leis a' Bhean-uasal a bha sin cuideachd.

"Fàinne?" dh'fhaighnich Fearchar.

Dh' innis Mairead do Fhearchar mun turas aice shìos a Lunnainn, a' dol dhan chafaidh agus, an uair sin, an ceannaiche seudraidh a' tighinn a-null thuice agus faighneachd mun t-seud-mhuineil. Mairead, an uair sin, ga lorg air làr a' chafaidh. Shuidh Fearchar airson mionaid a' coimhead oirre, chrath e a cheann agus leig e mach gàire mhòr,

"Nach robh thusa math air stòiridhean a sgrìobhadh san àrd-sgoil?"

"Fhuair mi duais airson sgrìobhadh agus b' àbhaist dhomh a bhith a' sgrìobhadh airson iris na sgoile. Carson?" dh'fhaighnich Mairead.

Rinn e gàire a-rithist agus, an uair sin, thòisich e a' bruidhinn gu slaodach, mar gun robh e a' taghadh nam faclan gu faiceallach,

"Tha fìor dheagh mhac-meanma agad, bha thu riamh math air sgeulachdan, seo dìreach stòiridh eile. 'S dòcha gur e Niall do sheanair ach dh'fhaodadh gur e cuideigin eile a b' àbhaist a bhith ag obair sa Chaisteal a bh' ann. Agus, an fhàinne, tha mi cinnteach gu bheil tòrr dhiubh timcheall. Smuainich cia mheud pìos seudraidh a tha iad a' dèanamh san latha an-diugh. Dìreach thoir dhan phoileas e."

"Ach, lorg mi mapa cuideachd."

Thòisich Fearchar a' lachanaich, "An e mapa ionmhais a bh' ann – cros a' sealltainn far a bheil an t-òr."

"Uill, ma tha thu dìreach gu bhith a' fanaid orm!" Bha Mairead a' fàs diombach.

Chrath Fearchar a cheann a-rithist, "Duilich, tha mi dìreach a' feuchainn ri sealltainn dè cho duilich sa tha an stòiridh agad a chreidsinn, agus seo leis an deoch orm. Dh'fhaodadh am mapa a bhith a' sealltainn cuairt mhath."

"Ach, 's ann air cùlaibh dealbh de theaghlach Mhic a' Chombaich a bha e!"

"'S dòcha nach robh mòran pàipeir aca. Tha thu dol air ais mu sheasgad bliadhna, ann am meadhan cogaidh."

"O... cha do smuainich mi air sin... Ach," thuirt Mairead, a' cuimhneachadh air an rud a thuirt na boireannaich nuair a bha i aig na soithichean, "chaidh dealbh eile a thoirt dha DM, tha mi smuaineachadh gur e sin do sheanair."

"Agus?" thuirt Fearchar, a' coimhead oirre. "Dè tha sin a' sealltainn?"

"Carson a bheireadh e mapa dha mura robh e cudromach."

"Uill, chan eil fhios 'am, chan fhaca mise riamh am mapa agus cha tuirt Dòmhnall càil ma dheidhinn. Tha mi cinnteach gur e dìreach cuairt anns a' Chuiltheann a th' ann."

Ghabh Mairead balgam eile. Bha i air a bhith cho trang thar nan làithean a chaidh seachad a' cruthachadh sgeulachd 's nach do smuainich i gur dòcha nach robh sgeulachd idir ann. Ach, a-nis, mar as motha a bheachdaich i air, 's ann as motha a bha i cinnteach gun robh Fearchar ceart, 's e dìreach tuiteamas a bh' ann – a' faicinn fàinne fon bhòrd sa chafaidh agus a' smuaineachadh gur ann leis a' cheannaiche a bha e; a' leughadh mu Granaidh agus Niall Mac a' Chombaich agus a' smuaineachadh gur e leannain bh' annta. Dh'fhaodadh gur e ach cha robh sin a' ciallachadh gur b' esan a seanair. Lorg i mapa agus thàinig i dhan cho-dhùnadh gur e mapa-ionmhais a bh' ann. Chruthaich i stòiridh timcheall air a h-uile càil agus, bha Fearchar ceart, cha robh stòiridh ann.

Bha Mairead car sàmhach às dèidh sin agus, mu dheireadh thall, chaidh iad dhan leabaidh. Dh'fheuch i ri canail ris gun robh i toilichte gu leòr a' cadal air an t-sòfa.

"Tha thu sàbhailte gu leòr, tha mi dol dham leabaidh airson cadal, sin e."

Agus cho luath 's a dh'fhairich e a' chluasag fo cheann, thuit e na chadal.

Laigh Mairead ri a thaobh airson ùine mhòr, an-fhoiseil, ged-tà. Bha rudeigin ceàrr, cus stuth na h-inntinn. Bha Fearchar ceart, "Rinn mi an-àirde a h-uile càil," smuainich i rithe fhèin, mu dheireadh thall a' fàs cadalach, "ach an soitheach. Tha sin fìor. Chaidh i fodha, bha a' bhean-uasal Nic a' Chombaich air bòrd agus bha mo Ghranaidh an sin... 'S e dìreach stòiridh a th' anns a h-uile càil eile..."

Caibideil 16

Bha Fearchar fhathast na chadal nuair a dh'èirich Mairead, fuaim air choireigin air a dùsgadh. Fo-aodach fhathast oirre agus aon de na lèintean aig Fearchar, gu socair, shnàig i a-mach às an t-seòmar. Air eagal 's gun robh cuideigin anns an taigh, air a corra-bioda, chaidh i dhan chidsin. Bha not na laighe air a' bhòrd. Cha robh gnothach aice a leughadh, ach, bha a sùilean gan tarraing thuige.

Fhearchair,

Air eagal nach bi cuimhne agad, tha mi air a dhol a dh'Inbhir Nis an-diugh airson clach-chuimhne d' athar a chur air dòigh. Bidh mi air ais a-nochd. Bheir mi lioft dhut dhan bhus a-màireach – an e Inbhir Nis no Glaschu? Chan eil cuimhne 'am cuin tha am plèan agad dhan Eilbheis... ach, chì mi a-nochd thu.

Na cuir fòn thugam, chan eil 'sùgh' air fhàgail sa fòn-làimhe...

Dòmhnall

An Eilbheis, bha Fearchar a' dol air falbh dhan Eilbheis a-màireach agus cha do dh'innis e dhi idir. Dh'fhairich i cuideam a' laighe oirre gu trom, domhain na broinn. Carson a bha i mar seo? Bha i faireachdainn an-fhoiseil nach do dh'inns e dhi mu na planaichean aige, ach, carson a dh'innseadh? Cha robh iad ach nan caraidean agus cha do thachair sin ach latha no dhà air ais.

143

Bhrùth i a làmhan ri a sùilean, a' feuchainn ri bacadh a chur air a smuaintean. Chaidh i dhan tìodhlacadh airson a bhith na b' fhaisge air Fearchar. Bhiodh e na b' fheàrr dhi nan robh i air Fearchar fhàgail ann am Port Rìgh. Ged a thuirt i a-raoir gur e dìreach caraidean a bh' annta, bha fios aice gun robh i ag iarraidh barrachd. Cha robh innte ach òinseach.

An sin, thàinig srann mòr bhon leabaidh an ath-dhoras a chuir stad air a smuaintean. Eagalach gun dùisgeadh Fearchar agus i fhèin fhathast ann, dh'èalaidh i air ais a-steach dhan t-seòmar-chadail, agus tharraing i dhith an lèine agus chuir i oirre an dreasa bhon oidhche roimhe. Gu sàmhach, thog i a brògan agus a baga bhon t-seòmar-suidhe agus chaidh i a-mach an doras mar luch.

Bha an càr na shuidhe taobh a-muigh an taighe far an do dh'fhàg i e agus leum i a-steach, a cridhe a' bualadh nas luaithe nuair a thionndaidh i an iuchair, bha i airson a bhith fada air falbh bhon taigh mus dùisgeadh Fearchar. Choimhead i san sgàthan nuair a dh'fhalbh i, eagallach gum biodh e aig doras an taighe agus gu feumadh i bruidhinn ris ach, cuideachd, an dòchas gun cuireadh e stad oirre. Cha robh sgeul air.

Bha i dìreach a' dol suas an staidhre gu a' flat, na cabhaig airson fras fhaighinn mus bruidhneadh i ri a pàrantan, nuair a chuala i an doras fòidhpe agus guth a màthar,

"A Mhairead!"

Thionndaidh Mairead agus choimhead i sìos air a cùlaibh, "Uh huh…"

"Nach do choimhead thu air a' fòn idir!"

"Eh?"

"A' fòn-làimhe agad, tha mi air iomadach teachdaireachd fhàgail agad madainn an-diugh."

"Duilich, chuir mi dheth e an-dè nuair a bha mi san eaglais. Carson a bha sibh a' fònadh? Bha fios agaibh gun robh mi aig tìodhlacadh."

Cha tuirt Mairead càil a bharrachd mu dheidhinn, i a' faireachdainn mar deugaire a thill dhachaigh gu fadalach. Bha fios aig an dithis aca, Mairead agus a màthair, nach robh Mairead ag innse na fìrinn air fad ach ged a bha coltas air a màthair nach robh i ag aontachadh leis an rud a bha Mairead ris, cha tuirt i dad.

"Bha am BBC… cuideigin co-cheangailte ris an teilidh co-dhiù, a' fònadh an-dè ag iarraidh bruidhinn riut mu dheidhinn prògram a tha e cur air dòigh. Bhruidhinn e ri uncail Iain an toiseach agus b' esan a dh' ainmich thu dha."

"Am BBC? Cur fòn thugamsa? Agus carson a bha uncail a' canail gum bithinn deònach bruidhinn riutha?" thuirt Mairead, a' coimhead air a màthair mar gun robh i air làndadh bho shaoghal eile.

"Tha iad a' dèanamh prògram a thaobh antiques, a' lorg cuideigin òg aig a bheil Gàidhlig airson pàirt a ghabhail ann. Chan eil cuimhne agam dè thuirt Iain a-nis, cuir fòn air ais dhan duine agus gheibh thu a-mach."

'S e saoghal beag a th' ann an saoghal na Gàidhlig agus, uaireannan, bidh am BBC – Rèidio nan Gàidheal no BBC Alba – a' sireadh dhaoine deònach bruidhinn. Bha uncail Iain an-còmhnaidh deònach. A rèir coltais, 's e eòlaiche a bh' ann air iomadach diofar chuspair. Feumaidh gur e aois a bha ga bhacadh an turas seo.

Ghnog Mairead a ceann agus i a' dèanamh suas an staidhre airson fras.

"Tha an àireamh fòn agam sa chidsin," dh'èigh a màthair às a dèidh, "dìreach fònaig thuige shìos an seo, bidh e nas fhasa dhut…"

"Aidh," arsa Mairead fo a h-anail, "agus nas fhasa dhuibhse cluinntinn dè tha e ag ràdh!"

Bha tost is teatha aig a màthair dhi anns a' chidsin nuair a thàinig i sìos, agus shuidh i aig a' bhòrd, an dòchas ceistean air an tiodhlacadh a sheachnadh. Thug a màthair pìos pàipeir dhi agus dh'fhònaig i chun àireimh a bha sgrìobhte air.

Guth cuideigin, nighean,

"Madainn mhath. *Riochdaidhean Solais*. Ciamar as urrainn dhomh ur cuideachadh?"

"'S mise Mairead NicLeòid. Bha cuideigin a' fònadh gam iarraidh, chan eil mi buileach cinnteach cò bh' ann…" choimhead Mairead air a' phìos pàipeir, a' feuchainn ri obrachadh a-mach dè bha sgrìobhte air. "Eh… Marg…"

Rinn an nighean gàire, "Mark."

"Duilich," fhreagair Mairead, le drèin agus droch shùil air a màthair, a bha a' crathadh a guailnean le gàireachdainn.

Diog no dhà às dèidh sin bha guth eile air a' loidhne, "'S mise Mark," thuirt an duine, agus a' canail nan rudan àbhaisteach nuair a tha thu bruidhinn ri cuideigin airson a' chiad turais. "Nis, an do dh'innis ur màthair carson a bha mi fònadh an-dè?"

"Beagan, ach tha mi fhathast troimh-a-chèile ma dheidhinn. Rudeigin mu dheidhinn prògram a tha sibh dèanamh? An ann airson a' BhBC a tha sibh ag obair?"

Rinn an duine gàire. "O, chan ann. 'S e companaidh t.bh. a th' annainn, a' dèanamh phrògraman airson chompanaidhean mar a BhBC. Bha mi fònadh an-dè oir tha sinn gu bhith dèanamh prògram mu dheidhinn antiques agus bha mi airson faighneachd am biodh sibh dèonach pàirt a ghabhail ann?"

"Mise!"

"An rud a th' ann, tha sinn a' dèanamh prògram sònraichte a thaobh seudraidh agus bha mi dìreach bruidhinn ri ur n-uncail, eh..."

Cha do fhreagair Mairead airson diog agus an uair sin thuirt i, "Thuirt m' uncail Iain gum bithinn deònach pàirt a ghabhail ann am prògram?" a' rocadh a maoil.

"Duilich, tòisichidh mi bhon toiseach. Tha sinn a' dèanamh prògram air seudraidh, a' coimhead gu h-àraidh air pìosan inntinneach bho na h-Eileanan. Rinn sinn agallamhan mu ceithir seachdainean air ais ach chan urrainn dhuinn am pìos bhon Eilean Sgitheanach a chleachdadh a-nis. A rèir coltais, chan eil am boireannach airson pàirt a ghabhail ann tuilleadh. Tha sin a' ciallachadh gu bheil sinn ann an nàdar de staing mura faigh sinn grèim air cuideigin gu luath."

"Ciamar a tha fios agaibh gu bheil pìos seudraidh agamsa a bhiodh freagarrach?"

"Uill, sin an rud, chan eil. Thuirt ur n-uncail gun robh pìos air a bhith san teaghlach airson ùine mhòr, seud-muineil, le ur seanmhair. A bheil sin ceart?" dh'fhaighnich Mark.

"Uill, tha pìos agam... tha sin ceart."

"Uill, ma tha e agad, a' cheist as cudromaich, am biodh sibh deònach pàirt a ghabhail anns a' phrògram againn?"

"Em... chan eil fhios 'am..."

"Uill, innsidh mi dhuibh ma dheidhinn. Bidh sinn dìreach ag ràdh rud beag mu ur deidhinn fhèin, cò às a thàinig am pìos, a bheil sibh den bheachd gu bheil e luachmhor, dè tha sibh an dùil dèanamh leis agus mar sin air adhart. Ciamar a bhiodh sin?"

"O-k..." thuirt Mairead, rud beag teagmhach. "Cuin a thig sibh dhan Eilean airson filmeadh a dhèanamh ma thèid sinn air adhart leis?"

"Ah..." thuirt an duine, gu slaodach, "sin rud beag doirbh. Bha sinn shuas ceithir seachdainean air ais ach bhiodh e ro chosgail an sgioba air fad a thoirt a-nuas a-rithist. Ceist a th' ann, am biodh sibhse deònach tighinn sìos thugainne a Lunnainn?"

"O..." fhreagair Mairead "Cuin?"

"Ah, uill..." thuirt an duine "bha sinn airson filmeadh a thòiseachadh a-màireach, feumaidh sinn am pìos a chur ri chèile airson na h-ath sheachdain."

"A-màireach!" dh'èigh Mairead. "Tha sibh ag iarraidh orm tighinn sìos a Lunnainn a-màireach!"

"Cuiridh sinne tiocaidean plèana air dòigh dhuibh bho Inbhir Nis, taigh-òsta ann an Lunnainn. Gheibh sibh pàigheadh air a shon cuideachd. Smuainich air mar splaoid. Dè mu dheidhinn? Tha mi deònach guidhe oirbh ma dh'fheumas mi," thuirt an duine.

"Ok, fàg agam e," arsa Mairead, le gàire. "Cuiridh mi fòn air ais thugaibh."

"Bhiodh sin sgoinneil. Nise, ma bheir sibh sùil air an làrach-lìn, gheibh sibh barrachd fiosrachaidh mu ar deidhinn. 'S e www.riochdaidhean-solais.co.uk a th' ann."

Nuair a thàinig Mairead far a' fòn dh'innis i dha a màthair na thuirt an duine. Fhad 's a bha i bruidhinn, chaidh i air an eadar-lìon. Nochd duilleag *Riochdaidhean Solais* – companaidh stèidhichte ann an Lunnainn a bha an sàs ann am prògraman aithriseach. Bha liosta ann dhe na prògraman a rinn iad gu ruige seo.

"Ma tha thusa airson a dhèanamh, dèan e," thuirt a màthair,

a' coimhead thar gualainn Mairead fhad 's a bha i a' taidhpeadh. "Tha e coimhead ceart gu leòr, chunnaic mise am prògram air fasan a rinn iad, bha e sgoinneil. Co-dhiù, bhiodh e math dhut faighinn air falbh agus gheibh thu airgead air a shon. Chan eil thu dèanamh càil eile an seo!"

"Mmm, tha e dìreach neònach cuideigin a' cur fòn thugamsa ma dheidhinn," thuirt Mairead. Bha rudeigin cùl a h-inntinn a' cur dragh oirre.

"Tha mi a' smuaineachadh gu bheil cus air a bhith a' tachairt dhut ann an ùine ghoirid," thuirt a màthair a' coimhead oirre.

Gu dearbh, smuainich Mairead, agus chan eil clue aig mo mhàthair air gin de na rudan eile.

Dìreach an sin, thàinig athair Mairead dhan chidsin.

"Tha thu air ais," thuirt e, a' coimhead air Mairead mus do shuidh e sìos. "Dè thachair dhut, bha do mhàthair a' feuchainn ri grèim fhaighinn ort bho a-raoir."

"Tha fios 'am, tha cuideigin ag iarraidh orm pàirt a ghabhail ann am prògram mu dheidhinn antiques."

"Aidh, thuirt d' uncail Iain rudeigin ma dheidhinn. Uill, a bheil thu airson a dhèanamh?"

"Chan eil mi buileach cinnteach, tha iad ag iarraidh orm pìosan seudraidh a shealltainn. Tha mi smuaineachadh gun robh uncail Iain ag innse dhaibh mun t-seud-mhuineil aig Granaidh..."

"Uill, dè tha ceàrr air sin? 'S ann leatsa a tha e nis."

Am bu chòir dhi bruidhinn mun t-seud-mhuineil air prògram telebhisein? Neach-seilbh na seudraidh ò thùs? Dh'fheumadh i faighinn a-mach an robh a h-athair eòlach air eachdraidh an t-seud-mhuineil mus rachadh i faisg air prògram telebhisein.

A' leigeil osna, dh'fhaighnich Mairead gu slaodach. "Cò às a thàinig e? An seud-muineil?"

"Cho fad 's as cuimhne leamsa," ars a h-athair, "thàinig cuideigin timcheall nan dorsan a' reic stuthan a-mach à màileid aon latha agus cheannaich mo sheanair e airson mo mhàthar. 'S e dìreach 'trinket' a bh' ann, cha chreid mi gu bheil e luachmhor. Chunnaic mo mhàthair e sa chruinneachadh a bh' aig an duine agus bha i ga iarraidh."

"'S mar sin, chan ann leis a' Bhean-uasal a bha e?" dh'fhaighnich Mairead, gu teagmhach.

"A' Bhean-uasal! Dè a' bhean-uasal?"

"Shìos ann an Caisteal Chonaisg?"

"O, chan ann, chan ann! Carson a bhiodh tu smaoineachadh sin? Aig deireadh an latha, a Mhairead, 's e searbhant a bha nad Ghranaidh, ag obair airson nan daoine uasal. Cha chreid mi gun tug a' Bhean-uasal mòran aire air mo mhàthair. Cha robh e cho romansach ris na prògraman a chì thu air an telebhisean idir, cha d' fhuair iad seudraidh mar phrèasant airson obair chruaidh."

"Seall air an uair," thuirt a màthair. "Feumaidh tu fòn a chur air ais thuige ma tha dol ann."

"Theirig ann," ars a h-athair. "Chan fhaigh thu mòran chothroman sna làithean seo. Gheibh thu airgead airson 's dòcha leth latha de dh'obair agus cò aige tha fios nach tig rudeigin eile às." Thug e sùil air Mairead, "Agus, na gabh dragh cò às a thàinig an seud-muineil, 's e 'trinket' a bh' ann bho reiceadair a thàinig timcheall nan taighean. Cha do goid Granaidh e bhon Bhean-uasal nuair a bha i ag obair an sin!"

Rinn Mairead osna nuair a thuirt a h-athair sin.

"Na coimhead orm mar sin, tha fios agam an dòigh a tha d' eanchainn ag obair!"

"Duilich..."

"Na bi duilich, dìreach cuir fòn thuige. Tha cus sgudail air an t.bh., tha mi ag iarraidh rudeigin as urrainn dhomh coimhead air."

Ok... Nì mi e," thuirt i a' dèanamh gàire ri a h-athair nuair a bha i togail a' fòn.

Bha Mark ag iarraidh oirre siubhal a Lunnainn a-màireach air a' chiad phlèana a b' urrainn dha bucadh. An uair sin, bhiodh iad a' coinneachadh ann an Lunnainn aig na h-oifisean aige airson filmeadh a dhèanamh. Dh'iarr e air Mairead fuireach ann an Lunnainn an ath latha cuideachd air eagal 's gun rachadh rudeigin ceàrr agus dh'fhaodadh i tilleadh às dèidh sin.

Nuair a bha iad deiseil a' dol thairis air na rudan bunaiteach a thaobh siubhal, chuir Mark ceist eile air Mairead, "Nise, bha mi airson faighneachd, a bheil fianais ann gur ann leibhse a tha an seud-muineil?"

"Dè tha sibh a' ciallachadh?" dh'fhaighnich Mairead, mì-chinnteach air dè seòrsa fianais bu chòir a bhith aice.

"Uill, chan eil fhios 'am... 's dòcha do Ghranaidh a' cosg an t-seud-mhuineil, litir ag innse gur ann leatha a bha e, cuidhteas – rudeigin dhen t-seòrsa sin. Nam b' urrainn dhuibh a thoirt leibh, tha e a' cur ris an sgeulachd. Bha bodach ann bho na h-Eileanan an Iar agus bha seann mhapa aige, cairt-iùil, ach bha e sealltainn far an cuireadh na Lochlannaich na h-acraichean aca. Bha ad Lochlannach aige cuideachd. Co-dhiù, tha mi air falbh air rudeigin eile."

"Tha mi dol air ais a Lunnainn a-màireach!" thuirt Mairead le gàire nuair a chuir i sìos a' fòn.

"Uill, 's tu a' chiad duine anns an teaghlach a tha gu bhith air t.bh. 'S dòcha gun cuir sin stad air Uncail Iain an-còmhnaidh a' bruidhinn mu dheidhinn nan tursan a bha esan air an rèidio!"

A' fàgail a màthair agus athair anns a' chidsin, chaidh Mairead suas an staidhre agus tharraing i a-mach baga beag. Cha tuirt Mark càil mu dheidhinn bhagaichean 's mar sin, bha i an dùil gum biodh e na bu shàbhailte dìreach baga-làimh a thoirt air a' phlèana agus baga beag. Cha robh i feumach air mòran co-dhiù, aodach airson oidhche no dhà ann an Lunnainn agus rudeigin airson a chosg air beulaibh a' chamara.

Bha an seud-muineil aig Mairead air a' phreas ri taobh na leapa, a' suidhe ri taobh na fàinne. Am bu chòir dhi an seud-muineil a chur oirre no a chur ann am poc? Agus, dè mu dheidhinn na fàinne? Mu dheireadh, cho-dhùin i an seud-muineil a chur ann am poc beag, deiseil airson filmeadh. Ach an fhàinne? Nan robh ùine aice 's dòcha gum b' urrainn dhi dol air ais dhan chafaidh agus faicinn an e 'regular' a bh' anns an duine aig an robh e, ged nach robh mòran cuimhne aig Mairead air a-nis.

Bha Mark cuideachd ag iarraidh fianais, 's mar sin, choimhead i air dealbhan a seanmhar ach cha b' urrainn dhi fear a lorg le Granaidh a' cosg an t-seud-mhuineil. Bha i eadar dà bharail a-nis mu dheidhinn fianais eile, bha an leabhar beag còcaireachd aice agus bha mapa ann ach cha robh i airson sin a shealltainn dhan duine. Ach, air an làimh eile, nan robh eòlaiche ann, dh'fhaodadh e canail an robh, co-dhiù, am mapa, inntinneach. Bhiodh e cheart cho math dhi an toirt leatha.

Phut i a h-uile càil dhan bhaga-làimhe aice agus, sin dèanta, tharraing i a-mach aodach. Cha robh Mark ag iarraidh oirre dad sònraichte a chur oirre 's mar sin, bha i dòchasach gun dèanadh dreasa a' chùis.

B' ann na b' fhaide san fheasgar a chuimhnich i gun robh a' fòn-làimhe fhathast dheth.

"Uill, chan eil sin gu mòran feum ma tha Mark a' feuchainn ri fiosrachadh a chur thugam," thuirt i rithe fhèin. Diog no dhà às dèidh dhi a chur air, nochd teacsaichean a màthar bho an-dè agus dà theacs bho Mhark, le fiosrachadh siubhail. Bha a' fòn aice faisg air a' bhàs, 's mar sin, cheangail i e ris an dealan.

Ged a bha Mairead air a bhith trang a' dèanamh deiseil airson na maidne, bha pàirt dhi duilich nach cuala i bho Fhearchar. Bha àireamh a' fòn-làimhe aice aige, cha robh leisgeil ann dha gun a bhith a' cur fòn thuice. Fiù 's dìreach airson a chanail gum biodh e dol air falbh. Cha robh guth ann ged-tà. Dh'fhaodadh ise teacs no fòn a chur thuigesan ach, bha e follaiseach nach robh ùidh aige innte.

"Cho math dhomh a chur gu cùl m' inntinn," thuirt i a-mach.

A h-uile càil deiseil, chaidh Mairead sìos an staidhre – cha robh i airson ùine a bharrachd a chosg a' smuaineachadh air na dealbhan. Bha Fearchar den bheachd gur e 'stòiridh' a bh' ann agus bha i fhèin a' faicinn sin a-nis. Cha robh a h-athair a' gabhail dragh nas motha.

Bha i tràth airson dinnear nuair a chaidh i sìos, ach bha i ag iarraidh companas a pàrantan. Bha a h-athair an sin nuair a chaidh i dhan chidsin agus airson a' chòrr dhen oidhche bha e a' tarraing aiste mu dheidhinn a bhith na 'film star' agus a bhith ro stràiceil airson bruidhinn riutha nuair a thilleadh i. Bha an oidhche spòrsail ach bha guth beag ann an cùl a h-inntinn a' canail rithe gu robh rudeigin ceàrr. Cha robh i airson èisteachd ris agus dh'fheuch i ri phutadh air falbh. Dh'obraich e oirre co-dhiù agus dìreach nuair a bha i faisg air rudeigin a chanail ri a h-athair mun dealbh agus na rudan eile, chuir na faclan aige stad oirre,

"Tha mi toilichte gum bi thu anns a' phrògram, a Mhairead, bidh e math dhut. Dìreach thoir gealladh dhomh, na can càil nach eil freagarrach, fàg an t-àm a chaidh far a bheil e. Tha fios 'am nach canadh tu dad nach eil iomchaidh co-dhiù. Duilich, cha robh còir agam sin a ràdh riut."

"Canaidh mi dìreach an rud a thuirt sibh fhèin mun t-seud-mhuineil, cha chan mi an còrr. Tha sibh ceart, bu chòir dhuinn a bhith a' coimhead air adhart seach air ais," fhreagair Mairead, a' deargadh nuair a smuainich i mun mhapa, an leabhar agus an dealbh a bha nan laighe anns a' bhaga aice.

Caibideil 17

Bha a' mheanbh-chuileag a-muigh nuair a ràinig Mairead Sligeachan an ath latha, iad a' dannsadh taobh a-muigh nan uinneagan, air bhioran, an dùil ri fuil ùr. Cha robh Mairead airson an cothrom a thoirt dhaibh òl bhuaipe ged-tà, dh'fhuiricheadh i sa chàr gus an tigeadh am bus. Bha a màthair airson lioft a thoirt dhi sa mhadainn ach bha Mairead airson an càr aice fhèin a thoirt a-null, cha robh fios aice cuin a gheibheadh i dhachaigh. Cha b' fhada gus am faca i carbad mòr, geal a' dèanamh a shlighe sìos an rathad.

Airgead air a thoirt seachad, tiocaid na làimh, thuit cridhe Mairead nuair a thug i sùil timcheall a' bhus, a bha faisg air làn mar-thà le luchd-turais agus peinnseanairean. Cha b' urrainn do Mhairead ach aon chathair a lorg, faisg air a' chùl, ri taobh na h-uinneige. Bha boireannach reamhar na suidhe air a' chathair eile, a' cleachdadh an t-seitheir fhalaimh airson nam bagaichean aice.

"Gabh mo leisgeul," thuirt Mairead.

Choimhead am boireannach air Mairead agus, an uair sin, air a' chathair. A' leigeil osna mhòr a-mach, gu slaodach sheas i agus ghluais i a-mach às an rathad gus am faigheadh Mairead agus na bagaichean aice a-steach. Bha e doirbh dhi faighinn timcheall air a' bhoireannach, a brù a' cur bacadh air adhartas, na bagaichean san rathad. Bha i toilichte nuair a ràinig i a' chathair air an taobh eile, ged a bha e rud beag teann nuair a shuidh am boireannach sìos a-rithist. Gu fortanach, cha do thog an dràibhear duine sam bith eile agus, nuair a ràinig iad baile beag dìreach ron Àth Leathann, dh'fhalbh ceathrar, am boireannach nam measg.

An sin, sheatlaig Mairead dhan chathair gus an do ràinig iad an t-Àth Leathann. Stad am bus a-rithist an sin. Bha aire Mairead air dà fhaoileag a bha ag argamaid air bogsa shliseagan a bha iad air a tharraing a-mach às a' bhiona agus cha do mhothaich i na daoine a thàinig air bòrd gus an cuala i guth air a beulaibh,

"Am faod mi suidhe an seo?"

Bha Fearchar na sheasamh a' coimhead sìos oirre.

"Faodaidh," thuirt Mairead gu slaodach a' sealltainn air fhad 's a bha e putadh a bhaga a-steach gu beàrn gu h-àirde.

"Dè tha thusa a' dèanamh an seo?" thuirt e a' suidhe sìos ri a taobh.

"Uill, chan eil mi dol dhan Eilbheis..." bha na faclan a-mach às a beul mus do mhothaich i agus, an uair sin, bha e ro fhadalach airson an toirt air ais.

"Ah..." ars esan, "bha mi smuaineachadh gum faca tu an not... Bha mi airson innse dhut ach, cha robh ùine..."

"Cha robh ùine! Bha mi còmhla riut fad na h-oidhche, dè cho fad 's bhios e toirt dhut innis dha cuideigin gum bi tu dol air falbh?"

Cha tuirt e càil. Bha fios aig Mairead nach robh sin fèidhir, cha robh annta ach caraidean. Chan fheumadh Fearchar rud sam bith innse dhi mu a bheatha. Shuidh an dithis aca ann an sàmhchair airson mionaid.

"Tha thu glè cheart, cha do dh'innis mi agus tha mi duilich," thuirt Fearchar.

"'S e mi fhìn bu chòir a bhith duilich, cha leig thu a leas rud sam bith a chanail rium mu do bheatha, tha mi gòrach," thuirt Mairead. Bha i a' feuchainn ri sealltainn gun robh i duilich mun chùis. Cha robh i airson a bhith na boireannach a bha feumach air duine airson faighinn air adhart na beatha, gu h-àraidh às dèidh Tom. Thionndaidh i agus ghabh i a làmh.

"Tòisichidh sinn a-rithist," thuirt Fearchar a' seatlaigeadh sìos anns a' chathair. "Uill," thuirt e às dèidh mionaid, "tha fios agam carson a tha mise air a' bhus seo ach carson a tha thusa? Chan eil thu dol sìos airson gu seall eòlaiche air a' mhapa agad a bheil? Faighinn a-mach càite bheil an t-ionmhas air a thìodhlacadh?"

"Glè mhath. Èibhinn. Chan eil. Chuir cuideigin fòn thugam an-dè. Tha iad a' dèanamh prògram mu dheidhinn antiques agus tha iad ag iarraidh orm pàirt a ghabhail ann."

"Gu deimhinne!"

"Uh huh. Tha mi gu bhith bruidhinn mu dheidhinn an t-seud-mhuineil agam."

"Uill, uill, tha rionnag nar measg."

Dh'innis Mairead, an uair sin, mun ghairm a fhuair i bho Mark.

"Tha mi air a bhith a' smuaineachadh mun rud a thuirt thu an oidhche roimhe. Bha thu ceart, tha mi air a bhith a' smuaineachadh cus mu rudan. 'S e dìreach gun do thachair tòrr rudan car annasach ann an ùine ghoirid."

"Tha mi cinnteach gu bheil sin a' tachairt, uaireannan. Co-dhiù, na smuainich mu dheidhinn, dèan am prògram, faigh airgead air a shon. 'S dòcha gum faigh thu a-mach rud beag mun t-seud-mhuineil agus, an uair sin, till dhachaigh. Ma tha thu airson barrachd brosnachaidh fhaighinn nad bheatha, tòisich a' sreap anns a' Chuiltheann. Bidh e fada nas luachmhor dhut."

"Mmmm... Fhad 's a tha thu a-mach air sreap, carson a tha thu dol don Eilbheis?"

"Airson daoine a thoirt suas am Matterhorn. Bha mi ag obair ann an-uiridh. 'S e fèin-mhurt a bhiodh ann dol ann leat fhèin mura h-eil thu eòlach gu leòr. Feumaidh tu bhith mothachail dè tha thu ris nuair a bhios tu sreap, aon cheum san àite cheàrr agus dh'fhaodadh tu do bheatha a chall."

"An do thòisich thu anns a' Chuiltheann?"

"Thòisich, nuair a bha mi nam bhalach bhiodh m' athair agus mo sheanair gam thoirt suas. Nuair a bha mi nam dheugaire, bhithinn dol innte leam fhìn. Feumaidh tu spèis a shealltainn dha na beanntan, sin a' chiad rud a dh'ionnsaich mi bho m' athair."

"Cha robh mi riamh ann, bhiodh e math dol suas."

"Uill, nuair a thilleas mi, sin an rud a nì sinn," thuirt e le gàire.

Chùm Mairead agus Fearchar air adhart a' bruidhinn gus an do ràinig iad Inbhir Nis. Bha e furasta bruidhinn ris, an aon seòrsa bheachdan aca, ged nach robh i air a bhith mothachail air seo roimhe.

Bha e doirbh dhi gun a bhith a' dèanamh choimeasan eadar Fearchar agus Tom, bha iad mar dubh agus geal anns an dòigh smuaint aca. Chòrd sin ri Mairead. Nuair a choimhead i air ais, bha e follaiseach nach robh i air a bhith dìleas dhi fhèin, bha i feuchainn pearsa eile a ghabhail oirre, cuideigin a bhiodh math gu leòr airson Tom, an seòrsa boireannaich a bha còmhla ri Tom an-dràsta. Agus, airson a' chiad turas ann an ùine mhòr, bha Mairead toilichte nach b' i am boireannach sin.

Stad am bus ann an Inbhir Nis agus fhuair Fearchar agus Mairead tagsaidh gus am port-adhair. Bha an dithis aca gu bhith air an aon phlèana a Lunnainn. Bha Fearchar airson fuireach oidhche no dhà ann an Lunnainn mus faigheadh e plèana don Eilbheis.

"Càite bheil thu fuireach ann an Lunnainn?" dh'fhaighnich Mairead.

"Cha do chuir mi càil air dòigh fhathast air sgàth 's nach do chuir mi plèana air dòigh. Gheibh mi plèana gu Geneva agus dh'fhaodainn falbh à Gatwick no Heathrow, a rèir dè as saoire."

Cha do fhreagair Mairead. Bha pàirt dhi airson moladh gun coinnicheadh iad ann an Lunnainn air no 's dòcha fuireach aig an aon taigh-òsta ach bha eagal oirre nach biodh Fearchar deònach sin a dhèanamh. Cho-dhùin i nach canadh i càil.

Ràinig iad am port-adhair tràth agus, ged nach robh mòran ri dhèanamh no ri fhaicinn, chaidh an ùine seachad gu luath, an dithis aca a' cabadaich mar seann charaidean.

'S e plèana beag a bh' aca airson na slighe a Lunnainn agus bha Mairead duilich nuair a mhothaich i nach biodh i suidhe ri taobh Fhearchair. B' e seo a' phàirt a b' fhaide dhen turas. Chuir i an ùine seachad a' coimhead tro phàipear a dh'fhàg cuideigin eile a bha air a' phlèana roimhe. Gun fhios do Mhairead, chùm Fearchar a' coimhead a-null thuice. Nuair a ràinig am plèana Gatwick, bha teachdaireachd air a' fòn-làimhe bho Mhark. Bha i dìreach dol a fhreagairt nuair a thàinig Fearchar a-nall thuice.

"Tha mi air teacs fhaighinn bho Mhark. Tha e air taigh-òsta a chur air dòigh air mo shon, Taigh-òsta Bhictoria. Tha sinn gu bhith a' coinneachadh a-nochd."

"Bha mi fhìn dhen bheachd dol dhan bhaile a-nochd."

"Fuirich an oidhche còmhla rium san taigh-òsta. Bidh seòmar le dà leabaidh ann co-dhiù, chan fhaigh thu single an-diugh ann an taigh-òsta mar sin."

"Ach dè mu dheidhinn na coinneimh le Mark?"

"Uill, cha bhi fios aige gu bheil thusa an seo, cha tuirt mise càil ris agus tha e air tagsaidh a chur air dòigh air mo shon. Mar sin chan fhaic e cò tha còmhla rium. Bidh e ceart gu leòr. Tha mi smuaineachadh gur e dìreach coinneamh bheag a bhios againn a-nochd agus tòisichidh iad a' filmeadh a-màireach."

Sheas Fearchar airson mionaid agus an uair sin thuirt e, "Uill, ma tha thu cinnteach... Chan eil mi airson trioblaid a dhèanamh dhut."

"Chan eil, mura h-eil fhios aig daoine gu bheil thu ann, chan fheum thu pàigheadh air a shon," thuirt Mairead le gàire.

"Ceart, sin an rud a nì mi. Bheir e barrachd ùine dhomh plèana a chur air dòigh mura h-eil feum agam taigh-òsta a lorg."

Fhuair iad air a' chiad trèana a Bhictoria, turas beagan a bharrachd air leth-uair a thìde. Dh'fhaighnich iad an t-slighe don taigh-òsta nuair a ràinig iad agus dh'ionnsaich iad nach robh e ach còig mionaidean air falbh.

'S e Mairead a fhuair an iuchair, Fearchar a' cumail gu aon thaobh. Cho luath 's bha an iuchair aice, chaidh iad dhan t-seòmar, nach robh ach na bhogsa beag. Bha dà leabaidh ann, mar a shaoil Mairead, drathair eadar na leapannan, rèile aodaich, t.bh. agus seòmar-ionnlaid, a bha cheart cho beag. Bha a h-uile càil geal, airson toirt air an rùm a bhith a' coimhead nas motha, tha fios.

"Feumaidh sinn a bhith taingeil gu bheil uinneag ann."

"Gu dearbh," fhreagair Fearchar a' bruthadh seachad oirre airson dol dhan taigh-bheag.

Nuair a thàinig e air ais, choimhead e air uaireadair, "Chan eil mòran ùine againn mus bi thu coinneachadh ri Mark, dè tha thu airson a dhèanamh? Am bi thu toirt leat an stuth a-nochd airson sealltainn dha?"

"Chan eil fhios 'am a bheil e cudromach a h-uile càil a thoirt leam ach dh'fhaodadh e a bhith. Bha Mark a' canail rudeigin mu dheidhinn mapa a bh' aig fear eile," thuirt Mairead a' coimhead anns a' bhaga aice airson a' mhapa.

"Seall cho mionaideach 's a tha e," thuirt Fearchar. "Sin Sgùrr a' Ghrianain, uill pàirt dheth. 'Eil fhios agad, seo aon de na binnein as dorra anns a' Chuiltheann? Tha mise air a bhith a' sreap bhon a bha mi nam bhalach agus cha do lorg mi dòigh suas air idir, uill bho thaobh Chamais Fhionnairigh. Saoilidh mi gun d' fhuair cuideigin suas bhon taobh seo ach nuair a dh'fheuch iad a-rithist greiseag às dèidh sin, cha robh dòigh ann."

Choimhead Mairead air a' mhapa a bha na laighe eatorra air an leabaidh, "Carson a tha e cho doirbh?"

"Dìreach mar a thuirt mi, chan eil dòigh ann. Tha e mar ghlainne agus tha leac creige ann faisg air a' mhullach."

"Carson a bhiodh e ga shealltainn air a' mhapa?"

Choimhead Fearchar na b' fhaisge air, "Tha e mar gu bheil ceumannan air an taobh-sa, seall, air an taobh as fhaisge air Camas Fhionnairigh. Ach, tha mise a' gealltainn dhut nach eil ceumannan idir ann. Dh'fheuch mi iomadach turas faighinn suas."

"Tha e duilich nach eil am mapa air fad againn."

"Feumaidh gum bu toil leis a bhith a' dèanamh mhapaichean," thuirt Fearchar a' seasamh.

"Ach, carson a rinn e e air cùlaibh dealbh?"

"Chan eil fhios 'am... Seall dha Mark e ma tha e fhathast a' cur dragh ort. Ach, tha mi gealltainn dhut gum bi esan dhen aon bheachd."

"Ach dè mu dheidhinn an deilbh eile aig DM?"

"Uill, 's e sreapadair a bha nam sheanair, 's dòcha gun do lorg an duine a rinn am mapa dòigh suas Sgùrr a' Ghrianain agus gu robh e airson a chumail sàmhach. Chan eil an Cuiltheann diofraichte bho chuid de na 'rides' ann an Disneyland tron t-samhradh, tòrr dhaoine feuchainn suas an aon bheinn. 'S dòcha nach robh an duine seo airson gum biodh a h-uile duine dol ann, bha e ag iarraidh àite foirfe dha fhèin."

Choimhead Fearchar sìos air Mairead, "Thèid sinn sìos airson deoch mus tèid thusa air falbh, tha am pathadh orm."

Chaidh an dithis aca sìos anns an lioft don trannsa far an robh bàr beag a' reic bhotail leanna agus glainneachan fìona aig prìs àrd. Cheannaich Fearchar leann agus fìon dhaibh agus shuidh iad aig bòrd le dà stòl.

"An cuir thu teacsa thugam nuair a tha beachd agad cuin a tha thu an dùil a bhith deiseil a-nochd," arsa Fearchar, "agus 's dòcha gun urrainn dhuinn dol a-mach airson biadh?"

"Deagh bheachd. Tha an t-acras gam tholladh mar-thà. Tha mi an dòchas nach bi e toirt ùine ro mhòr a-nochd," fhreagair Mairead.

"Càite bheil am filmeadh a' gabhail àite?" dh'fhaighnich Fearchar, a' togail a' bhotail aige agus ag òl a-mach às.

"Chan eil cuimhne agam, chan eil mi eòlach air Lunnainn. Cha robh mi ann ach aon turas. Feumaidh mi coimhead air an làrach-lìn aca."

"Dè an t-ainm a th' air a' chompanaidh? Dh'fhaodainn fhìn coimhead air a shon. 'S dòcha gun urrainn dhomh coinneachadh riut?"

Bha Mairead dol a fhreagairt nuair a thàinig fear a-steach agus choisich e dhan àite-fhàilteachaidh, "Tagsaidh dha Mairead NicLeòid," thuirt an duine ann an guth mòr, àrd le blas Lunnainn.

"Duilich, feumaidh mi falbh, chì mi a dh'aithghearr thu," thuirt Mairead, a' seasamh. "Tha e tràth."

"Dè an t-ainm a th' air a' chompanaidh?" dh'èigh Fearchar às a dèidh, "Coimheadaidh mi air a shon."

"Em, *Riochdaidhean Solais*," thuirt Mairead a' coiseachd a-null gu fear an tagsaidh agus a' smèideadh air ais ri Fearchar. "Chì mi a dh'aithghearr thu," dh'èigh i ris.

Caibideil 18

Lean Mairead dràibhear an tagsaidh a-mach às an taigh-òsta chun chàir aige, 'black cab' san stoidhle thraidiseanta, an TX4. Bha Mairead air gu leòr dhiubh seo fhaicinn ann an Glaschu nuair a bha i a' fuireach ann. Dh'fhosgail an duine an doras agus leum Mairead a-steach.

"Càite bheil sinn a' dol?" dh'fhaighnich i.

"Hackney," fhreagair an duine.

Cha robh fios air thalamh aig Mairead càite an robh Hackney an coimeas ris an taigh-òsta. Dh'fheuch i turas eile ri còmhradh a thogail, "Dè cho fad 's a bhios sin a' toirt?"

"Leth-uair a thìde."

Bha e follaiseach nach robh cabadaich ann an nàdar an duine agus às dèidh dhi ceist no dhà eile a chur air, thàinig i dhan cho-dhùnadh gum biodh e cheart cho math dhi a bhith sàmhach. Shuidh i air ais agus thog i a baga airson teacsa a chur gu a màthair a dh'innse dhi gun do ràinig i Lunnainn agus, an uair sin, teacsa a chur gu Fearchar. Rùraich i sa bhaga ach cha do dh'fhairich i a' fòn-làimhe aice ann idir. Thòisich i, an uair sin, air a h-uile càil a shlaodadh a-mach – sporan, bruis, pùdair airson a h-aghaidh, cùbhras, cead-siubhail, ticeadan, leabhar beag còcaireachd, dealbhan agus, am mapa. Cha robh fòn-làimhe idir ann.

"Daingit," thuirt Mairead a-mach. Bha i feuchainn ri cuimhneachadh an turas mu dheireadh a chleachd i e. Bha e aice nuair a ràinig iad Lunnainn agus bha i cinnteach gun robh e aice shuas anns an taigh-òsta. Feumaidh gun do dh'fhàg i anns an t-seòmar e. Leig i osna a-mach. Cha b' urrainn dhi càil sam bith a dhèanamh ma dheidhinn. Bha i an dòchas gum mothaicheadh Fearchar gun robh i air a fòn fhàgail agus bha i, cuideachd, an dòchas nach biodh iomadach teacsa bho a màthair a' feitheamh nuair a gheibheadh i air ais e.

Chaidh na mionaidean seachad, Mairead a' leughadh nan soidhnichean anns an tagsaidh agus a' coimhead air na sràidean a chaidh seachad orra, trang le daoine a' coiseachd, a' ceannach no dìreach a' coimhead. Cha b' fhada gus an do dh'fhàs i an-fhoiseil agus choimhead i air a h-uaireadair – bha i air a bhith anns an tagsaidh faisg air fichead mionaid, "A bheil e mòran nas fhaide?"

"Chan eil. Mionaid no dhà," fhreagair an duine.

Bha an t-sràid a-muigh làn bhùithtean de gach seòrsa: carthannas, biadh agus aodach. Cha robh i ag aithneachadh ainm sam bith, chan ann an seo a thigeadh Next, no M&S.

Bha aca ri stad aig solais-trafaig agus dh'fhàs an dòchas ann am Mairead nuair a chunnaic i àite-parcaidh airson thagsaidhean air an taobh chlì. Nuair a dh'atharraich na solais, thionndaidh an dràibhear a-steach gu aon de na h-àiteachan falamh an sin.

"Seo dhut..." thuirt an dràibhear, a' tionndadh agus a' coimhead air Mairead.

Choimhead i a-mach, "Càite bheil *Riochdaidhean Solais*?" dh'fhaighnich i, "tha dùil am coinneachadh ri cuideigin an sin."

"*Riochdaidhean Solais*? Chan eil fhios agamsa," thuirt an dràibhear a' crathadh a chinn.

"Nach do dh'iarr Mark ort mo thoirt gu *Riochdaidhean Solais*?"

"Cò th' ann am Mark? Sin na h-òrdughan a fhuair mise, phàigh duine airson gun toirinn thu dhan àite-pharcaidh seo."

Chan e duine cuideachail a bh' ann agus, leis an dòigh a choimheadadh e sìos air an uaireadair aige, chan e rùn-dìomhair a bh' ann gun robh e ag iarraidh Mairead a bhith a-mach às an tagsaidh aige – mar as fhaide a shuidheadh Mairead an sin, 's ann as motha de dh'airgead a chailleadh e. Thog i a baga, a' dèanamh cinnteach gun robh a h-uile càil aice air ais ann agus is gann a bha i air an doras a dhùnadh air a cùl nuair rinn esan às.

Sheas Mairead far an robh i, a' coimhead timcheall oirre. Cha robh càil a dh'fhios aice càite an robh i, a bharrachd air gun robh i ann an Lunnainn, agus cha robh fòn aice. Thòisich i a' coiseachd sìos an t-sràid an dòchas an togalach san robh *Riochdaidhean Solais* a lorg. Dè seòrsa buidhne a bh' ann an *Riochdaidhean Solais* mura robh togalach ann dhaibh? Cha robh i ach air ceum no dhà a ghabhail nuair a chuala i cuideigin ag èigheachd air a taobh chlì, "A Mhairead!" Bha fear òg ann an jeans agus geansaidh a' coiseachd sìos an t-sràid dha h-ionnsaigh.

"Is mise Mark. Duilich gu bheil mi fadalach, bha mi airson do choinneachadh às an tagsaidh ach chaidh a' fòn-làimhe agam sìos. Bha agam ri agallamh eile a dhèanamh airson a' phrògraim anns am bi thu fhèin." Bha anail na uchd, "Bha agam ri ruith an seo, agus tha mi fhathast fadalach."

Ghabh Mairead a làmh. Chitheadh i a-nis cò ris a bha e coltach: eireachdail, falt donn, sùilean donna agus feusag dhonn, beagan is trichead bliadhna a dh'aois shaoil i, aoisean ri Fearchar ach, far an robh rudeigin car garbh mu aodann Fhearchair, cha robh i a' faicinn sin ann am Mark idir. Cha robh i smuaineachadh gun cosgadh Mark ùine fhada taobh a-muigh no a' sreap bheanntan oir, bha e a' giùlan cus cudroim air a bhodhaig. Gu cinnteach, cha bhiodh mòran rùm ann nan robh esan ann an lioft còmhla riut!

"Nach mi a tha toilichte d' fhaicinn. Cha robh càil a dh'fhios agam càite an robh mi agus cha robh dràibhear an tagsaidh cuideachail dhomh nas motha. Bha esan a' canail nach cuala e riamh mu dheidhinn *Riochdaidhean Solais*," thuirt Mairead, na faclan a' tuiteam a-mach às a beul, faothachadh na guth.

Rinn Mark gàire, "Tha mi duilich, fàilte gu Lunnainn. Chan eil daoine cho càirdeil shìos an seo."

"Nach e sin an fhìrinn. Càite bheil na h-oifisean agad? Bha mi coimhead air an t-sràid agus chan fhaca mi sgeul orra."

Gàire a-rithist bho Mhark, "O, chan eil sinn cho beairteach 's gu bheil oifis againn air prìomh shràid. Eil fhios agad dè cho cosgail 's a tha na h-àiteachan seo? Cuideachd, chan ann gu tric a thig cuideigin thugainn bhon t-sràid co-dhiù."

"Cha do smuainich mi air sin... Tha e dèanamh ciall. Carson a phàigheadh tu airgead airson oifis an seo ma tha e nas daoire."

"Tha na h-oifisean againn shìos sràid bheag. Nise, rud a bha mi a' smuaineachadh, 's dòcha gum biodh e na b' fheàrr leatsa dol airson cupa cofaidh an toiseach. Tha Vicky bhon oifis, an tè ris an robh thu a' bruidhinn an latha roimhe, gu bhith a' coinneachadh rinn ann an cairteal na h-uarach còmhla ris an eòlaiche, Artair MacLeòid. Tha sinn fortanach gun robh esan dèonach nochdadh ann."

"Artair MacLeòid?" thuirt Mairead. "Tha mi air an t-ainm a chluinntinn ach chan eil mi buileach cinnteach cò th' ann."

"Duine mòr ann an saoghal seudraidh, tha tòrr eòlais aige. Nis, thèid sinn airson cofaidh agus faodaidh tu innis dhomh mun phìos a th' agad. Seall, tha àite math an seo."

Lean Mairead Mark a-null gu cafaidh mu fichead troigh air falbh bhuapa. Chaidh iad a-steach agus shuidh iad sìos aig bòrd ri taobh na h-uinneige.

"Nise, dè ghabhas tu?" dh'fhaighnich Mark.

"Dìreach latte dhòmhsa," thuirt Mairead.

Às dèidh dha Mark òrdugh a chur a-steach airson cofaidh, dh'inns e dhi mun phrògram gu ruige seo, na h-agallamhan a rinn iad agus na pìosan air an robh iad a' coimhead mar-thà. An uair sin, dh'innis e dhi mu dheidhinn Artair MacLeòid, an t-eòlaiche. Nuair a bha e a' bruidhinn ma dheidhinn, dh'fhàs Mairead rud beag nearbhach, "Rud a th' ann, chan eil fhios agam, le cinnt, cò às a thàinig am pìos. Tha m' athair a' smuaineachadh gun do cheannaich athair mo sheanmhar e air a son bho chuideigin a bha a' reic stuth timcheall nan taighean. Tha am pìos aosta ach, 's dòcha nach eil e luachmhor."

"Na gabh cus dragh mu dheidhinn, cho fad 's a tha stòiridh againn, bidh e glè mhath airson a' phrògraim. Agus, chan eil mi airson cur sìos air an rud a thug thu leat ach, 'Beggars can't be choosers.'"

Dh'fhalbh a' fòn-làimhe aig Mark, "Haidh Vicky, cà' bheil sibh? Ann mar-thà? Bha mise smuaineachadh gun robh sinn airson coinneachadh dìreach air an t-sràid? Ceart ma-thà, còig mionaidean."

"Duilich a Mhairead, a rèir coltais, tha iad ann mar-thà. Chan eil sinn ach còig mionaidean air falbh, an lean thu mi?"

Phàigh Mark an cunntas agus rinn iad airson na sràide.

"Cha do dh'iarr mi air dràibhear an tagsaidh tighinn sìos an t-sràid chun togalaich oir, uaireannan, chan urrainn dhut faighinn ann air sgàth nan carbadan. 'S e rathad 'aon-shligheach' a th' ann cuideachd. Cha bhi e fada gus am bi sinn a' coinneachadh ris an fheadhainn eile aig *Riochdaidhean Solais*."

Thionndaidh Mark agus thoisich e a' coiseachd sìos a' chaol-shràid, Mairead a' coiseachd ri a thaobh. Bha e fhathast soilleir agus bha an t-sràid a dh'fhàg iad trang le daoine ach, a-nis bha a h-uile càil air fàs sàmhach agus cha robh duine mun cuairt.

"A bheil fada againn ri dhol?" dh'fhaighnich Mairead, a' coimhead timcheall oirre. Cha robh i a' faicinn càil a bha coimhead mar togalach airson filmeadh.

"Dìreach pìos beag sìos an rathad seo," fhreagair Mark, a' tionndadh sìos caol-shràid eile.

Choimhead Mairead air a beulaibh. Cha robh mòran ann seach sreath às dèidh sreath dhe 'lock-ups' fo dhrochaid trèana. Bha e follaiseach gun robh cuid dhiubh air an cleachdadh airson ghnìomhachasan oir bha soidhnichean orra ged nach obraicheadh Mairead a-mach dè bh' annta oir bha i ro fhad air falbh. Stad Mark air beulaibh aon 'lock-up'. Cha robh soidhne sam bith air.

"Seo sinn," thuirt e.

"An e seo an togalach?" dh'fhaighnich Mairead gu teagmhach. "Chan eil soidhne ann."

"Bha soidhne air ach thuit e dheth. Cha do chuir sinn an-àirde air ais e."

"Càite bheil Vicky agus Artair?" dh'fhaighnich Mairead. Cha robh sgeul air duine agus bha clisgeadh ag èirigh na broilleach.

"Bidh iad ann mar-thà, tha iuchair aig Vicky. Uill, 's fheàrr dhuinn dol a-steach. Ma tha sin ceart gu leòr leatsa?"

Cha robh cothrom aig Mairead dad a ràdh oir dh'fhosgail Mark an doras agus bhrùth e Mairead gu luath a-steach air a bheulaibh. Cho luath 's a bha a sùilean cleachdte ris an t-solas dhoilleir, thuig i gun robh rudeigin fada ceàrr.

Cha robh Mairead riamh ann an stiùidio film ach bha i an dùil gum biodh e na bu mhotha agus bhiodh co-dhiù stuth filmidh ri fhaicinn – na solais, boom, camara. Cha robh an seo ach oifis, deasg anns an oisean dìreach nuair a thigeadh tu a-steach, cathair air a chùlaibh, le dà chathair eile airson aoighean. Bha preasan ann cuideachd ach bha tòrr phàipearan timcheall an àite, mì-sgiobalta, mar gu robh cuideigin air a bhith a' lorg rudeigin agus nach do sgioblaich iad às dèidh làimh. Bha ciste-tasgaidh glas air an làr air cùlaibh an deasg.

"Suidh sìos," thuirt Mark, a' stiùireadh Mairead gu aon de na cathraichean a bha air taobh eile a' bhùird agus e fhèin a' gabhail na cathrach a bha nas fhaisg air, mu choinneamh Mairead, air cùl an deasg.

"Càite bheil Vicky agus Artair MacLeòid?" dh'fhaighnich Mairead, a' coimhead a-null gu Mark, a' feuchainn ri a guth a' cumail nàdarrach. Bha e rùraich tro phàipearan air an deasg, coltas buairidh air.

"Dè?" thuirt Mark, gun coimhead oirre.

"Càite bheil Vicky agus Artair MacLeòid?" thòisich Mairead ag èirigh às a' chathair nuair a thuirt i sin. Cha robh an doras fad air falbh bhuaipe.

"Duilich, dè thuirt thu? Bha mi coimhead airson a' chùmhnaint agad," thuirt Mark.

"Vicky, Artair – chan eil iad an seo." bha Mairead a-nis na seasamh, deasg agus cathair eadar i fhèin agus Mark. Thog Mark a cheann, sùilean dorcha a' coimhead oirre.

Thionndaidh i agus rinn i air an doras.

"Tha e glaiste," thuirt e, gun fhaireachdainn, dìreach nuair a chuir Mairead a làmh ris. Dh'fheuch i e, bha e ceart. Thionndaidh i agus choimhead i air.

"Ghlas mi e nuair a thàinig sinn a-steach," thuirt e. Bha eagal orm gum biodh tu feuchainn ri faighinn air falbh. Nise, tha mi air a bhith a' feitheamh ùine mhòr, am faod mi an seud-muineil fhaicinn?"

Bha an dearg eagal air Mairead a-nis, cridhe a' bualadh gu cruaidh.

Cha b' urrainn dhi gluasad air falbh bhon doras, bha i mar ìomhaigh, reòthte san spot. Sheas Mark an uair sin agus thàinig e timcheall an deasg far an robh baga Mairead na laighe. Thog e e.

"Am faod mi?" dh'fhaighnich e, a' fosgladh a' bhaga gun feitheamh ri freagairt, agus a' rùraich na bhroinn. Thug e mach a' phacaid bheag ghorm san robh an seud-muineil. Gu slaodach agus gu faiceallach, dh'fhosgail e e.

"Ah," thuirt Mark, a' leigeil osna. Bha lampa air an deasg agus thog Mark suas dhan t-solas e agus thionndaidh e timcheall na làimh e. "Tha e brèagha nach eil? Diofraichte. Leis an nathair. Feumaidh mi ràdh nach fhaca mi dad coltach ri sin na mo bheatha."

Cha tuirt Mairead càil.

"A bheil fios agad dè as fhiach e?" Choimhead e oirre, a' feitheamh airson freagairt. Chrath Mairead a ceann. "Tha mi an dòchas gu bheil cuideigin ann aig a bheil eòlas a thaobh sin. Bhiodh e inntinneach faighinn a-mach ciamar a tha fios agad gur ann le do sheanmhair a bha seo. Tha pàipearan agad, nach eil? Bidh iadsan sa bhaga seo cuideachd, tha mi an dùil..."

Thog Mark am baga a-rithist agus choimhead e na bhroinn, a' toirt a-mach na pìosan anns an robh ùidh aige – an dealbh agus an leabhar bheag.

"Dealbh snog nach e?" thuirt Mark "Cò iad?"

Cha do fhreagair Mairead.

"Cò iad?" thuirt Mark a-rithist, a ghuth nas cruaidhe.

"Mo... sheanmhair, agus Iarla a' Chaisteil san... san robh i ag obair. An duine eile san dealbh, sin bràthair an Iarla." Bha guth Mairead a' bristeadh.

"Snog..."

Shad e an dealbh air a' bhòrd agus, an uair sin, thog e an leabhar beag. Choimhead e troimhe gus an do stad e air duilleag shònraichte. Thòisich e ga leughadh,

"'S e prèasant a bh' ann... an seud-muineil... a rèir coltais..." thuirt e.

"Cha... chan eil fhios 'am..." fhreagair Mairead, a druim a' bruthadh dhan fhiodh, corragan ag obair air làmh an dorais gun fheum.

"Nach e seo an rud a tha sgrìobhte sa leabhar-latha aice?"

Ghnog Mairead a ceann.

"A bheil fios aig do theaghlach mu dheidhinn seo?" dh'fhaighnich e.

"Chan eil."

"Chan eil fios aca idir?" choimhead e air Mairead le iongnadh.

"Chan eil ùidh aig m' athair ann an rudan a thachair bliadhnaichean air ais..." fhreagair Mairead.

"'S dòcha nach robh ùidh aige ann air sgàth nach robh e airson a bhith càirdeach ri mèirleach. 'S dòcha gun robh fios aige gun tug do sheanmhair seo air falbh bhon Bhean-uasal," thuirt Mark, a' coimhead air Mairead.

"Mèirleach!" thuirt Mairead. "'S e boireannach air leth onarach a bha innte. 'S e prèasant a bh' anns an t-seud-mhuineil bho a h-athair." Sguir Mairead an uair sin agus, gu slaodach, thuirt i, "Ciamar a tha fios agadsa mun Bhean-uasal?"

"Tha mi fhìn air rannsachadh a dhèanamh..."

"Rannsachadh? Dè rannsachadh? Chan eil mi gad thuigsinn."

"A bheil mapa agad?" dh'fhaighnich Mark, an uair sin.

Cha do fhreagair Mairead ach feumaidh gun robh rudeigin a' sealltainn na sùilean.

"Oh, tha seo gu math clever!" thuirt e a' tionndadh an deilbh.

Bha acras na shùilean.

"Tapadh leat, a Mhairead, rinn thu fìor mhath. Thug thu dhomh a h-uile càil a bha a dhìth orm." Rinn e gàire an uair sin.

"Cò thu?" thuirt Mairead "agus carson a tha mi an seo?".

"Nach eil thu gam aithneachadh?" thuirt Mark a' dìan choimhead na sùilean.

Sheas Mairead a' crathadh a cinn, eagal a' sealltainn air a h-aodann.

Cha robh dath air aodann Mark a-nis, bha e mar taibhse. Shaoileadh tu gun robh e marbh mura bitheadh an dà shùil dhorcha, cho dubh ri oidhche geamhraidh, suidhichte air Mairead. Dh'fhairich Mairead crith a' dol sìos a bodhaig.

"Eil fhios agad a-nis cò mi?" thuirt e.

Caibideil 19

Aonghas Mac a' Chombaich; Diluain, 9 Dàmhair 1944

Ghluais Niall air falbh bhon uinneag agus ghabh Aonghas ceum a-mach às na faileasan san robh e a' falach bho sholas seòmar Nèill. Bha inntinn ag obair gu luath, ceistean ag èirigh na bhroinn. Càite an deach Niall an-dè? Bha baga aige nuair a dh'fhalbh e sa mhadainn ach cha robh baga aige nuair a thill e.

Nuair a bha Niall air falbh bhon Chaisteal an-dè, ghabh Aonghas cothrom coimhead timcheall airson seudraidh a mhàthar ach cha robh sgeul air. Choimhead e anns na h-àiteachan àbhaisteach, an seòmar aice fhèin, seòmar Nèill agus, an uair sin, choimhead e san t-seòmar aig Flòraidh.

Bha e smuaineachadh gun robh rudeigin a' dol air adhart eadar Flòraidh agus Niall ach cha b' urrainn dha a bhith cinnteach. Cha robh e gu diofar an-dràsta, co-dhiù, oir bha a' ghalla air falbh. A' coimhead às dèidh a h-athar – bha Aonghas ag iarraidh gum bàsaicheadh a h-athair agus, an uair sin, 's dòcha nach tilleadh i. Bha deagh fhios aige gun cuireadh sin pian air a bhràthair agus a mhàthair ach, dè an diofar? Bhiodh e na b' fheàrr dhaibh fulang le beagan pian. Bha esan air a bhith a' fulang gu leòr thar nam bliadhnaichean.

Choimhead Aonghas timcheall air, cha bu toil leis an dorchadas ach cha bu toil leis a bhith glaiste san t-seòmar a bharrachd, cha robh e a' faireachdainn sàbhailte ann an àite sam bith. Bha e air a bhith san t-seòmar aige na bu tràithe dhen oidhche, bha e sgìth agus bha e smuaineachadh gum biodh beagan cadail na chuideachadh. Bha e sgìth nuair a laigh e sìos, a' faireachdainn sìtheil, agus bha e dìreach a' tuiteam na chadal nuair a ghabh a bhodhaig clisgeadh. Dh'fheumadh e faighinn a-mach às an leabaidh sa bhad, faighinn a-mach às an t-seòmar.

Bha e ro bhlàth dha, an t-aodach air ro theann, an lèine aige ga thachdadh. Dh'fhairich e mar gun robh na ballachan a' gluasad a-steach air, an seòmar a' fàs ro bheag. Bha eagal air gum biodh an taigh air fad a' gluasad a-steach air, am mullach a' bruthadh sìos air, na ballachan a' gluasad nas fhaisg agus nas fhaisg.

Leum e, ruith e null chun dorais. Crith na làmhan, dh'fhosgail e e agus ruith e sìos an staidhre, dà cheum aig an aon àm, cridhe a' bualadh gu cruaidh. Bha doras a' Chaisteil glaiste nuair a ràinig e e agus thuit an iuchair às a làmhan trì tursan nuair a dh'fheuch e ri fhosgladh. Mu dheireadh thall, chuir e a-steach ceart e agus dh'fhosgail an doras. Thàinig àile a-steach. Àile glan, foirfe, a sgamhanan ga òl a-steach.

Cha robh sin gu leòr dha, ged-tà. An doras a-nis fosgailte, ruith Aonghas a-mach dhan ghàrradh, gach ceum ag obair mar chungaidh stòlaidh gus an do lorg e e fhèin na sheasamh fo uinneag Nèill.

Bha sin a' tachairt tric dha Aonghas, bhiodh e ann an àite agus, an uair sin, thachradh rudeigin dha agus dh'fheumadh e faighinn air falbh. Uaireannan, bhiodh e air àite a ruigsinn gun chuimhne aige cò às a thàinig e no ciamar a fhuair e ann. Thachair e oidhche no dhà air ais, cha b' urrainn dha a bhith cinnteach cuin. An turas sin, nuair a dh'èirich e tron oidhche agus a dh'fhalbh e às an t-seòmar, thàinig Dòmhnall às a dhèidh. A rèir coltais, bha e air bualadh a-steach dha mhàthair air an t-slighe. Ach, cha robh cuimhne aige coinneachadh rithe idir.

Dh'fheuch Dòmhnall bruidhinn ris, a' canail gum biodh e na b' fheàrr dha nam faigheadh e cuideachadh. Rinn Aonghas gàire nuair a smuainich e air ais. Cha b' urrainn do dhuine sam bith inntinn a chur ceart.

Rinn e seòrsa de leth ghàire a-rithist. Cha robh e mar sin ron chogadh. Cha robh e mar sin mus tug ise agus esan, a mhàthair agus a bhràthair, air dol a shabaid. Cha deach Niall ann ach bha e ceart gu leòr iarraidh air Aonghas a dhol ann. Cha robh e gu diofar dè thachradh dha Aonghas, cho fad 's a bha urram an teaghlaich sàbhailte. Bha còir aig a mhàthair agus Niall esan a dhìon ach cha do rinn iad sin idir.

Anns a' chogadh, bha e air rudan fhaicinn, rudan cho olc 's gu robh e mar gum biodh cuideigin air dealbh maireannach a chur na cheann orra, na dealbhan air an losgadh na inntinn gu sìorraidh bràth mar obair-phòcair air pìos fiodha. Nuair a dhùineadh e a shùilean 's e na dealbhan sin a chitheadh e – cinn fhuilteach dealaichte bhon bhodhaig, sùilean fosgailte coimhead air rudeigin nach robh ann. Buill bodhaige cuideigin eile, cha b' urrainn dha obrachadh a-mach, ged-tà, dè na pàirtean dhen bhodhaig a bh' annta, mar tòimhseachan a dhèanadh an diabhal fhèin airson spòrs.

Ach cha b' e dìreach na dealbhan, chluinneadh e rudan cuideachd. Fuaimean. Daoine a' sgreuchail, daoine eile a' caoineadh. Fireannaich nas aosta na Aonghas fhèin ag èigheachd airson am màthar. Ged nach tigeadh i. Na fireannaich, an uair sin, a' dol gu bàs, na cuirp aca a' laighe air an talamh, cuileagan ag obair orra, radain air an aodann ithe gu lèir.

Aon oidhche, bha Aonghas mar sin, ann am film olc, e fhèin a' faighinn na prìomh phàirt. Thachair rudeigin dha nach b' urrainn dha innse dha fhèin, gun luaidh air duine sam bith eile. Nan robh guth aige an oidhche sin, bhiodh esan cuideachd ag èigheachd airson a mhàthar. Ag èigheachd airson duine sam bith a chuidicheadh e. Aig an àm, dh'iarr e maitheanas air Dia. Cha robh fios aige dè a rinn e a bha cho dona gun leigeadh Dia le seo tachairt dha ach, thachair e co-dhiù. Cha robh duine ann airson cuideachadh a thoirt dha. Nuair a bha e seachad, nuair a bha iad deiseil leis, chrùb Aonghas sìos ann an oisean, druim ris a' bhalla, làmhan timcheall a ghlùinean, a' glacadh a bhodhaige gu teann, dìreach mar a rinn a mhàthair nuair a bha e beag. Nuair a bha e tinn. Bha e fhathast mar sin nuair a chaidh a lorg le saighdearan eile an ath latha. Chuir iad plaide timcheall air airson a lomnochd a chòmhdachadh, bha an t-aodach aige fhathast na laighe air an làr ri a thaobh. Cha tuirt na saighdearan càil, dìreach chuidich iad e dha a chasan. Cha robh faclan acasan agus cha robh faclan aigesan.

Cha do mhothaich Aonghas gun robh deòir a' ruith bho a shùilean, cha robh fios aige gun robh deòir air fhàgail. Thog e a làmhan agus shuath e air falbh iad. Sin gu leòr. Dh'fheumadh e stad a chur air na smuaintean aige. Dh'fheumadh e a bhith làidir. Dh'fheumadh iadsan pàigheadh airson nan rudan a rinn iad. A mhàthair agus a bhràthair.

Smuainich e air ais thar nam mìosan bho thàinig e dhachaigh, na dealbhan a chaidh a thogail air a h-uile duine taobh a-muigh a' Chaisteil. Cha robh esan ag iarraidh a bhith ann an dealbh sam bith! Beagan às dèidh sin thòisich e a' dol e timcheall a' Chaisteil a' togail rudan a shaoil e a bhiodh luachmhor, pìosan seudraidh nach robh a mhàthair air cosg airson ùine mhòr oir bha iad nan laighe aig bonn bogsa, uaireadair le athair. Uill, cha robh esan ann, cha bhiodh e feumach air. Bha na pìosan uile nan laighe ann am màileid fon leabaidh aige. Cha robh cothrom aige na rudan a reic. Bha e doirbh dha co-dhiù. Ciamar a b' urrainn dha faighinn air falbh agus cò cheannaicheadh e?

Ach mhothaich Niall gun robh rudan a' dol a dhìth. Cha tuirt a mhàthair càil ach bha fios aige gun robh Niall a' coimhead a-mach. Dh'fhàs e doirbh, an uair sin, na pìosan a lorg, na rudan a cheannaich athair dhi thar nam bliadhnaichean, rudan sònraichte, rudan a bhiodh luachmhor. Cha robh iad anns na h-àiteachan far am b' àbhaist dhaibh a bhith.

A' fàs an-fhoiseil a thaobh airgead, nuair nach robh a' chiste-ionmhais fosgailte dha tuilleadh, bha e air airgead iarraidh bho mhàthair. Dh'fhàs e feargach nuair a smuainich e air an t-suim a bha i deònach a thoirt dha. Dhà no thrì sgilling. Shad e smugaid. Cha robh an uiread sin gu feum do dhuine sam bith. Bha e ag iarraidh na h-oighreachd aige. Bha fios aig a mhàthair air sin cuideachd. Cha robh e airson làmh a chur rithe an latha sin ach, thachair e. 'S i fhèin bu choireach gun do thachair e, nan robh i dìreach air toirt dha an rud a bha e ag iarraidh, cha bhiodh eagal dhi.

Rinn e sin gu tric rithe às dèidh sin, an cumhachd a dh'fhairich e a' còrdadh ris. "Oh, Aonghais, na bi gam ghoirteachadh...' Guth a mhàthar a' tighinn thuige, i a' smùcail, a' smaoineachadh gum biodh sin na chuideachadh dhi, na deòir aice. Gheibheadh i dòrn nas làidire an ath thuras dìreach air sgàth sin!

Fhad 's a sheas Aonghas an sin, am measg fhaileasan a' ghàrraidh, thàinig soillearachadh dha inntinn – sin an t-adhbhar a chaidh Niall air falbh an latha roimhe, bha e a' cur na seudraidh ann an àite falaich. Dh'fhalbh e le baga ach, nuair a thill e, cha robh am baga ann.

Dh'fhairich e fearg dearg a' ruith tro bhodhaig, fhuil mar làbha, deiseil airson spreadhadh. Bha Niall air an t-seudraidh a chur am falach air eagal 's gun lorgadh Aonghas e. Às dèidh a h-uile càil a rinn e, a' sabaid ann an cogadh fuilteach, agus, an rud a bu mhiosa, nach b' urrainn dha bruidhinn ma dheidhinn. Gu slaodach, choisich Aonghas air ais a-steach dhan Chaisteal, inntinn ag obair. Gheibheadh e làmh an uachdair. Cha robh e buileach cinnteach ciamar an-dràsta ach, gheibheadh.

Dh'fhalbh e air ais dha leabaidh agus ghabh e aon de na pilichean a bha fhathast aige bhon dotair. Feumaidh gun do thuit e na chadal uaireigineach. Cha robh e air na cùrtairean a dhùnadh agus bha solas an latha a' deàrrsadh a-steach dhan t-seòmar aige. Cha robh fios aige dè an latha a bh' ann. Bha sàmhchair anns a' Chaisteal, cha robh càil ri chluinntinn. Bha e fhathast a' cosg an aodaich bhon latha roimhe, 's dòcha an t-seachdain roimhe, cha robh cuimhne aige a-nis. Dh'fhosgail e doras an t-seòmair agus chaidh e a-mach. Mar bu tric, bhiodh cuideigin ann, a mhàthair, Niall, DM, 's dòcha cuideigin bhon chidsin. Cha robh duine ann an-diugh ged-tà.

Shnàig e a-null an trannsa gus an do ràinig e seòmar a mhàthar. Bha an doras dùinte. Gu faiceallach agus gu sàmhach, thionndaidh e làmh an dorais. Dh'fhosgail e. Chuir sin iongnadh air oir, thar nan làithean a chaidh seachad, bha an doras aice air a bhith glaiste. Ghabh e ceum a-steach agus choimhead e timcheall. Bha rudeigin neònach ann. Bha an seòmar sgiobalta, mar a b' àbhaist ach, bha rudeigin a dhìth. Choisich e timcheall a' feuchainn ri faicinn dè bha ceàrr. Agus, an uair sin, chunnaic e an litir. Na suidhe air a' phreas, 'Aonghas' sgrìobhte oirre.

Aonghais mo ghaoil,

Ma tha thu leughadh seo, tha sin a' ciallachadh gu bheil mi air falbh a-nis. Feumaidh mi falbh. Chan eil mi airson d' fhàgail, tha mo chridhe a' bristeadh a' sgrìobhadh na litreach seo ach, chan eil taghadh eile agam.

Tha thusa feumach air cuideachadh agus chan eil mise comasach a thoirt dhut. Tha fios agam, cuideachd, gu bheil e gad phianadh ma tha mise anns an taigh. Air sgàth sin, tha mi dhen bheachd gu bheil e nas fheàrr dhuinn uile ma dh'fhàgas mi.

Tillidh mi, uaireigin, nuair a tha thusa nas fheàrr agus nuair a tha an cogadh seachad. Fuirichidh Niall còmhla riut airson a bhith cinnteach gum faigh thu an taic a tha a dhìth ort.

Tha mi cho duilich mu dheidhinn a h-uile càil agus tha mi an dòchas, aon latha, gun toir thu maitheanas dhomh air sgàth 's nach robh mi comasach dìon a thoirt dhut nuair a bha feum agad air.

'S tu am balach beag agam agus bidh mi riamh taingeil gun tàinig thu dhachaigh gu sàbhailte.

Le gaol,
Do mhàthair xx

Leugh Aonghas an litir aon turas eile agus an uair sin, rocaich e na làimh e agus reub e e na bhìdeagan beaga a thuit chun làir. Bha a mhàthair air falbh, mar ghealtaire. Air a mac fhàgail gun dad ach 'taic' bho bhràthair. Thog e a làmh agus bhuail e sìos e air a' phreas, a h-uile càil a bha air a' mhullach a' tuiteam air an làr agus le sin, choisich e mach às an t-seòmar.

Chaidh e air ais dhan an t-seòmar aige fhèin às dèidh sin agus dh'fhuirich e ann. Chuala e Niall a' gnogadh air an doras, chaidh biadh fhàgail a-muigh air a shon ach cha do leig e duine a-steach idir. Laigh e air an leabaidh, suain a' tighinn air agus chaidh e a chadal gu domhainn. Cha robh e buileach cinnteach dè thug air dùsgadh, bha fuaim air choireigin a-muigh. Dh'èirich e agus chaidh e null chun na h-uinneig. Bha a bhràthair shìos agus bha seòrsa de dh'ambaileans ann. Bha an dotair an sin cuideachd. An dotair a thuirt gun robh rudeigin ceàrr air Aonghas.

Chaidh Niall gu cùl an ambaileans leis an dràibhear agus dh'fhosgail iad na dorsan. Thog iad 'stretcher' a-mach às a' chùlaibh. Chan fhaiceadh Aonghas cò bha iad a' giùlan an toiseach ach, nuair a thionndaidh iad airson a dhol dhan Chaisteal, chunnaic e gur e a mhàthair a bh' ann. Sheas e an sin airson diog no dhà, a' coimhead oirre fhad 's a bha iad ga togail a-steach tron doras mhòr. Nuair nach robh càil eile ri fhaicinn, thionndaidh e agus choisich e air ais dha leabaidh. Thàinig gàire air aodann.

Cha deach Aonghas a-mach a dh'fhaicinn a mhàthar. Bha fios aige gun robh i ìosal bho na chuala e tron doras. Trup no dhà, dh'èigh Niall, "Carson nach tig thu a-mach? Tha do mhàthair tinn. Nach eil dragh agad ma deidhinn?" Sheasadh Aonghas far an robh e, air taobh eile an dorais, gun fiù anail a tharraing gus an rachadh Niall air falbh. Cha robh dragh air. Carson a bhiodh? Bha esan dìreach an dòchas gun robh i a' fulang.

Latha no dhà às dèidh dha mhàthair tilleadh dhachaigh, bha Aonghas na sheasamh aig uinneag an t-seòmair nuair a dh'fhàg Niall an Caisteal tràth sa mhadainn. Bha bòtannan air, aodach sreap agus baga. Chaidh e timcheall a' Chaisteil agus thill e mionaid no dhà às dèidh sin leis a' bhaidhsagail. Sin aige, dh'fhalbh e an rathad.

Bha Aonghas cinnteach gun robh Niall a' dol a shreap. An robh e dol far an do chuir e an t-seudraidh? Carson eile a dh'fhàgadh e a mhàthair mar a bha i. Gu luath, tharraing Aonghas air bòtannan agus geansaidh thar a lèine. Bhiodh an seann bhaidhsagail aige fhathast san t-seada. Mar luch, dh'fhalbh e ga lorg. Chan fhaca e duine sam bith air an t-slighe agus bha e taingeil. Cha robh e airson gum biodh daoine ga fhaicinn.

Bha am baidhsagail ann an oisean an t-seada, a' coimhead ceart gu leòr a bharrachd air còta duslaich. Tharraing e a-mach e agus dh'fhalbh e air sìos an rathad.

A-nis, bha e cinnteach gun robh Niall, co-dhiù, còig mionaidean deug air a bheulaibh ach, cha robh e airson a bhith ro faisg air eagal 's gum faiceadh e. Cho fad 's b' urrainn dha Aonghas Niall fhaicinn air astar, dhèanadh sin a' chùis. Cha robh fradharc Nèill math gu leòr airson mothachadh gu robh cuideigin ga leantainn.

Bha e dìreach air mullach a' chiad chnuic nuair a chunnaic e Niall pìos beag air adhart. Lean e air dhan Àth Leathann agus sìos an rathad gu Camas Fhionnairigh. Stad Niall nuair a ràinig e an Camas agus dh'fhàg e a bhaidhsagail ri taobh feansa an sin. Rinn Aonghas an aon rud, a' cur a' bhaidhsagail aige fhèin air falach ann an dìg. Bha Niall a' dèanamh airson na h-aibhne ach cha robh e soilleir do Aonghas fhathast càite an robh e a' dol às dèidh sin.

Nuair a rànaig Niall an abhainn, stad e agus chrùb e sìos airson deoch uisge fhaighinn. Chaidh Aonghas am falach air cùlaibh conaisg a bha an sin,

"Thig a-mach, tha fios a'm gu bheil thu ann," dh'èigh Niall air.

Dh'èirich Aonghas agus thàinig e a-mach.

"Turas math agad?" dh'fhaighnich Niall.

Cha do fhreagair Aonghas.

"Carson a tha thu gam leantail?" dh'fhaighnich Niall, a' coimhead air Aonghas. An uair sin, bha e mar gun tàinig soillearachd air, "Ah, tha thusa a' smuaineachadh gu seall mi dhut càite bheil an t-seudraidh."

Sheas Aonghas far an robh e.

"Chan fhaigh thusa càil bhon teaghlach. 'S dòcha gu bheil mo mhàthair a' faireachdainn duilich air do shon ach chan eil mise. 'S e blaigeard a th' annad. Olc. Chan fhaigh thusa càil."

Fhathast, sheas Aonghas far an robh e.

An sin rinn Niall gàire mhòr. Bha e a' magadh air. Bha a bhràthair, an aon bhràthair a bu chòir a bhith a' coimhead às a dhèidh, a' magadh air. Dh'fhairich Aonghas puinnsean a' goil na bhroilleach. Mus robh fios aige dè bha e dèanamh, ruith e a-null gu Niall agus chuir e a làmhan timcheall amhaich, a' fàsgadh le uile neart. Bha corragan Nèill a' sporghail gus grèim fhaighinn air làmhan Aonghais airson an spìonadh air falbh, aodann a' fàs dearg, sùilean a' brùchdadh a-mach. Ach bha grèim aig Aonghas air mar ròbot.

Dìreach an sin, dh'fhalbh an talamh fo chasan Nèill agus thuit e dhan uisge a' bualadh a chinn air creag agus a' call a mhothachaidh airson diog nuair a chaidh e sìos. Bha an t-uisge a' sruthadh luath agus thòisich e a' falbh leis, uabhas air aodann agus e air tighinn thuige fhèin. Sa mhionaid sin, ghlac a gheansaidh air geug agus rug e air, a' cur làmh a-mach gu Aonghas airson cuideachadh. Chaidh Aonghas a-steach às a dhèidh is ghabh e grèim air, faothachadh a' sealltainn air aodann Nèill. An sin, thog Aonghas clach mhòr a bha ri chas is thug e a-nuas e air ceann a bhràthar, aon, dhà, trì tursan, fuil a' dòrtadh a-mach, sùilean Nèill mòr le uabhas, a làmhan a' sìneadh a-mach gu fann gu bruach na h-aibhne.

Nuair a bha e cinnteach gun robh e marbh, sheas Aonghas agus bhreab e Niall a-mach dhan an t-sruth le a chas, a' coimhead às a dhèidh nuair a dh'fhalbh an t-uisge leis. Thog e baga a bhràthar a bha na laighe air an talamh agus, às dèidh dha coimhead na bhroinn agus faicinn nach robh càil ann, thionndaidh e agus choisich e air ais a dh'fhaighinn a bhaidhsagail.

Nuair a ràinig e an Caisteal, mhothaich e gun robh an dotair dìreach a' fàgail, 's mar sin, chùm Aonghas a-mach à sealladh gus an do dh'fhalbh e. Chuir e am baidhsagail air ais dhan t-seada agus, gu sàmhach, thill e dha sheòmar.

Cha robh e air a bhith air ais ach ùine ghoirid nuair thàinig gnog air an doras,

"A Mhaighstir Mhic a' Chombaich, tha mi duilich dragh a chur oirbh," Màiri bhon chidsin a bh' ann. "Tha agam ri falbh agus chan eil sgeul air ur bràthair. Bha aig DM ri falbh airson tìodhlacadh. Tha... tha mi duilich ach 's e dìreach gus am bi fios agaibh gu bheil ur màthair na cadal. Bha an dotair ann na bu tràithe. Tha mi an dòchas gu bheil e ceart gu leòr ma dh'fhalbhas mi?"

Cha do fhreagair Aonghas an toiseach. Am bu chòir dha leigeil air gun robh e ann? An uair sin, thàinig e thuige, nan robh a h-uile duine air falbh dh'fhaodadh e bruidhinn ri mhàthair agus faighinn a-mach càit an robh an t-seudraidh.

"Tha, tha cead agad falbh," dh'èigh e tron doras.

Chuala Aonghas an làr a' dìosganaich nuair a choisich Màiri air falbh. Sheas e aig an uinneag gus am faca e i a' coiseachd sìos an rathad. An sin, thog e bogsa mhaidsichean a bha na laighe air a' phreasa. Dh'fhaodadh iad a bhith feumail gus toirt air a mhàthair innse dha na bha e ag iarraidh ionnsachadh. Nam biodh a h-uile càil a' dol na theine timcheall oirre, bha e cinnteach gum biodh i nas toilichte innse càite an robh an t-seudraidh.

Caibideil 20

"Chan eil fhios 'am..." fhreagair Mairead fo a guth, a' crathadh a cinn. Bha rudeigin ann a bha car eòlach mu Mhark ach cha b' urrainn dhi obrachadh a-mach dè bh' ann. Cha robh i airson faighinn a-mach nas motha, bha i dìreach ag iarraidh a bhith a-mach às an àite. "Chan eil fhios 'am cò thu no dè tha a dhìth ort ach, mas e an seud-muineil a tha thu ag iarraidh, dìreach cùm e."

"Uill, sin aon de na rudan a tha mi ag iarraidh..." thuirt Mark, a' coiseachd a-null gu slaodach thuice, a shùilean oirre. "B' fheàrr leamsa gum fàsadh sinne na bu eòlaich air a chèile..."

Theannaich Mairead dhan doras, a' crathadh a cinn bho thaobh gu thaobh. Dh'fhairich i a sùilean a' lìonadh le deòir is thog i làmhan gu a bodhaig airson a dìon fhèin. Thàinig Mark thuice, a' seasamh air a beulaibh, aghaidh òirleach air falbh bho a h-aghaidh, dh'fhairich i anail air a gruaidh. Cha b' urrainn dhi coimhead air. Ghluais e a cheann gus an robh a bheul aig a cluas.

"Na gabh dragh, chan eil ùidh agamsa annad san dòigh sin..." chagar e mus do choisich e air falbh.

Dh'fhairich Mairead a bodhaig a' fàs lag agus thuit i sìos chun làir, a' sruthadh fallas ged a bha i rag fuar.

"Seas. Seall spèis dhomh," dh'èigh e a' tionndadh oirre.

Dh'fheuch i ri faighinn gu a casan ach cha robh i luath gu leòr. Ann aon cheum bha Mark a-rithist air a beulaibh. Rug e air a làmh agus tharraing e i gu a casan.

"Suidh an sin," thuirt e agus phut e i air cathair ri taobh a' bhùird far an do shuidh e fhèin na bu tràithe.

"Mac a' Chombaich, sin an sloinneadh agam," thuirt e a' coiseachd air falbh bhuaipe agus a' gabhail na cathrach air an taobh eile dhen deasg. "Sin an sloinneadh ceart agam ged nach tug m' athair dhomh idir e, bha esan ag iarraidh astar a bhith eadar e fhèin 's mo sheanair – bha gràin air a thaobh nan rudan a rinn mo sheanair nuair a bha e beò."

"Mac a' Chombaich?" dh'fhaighnich Mairead gu socair.

"Aonghas, Aonghas Mac a' Chombaich, sin mo sheanair-sa," dh'èigh e. "Tha mi toilichte coinneachadh ri mo cho-ogha airson a' chiad turas na mo bheatha, cha bhi fios agadsa idir dè cho aonaranach 's a bha e thar nam bliadhnaichean gun chàirdean."

Ghabh Mairead anail a-steach, "Cò-ogha, tha sinne càirdeach ri chèile?"

"Nach tu tha gòrach! 'S e Aonghas mo sheanair-sa agus 's e Niall do sheanair-sa, bràithrean a bh' annta, tha sin a' ciallachadh gur e co-oghaichean a th' annainn," thuirt Mark, gu slaodach mar gun robh rudeigin a dhìth oirre.

"Cò-oghaichean? Sinne?" thuirt Mairead, gun chreidsinn.

"Mì fhìn 's tu fhèin..." thuirt e, le osna, "ged as e leanabh dìolain a bha nad athair. Bha mo sheanair-sa a' smuaineachadh gun robh rudeigin a' dol eadar Niall agus do sheanmhair, agus bha e ceart. Sin stòiridh eile ged-tà. Cha b' e sin an t-adhbhar a rinn mo sheanair-sa an rud a rinn e, co-dhiù, cha robh taghadh aige..."

Bha i ceart! B' e Niall Mac a' Chombaich leannan a seanmhar. Sin an t-adhbhar a bha an dealbh air fhalach, air eagal 's gum faiceadh duine sam bith eile e.

An sin, sheall Mairead ris, "Dè tha thu a' ciallachadh, cha robh taghadh aige?" thuirt i gu slaodach.

Chrath Mark a cheann, "Bha aige rim marbhadh – Niall an toiseach ann an Camas Fhionnairigh agus an uair sin a mhàthair, a' Bhean-uasal. Do sheanair agus do shinn-sheanmhair."

"Mharbh... do sheanair... dithis... à theaghlach fhèin, às mo theaghlach-sa," thàinig na faclan à beul Mairead gu tuisleach, a h-inntinn a' feuchainn tuigsinn na bha i a' cluinntinn.

"Cha robh taghadh aige."

"Tha taghadh aig a h-uile duine..." thuirt Mairead.

Sheas Mark an uair sin, fearg na shùilean. "Tha thusa dìreach mar a h-uile duine eile: tha taghadh aig a h-uile duine" thuirt e ag atharrais oirre. "Cha tug iad dìon dha idir. Agus, nuair a thill e, feumach air taic airson tòiseachadh a-rithist, thug iad air falbh bhuaithe e." Bha Mark ag èigheachd a-nis, seile a' cruinneachadh aig oisean a bheòil. "Ghabh mo shinn-sheanmhair soitheach a dh'Ameireaga gus nach biodh aice ri sgillinn ruadh a thoirt dha fhad 's a bha Niall a' falach na seudraidh aice gus nach faigheadh Aonghas grèim air. Bha mo sheanair dìreach ag iarraidh an dìoladh. Chaill an dithis aca am beatha air sgàth 's gun robh iad airson a h-uile càil a chumail dhaibh fhèin."

Reòth Mairead nuair a chuala i sin, cha robh teagamh idir aice nach robh e às a chiall.

Gu h-obann, thuit e air a' chathair, mar gun robh e sgìth agus, gu socair, thuirt e, "Chan e mo sheanair bu choireach idir, 's e iadsan bu choireach..." Bha aodann dearg, boinneagan fallais air a mhaoil. Gu socair, thuirt Mairead, "Chan eil mi buileach cinnteach carson a tha mise an seo. Dh'fhaodainn-sa dìreach falbh, cha chan mi càil ri duine."

"Falbh? Thusa? O chan eil. Tha thusa gu bhith gam chuideachadh a' lorg na tha a dhìth orm. Tha thu air a bhith cuideachail gu ruige seo oir seall," thuirt Mark a' togail a' mhapa, "innsidh seo càite bheil an t-seudraidh."

"An t-seudraidh? Dè an t-seudraidh?" dh'fhaighnich Mairead le iongnadh.

"An t-seudraidh aig a' Bhean-uasal a chur Niall am falach." Thog e an seud-muineil aice. "Seo dìreach pàirt dheth. Eil fhios agad, 's e beannachd a bh' ann nuair a thàinig Dennis tarsainn ort anns a' chafaidh."

Bha gàire air a' bheul fhad 's a smuainich Mairead air ais dhan t-srainnsear a thàinig thuice sa chafaidh.

Chùm Mark a' dol, "Cha chuala mise sgeulachd na seudraidh gus an do bhàsaich m' athair aig toiseach na bliadhna. Cha robh fios 'am ron sin gun robh mi càirdeach do theaghlach Mhic a' Chombaich, cha do dh'innis m' athair dhomh idir. Bha mise riamh a' smuaineachadh gur e dìlleachdan a bha nam athair. Dh' innis e dhomh bliadhnaichean air ais, nuair a bha mi glè òg gun robh e 'adopted'. A rèir coltais bhàsaich a phàrantan ann an tubaist càir. Cha do chuir sin dragh ormsa oir bha athair agus màthair agamsa agus bha mo leanabachd gu math toilichte.

Dh'atharraich a h-uile càil aig toiseach na bliadhna ged-tà. Bha m' athair tinn, dementia. Thòisich e a' bruidhinn mun leanabachd aige fhèin. An rud a bh' ann, cha robh pàirtean dheth a' dèanamh ciall. Bha mo mhàthair a' canail gur e dìreach an tinneas a bha ag obair air ach bha fios 'am gun robh rudeigin ceàrr. Dh' obraich mi air mo mhàthair agus, mu dheireadh thall, thuirt i rium nach b' e dìlleachdan a bha nam athair idir. Bhàsaich a mhàthair nuair a rugadh e agus, ged a choimhead athair, sin Aonghas, às a dèidh airson ùine, cha robh inntinn ceart. Anns na làithean sin, cha robh daoine a' faighinn taic bho na h-ùghdarrasan nan robh iad airson an cuid cloinne a chumail, bha clann mar m' athair dìreach air an toirt air falbh.

Mar a bha e, fhuair m' athair teaghlach ùr agus bha Aonghas air fhàgail na aonar. Mus do dh'fhalbh m' athair, ged-tà, bha Aonghas air litir a sgrìobhadh dha airson fhosgladh nuair a bha e na bu shine. 'S ann an sin a bha fiosrachadh mun dìleab aige. Bha an litir fhathast aig m' athair agus nuair a leugh mise e, cha b' urrainn dhomh creidsinn an rud a bh' ann – a' bheatha aig Aonghas, an dòigh a dhèilig a theaghlach ris agus, aig an deireadh, am pìos mu dheidhinn na seudraidh, ag innse gun robh e air chall agus dh'fheumadh cuideigin bhon teaghlach a lorg."

"Ma tha seo ceart, carson nach do choimhead d' athair airson na seudraidh? B' e mac Aonghais a bh' ann!" dh'fhaighnich Mairead.

"Chan eil fhios agad cò ris a bha m' athair coltach. Bha e eu-coltach rium fhìn, a rèir mo mhàthar, bha gràin air a thaobh an rud a rinn mo sheanair. Bha esan a' leigeil air nach robh teaghlach aige fiù 's nuair a bha fios aige gun robh agus gu robh mo sheanair, Aonghas, beò àiteigin. Uill, nuair a bhàsaich m' athair dh'fheuch mise ri rudan a lorg mun deidhinn, airson dìleab Chloinn Chombaich a thoirt air ais dhan teaghlach." Sguir Mark a bhruidhinn airson diog nuair a thuirt e sin agus chuir e a làmh air a chridhe. "Chaidh mi dhan Eilean agus bhruidhinn mi ri Dòmhnall, an gàirnealair, ach, cha robh mòran fiosrachaidh aige. Air no, cha robh e airson mòran a chanail."

Seo am fear air an robh Dòmhnall a' bruidhinn. Am fear a bha a' faighneachd mu dheidhinn teaghlach Mhic a' Chombaich.

"Co-dhiù, bha mi fhìn 's Dennis air a bhith nar caraidean airson ùine mhòr. 'S e ceannaiche seudraidh a bh' ann agus dh'innis mi dha mu mo theaghlach agus an t-seudraidh. Às dèidh dha rannsachadh a dhèanamh, lorg e pìos no dhà a b' àbhaist a bhith a' buntainn ris an teaghlach – feumaidh gur e pìosan a reic Aonghas uaireigin. Sin far an do sguir an rannsachadh againn, ged-tà, oir cha b' urrainn dhuinn rud sam bith eile fhaighinn a-mach, cha robh clàran ann idir air sgàth 's gun robh a h-uile càil air tachairt aig àm a' chogaidh. Nuair a choisich thusa dhan chafaidh, ged-tà, uill, bha e mar tiodhlac bho Dhia. Dh'aithnich Dennis an seud-muineil agad, chuir esan a h-uile càil còmhla agus bha e cinnteach gu robh e na phàirt dhen chruinneachadh. Dh'fheuch e ri cheannach bhuat ach cha robh thu dèonach. Chaill e an fhàinne sa chafaidh cuideachd, amadan!" Bha sgraing air aodann Mhark, "Am plana a bh' againn, às dèidh dha cluinntinn cò às a bha thu, gun rachadh esan gu tuath, feuch an lorgadh e fios sam bith mu do sheanmhair. Gu mì-fhortanach, bhàsaich e le grèim cridhe."

Leig Mairead sgreuch, "'S e Dennis an duine san t-seada againn! An aon duine a bha sa chafaidh." Thàinig an sealladh air ais thuice, a' gabhail ceum dhan t-seada agus a' lorg a' chuirp air an làr. "Ach, an duine ris an do choinnich mise sa chafaidh, bha e caol agus bha feusag air, cho fad 's as cuimhn' am."

"Tha feusag furasta gu leòr a lomadh," fhreagair Mark. "Agus, bha buaidh aig na steroids a bha e a' gabhail air sealltainn na aodann aig an àm sin. Thuirt mise ris, dìreach mu do dh'fhalbh e, gun robh e coimhead coltach ri hamstair!"

"Sin an t-adhbhar a bha e san t-seada, bha e a' coimhead airson rudan a bhuineadh ri mo sheanmhair."

"Co-dhiù, tha a h-uile càil air obrachadh a-mach glè mhath agus, air sgàth 's gun do bhàsaich Dennis, chan fheum mise cur às dha..."

Ghabh Mairead clisgeadh nuair a thuirt e sin. Ann am priobadh na sùla, bha i a-mach às a' chathair agus a' dèanamh air an doras. Chuala i Mark ag èigheachd fhad 's a chuir i làmh air a' bholt-tarsainn trom a bh' air. Tharraing i e, crith na corragan. A cridhe a' bualadh gu cruaidh, dh'fheuch i ris an doras fhosgladh ach cha do ghluais e. Mhothaich i glas eile aig bonn an dorais le slabhraidh air agus dh'fheuch i ri thogail dheth, fallas air a làmhan ga dhèanamh duilich. Ghabh Mark grèim air a gualann agus thionndaidh e timcheall i, fearg na shùilean, beul fo chop. "Na dèan sin!" dh'èigh e, caoch na ghuth.

Phut e i air ais sa chathair agus chuir e a làmh ri a mhala, a' suathadh fallas air falbh. Bha fàileadh searbh dheth.

"Feuchainn ri faighinn air falbh?" thuirt e ann an guth nas socaire. "Uill, mas e sin an dòigh agad, feumaidh mise dèanamh cinnteach gu fuirich thu far a bheil thu."

Chaidh e null gu baga a bha na shuidhe air an làr agus tharraing e mach rolla sreang agus rudeigin cile – sgian seilge mu deich òirleach a dh'fhaid, làmh dhubh fhiodha, lann stàilinn biorach, cunnartach. Bhuail giorag Mairead. Thionndaidh e agus chuir e an sreang sìos air a' bhòrd, an sgian fhathast na làimh. Ruith e a chorrag sìos druim na sgine gu slaodach. Shuidh Mairead rag, cha tug i fiù 's anail a-steach. Thog e an sreang an uair sin agus gheàrr e pìosan dheth, an sgian a' dol tron t-sreang mar ìm. Cheangail e a làmhan ri chèile air cùlaibh na cathrach agus leig Mairead sgreuch a-mach.

"Ah, a bheil sin goirt? 'S tu fhèin as coireach. Cuimhnich, bidh e nas goirt buileach ma ghluaiseas tu."

An sin, chaidh e a-nall a choimhead e air a' mhapa a-rithist, coltas buairidh air aodann. Chrùb e sìos chun na ciste-tasgaidh a bha air an làr agus le àireamh a chur air an sgàilean, dh'fhosgail e e. Thug e mach pìos de sheann phàipear eile. Chuir e air an deasg e ri taobh a' mhapa.

"Feumaidh gu bheil pìos eile fhathast ann, chan eil sin soilleir gu leòr," thuirt Mark fo anail. "Bha mise smuaineachadh gun robh dìreach aon phìos dhen mhapa a dhìth ach feumaidh gu bheil pìos eile ann. Cò aig a bha fiosrachadh mu dheidhinn an teaghlaich?" Choimhead e air Mairead, "Uill, cò aig a bha fiosrachadh?"

Cha tuirt Mairead guth, cha robh ach aon phàirt dhen mhapa aicese. Thàinig e thuice sa bhad gur ann aig Dòmhnall a bhiodh an am pìos mu dheireadh, a fhuair e bho athair, DM.

Feumaidh gun robh rudeigin air sealltainn air a h-aodann oir sa mhionaid sin, leum Mark a-null bho thaobh eile an deasga. Thog e an sgian agus ghabh e grèim air aodann Mairead, ga tarraing timcheall gus an robh i a' coimhead air, an sgian aig a beul.

"Tha fios agad, nach eil?" thuirt e. Bha e a' cumail grèim cho teann air a h-aodann nach b' urrainn dhi a ceann a ghluasad. Chitheadh i na cuislean na shùilean. "Uill, tha mi feitheamh," thuirt e ann an guth ìosal, olc.

"Eil fhios agad dè th' ann an 'Gàire Ghlaschu'?" dh'fhaighnich e. "'S e leòn a th' ann air a dhèanamh le cuideigin a' cur ghearraidhean aig oiseanan do bheòil. Thèid d' fhàgail le lot ann an cumadh gàire. A bheil thusa ag iarraidh fear?"

Shluig Mairead, bha fios aice gun cleachdadh Mark an sgian ach cha robh i airson trioblaid adhbharachadh dha Dòmhnall, cha do rinn esan cron sam bith oirre. Cha robh taghadh aice, ged-tà. Bha h-inntinn na bhoil ach chuidich an sgian i a' co-dhùnadh. Ag ràdh ùrnaigh gu sàmhach, thuirt i, "Gheibh mi e... tha e air ais san Eilean... ach feumaidh tu gealltainn dhomh nach goirtich thu duine sam bith. Gheibh mi e agus an uair sin feumaidh tu mo leigeil air falbh. Mura leig, chan fhaigh mi am mapa," thuirt Mairead, mu dheireadh thall. Thug e gach pìos neirt na bodhaig sin a chanail.

Cha tuirt Mark càil airson diog, a bha a' faireachdainn mar uair a thìde. Feumaidh gun robh rudeigin a' dol timcheall na inntinn. Thòisich e a' coiseachd gu slaodach timcheall oirre, mar iolaire a' coimhead airson rudeigin ri ithe, ag iadhadh mun cuairt.

"Ceart ma-thà, nì sinn sin. Gheibh thusa am mapa agus, an uair sin, gheibh thu do shaorsa." Chrùb e sìos a-rithist ri a taobh, cho faisg 's gum urrainn dhi anail fhaireachdainn air a h-aodann. "Ach, ma dh'innseas tu do dhuine beò dè thachair dhut, thig mi às do dhèidh agus às dèidh do theaghlaich." Sheas e is choisich e air falbh, "Nise, feumaidh sinn dèanamh deiseil, tha mi airson falbh sa bhad."

Thàinig na faclan mu dheireadh a-mach às a bheul mar gun robh e a' cur turas air dòigh dhan tràigh.

"Falbh?" thuirt Mairead, "Càite?"

"Chun Eilean Sgitheanaich. Tha dà phìos dhen mhapa agam, agus tha fios agadsa cà' bheil am pìos eile... Carson a bhithinn a' feitheamh? Bha mo sheanair a' feitheamh fad a bheatha, chan eil mise airson sin a dhèanamh."

Stad Mark, thionndaidh e agus choimhead e air Mairead. "Falbhaidh sinn an-dràsta, tha bhana agam. Dràibhidh sinn tron oidhche. Ruigidh sinn uaireigin sa mhadainn. Bidh e nas fheàrr dhuinn siubhal tron oidhche, bidh na rathaidean nas sàmhaich."

Cha do fhreagair Mairead. Bha i dìreach ag iarraidh gum biodh a h-uile càil seachad. Gheibheadh i am mapa dha, a' dèanamh cinnteach nach biodh Dòmhnall ann an cunnart agus, an uair sin, dh'fhaodadh Mark dol far an togradh e. Cha robh ise ag iarraidh a bhith an sàs sa chùis airson ùine nas fhaide na dh'fheumadh i.

Chùm na smuaintean trang i fhad 's a bha Mark a' dèanamh deiseil airson falbh. Bha màileid droma aige agus thog e na pìosan dhen mhapa agus na rudan eile a bh' aig Mairead agus chuir e dhan bhaga e. "Seo sinn, deiseil airson falbh."

"Tha mi feumach air dol dhan taigh-bheag," thuirt Mairead, a làmhan fhathast ceangailte.

Airson diog, thàinig mì-chinnt air aodann Mark, eadar dà bharail am bu chòir na ceanglaichean fhuasgladh no an cumail oirre agus a h-uile càil a dhèanamh dhi, ach gheàrr e na bannan, "Tha taigh-beag thall an sin," thuirt e, a' comharradh doras dhi. "Ma dh'fheuchas tu càil gòrach, tha fios agad dè thachras."

Dhùin i an doras san taigh-bheag agus choimhead i timcheall oirre. Bha an toidhleat agus an sinc salach, sgàineadh air an t-sinc. Thionndaidh i an goc agus shruth an t-uisge a-mach. Bha uinneag ann, mar a bha Mairead an dòchas ach, bha e ro bheag agus ro àrd airson faighinn a-mach às.

"Dè tha thu dèanamh an sin?" guth Mark ag èigheachd. Dh'fhosgail i an doras agus bha e air a beulaibh, sreang agus sgian na làimh.

Thuit na faclan às a beul mar chlachan a' dol le leathad, "Cha tèid mi a dh'àite, tha mi gealltainn dhut. Na cuir na bannan orm a-rithist."

Thog i a làmhan, iad dearg far an do gheàrr an sreang a-steach na bu tràithe, ach cha robh e deònach a fàgail saor. Gu fortanach, cha robh an sreang cho teann an turas seo, cabhag air falbh.

Choisich an dithis aca a-null chun dorais agus dh'fhosgail Mark e. Bha an t-sràid sàmhach taobh a-muigh, fuaim an trafaig pìos beag air falbh. Bha bhana transit dubh, ùr a' coimhead, mu dheich meatairean air falbh, cha do mhothaich Mairead dha na bu tràithe. Dh'fhosgail e doras aig a' chùl.

"Na cuir an seo mi!" dh'èigh Mairead. "Chan urrainn dhomh fuireach an seo idir!" Bha eagal na sùilean agus bha a casan a cladhaich a-steach dhan staran.

"A bheil sin a' cur dragh ort? Uill, eil fhios agad, ma nì thu fuaim sam bith, bidh bann a' dol nad bheul cuideachd!" agus le sin, phut e Mairead a-steach. Bha rèile air aon thaobh agus cheangail Mark i ris agus dhùin e an doras.

Dh'fhairich Mairead an clisgeadh ag èirigh suas tro a bodhaig, dh'fheumadh i grèim fhaighinn air mus briseadh e a-mach oir thòisicheadh i a' sgreuchail nuair a thachradh e. Bha e doirbh gu leòr a bhith an seo, an dorchadas timcheall oirre, gun a bhith a' dèiligeadh ri bann na beul. Dhùin i a sùilean agus ghabh i anail a-steach, anail mhòr, gus stad a chur air an eagal. Anail eile, a' leigeil air falbh gu slaodach. Rinn i sin deich tursan, anail a-steach, anail a-mach gus an do shocraich i i fhèin. Na h-inntinn, bha i canail gum biodh e ceart gu leòr, bhiodh i faighinn àile gu leòr, bhiodh i a-muigh ann an greiseag. A-rithist, 's a-rithist, na h-aon fhaclan, mar seun.

Nas socraich a-nis, dh'fhosgail i a sùilean agus choimhead i timcheall oirre. Bha e dorcha ach b' urrainn dhi obrachadh a-mach gun robh stuth timcheall oirre, bagaichean, brògan sreap, ròpaichean. Chuala i Mark a' coiseachd timcheall a' bhana, a' fosgladh an dorais agus a' leum a-steach. Thòisich e an t-einnsean agus thàinig a' bhan beò.

Dh'fhosgail e uinneag bheag shuas air a chùlaibh, "Seo sinn, a' dèanamh ar slighe chun Eilein Sgitheanaich."

Choimhead Mairead air falbh. Mar bu tric, bhiodh i toilichte dol dhachaigh, ach an-dràsta, laigh dragh oirre mar phlaide, trom agus mùchaidh. Cha robh fios aice dè bha roimhpe ach dh'fheuch i ri smuaintean uilc a chumail air falbh.

Caibideil 21

Bha a' ghrian a' sreap anns an adhar nuair a ràinig Mark agus Mairead drochaid an Eilein Sgitheanaich. Bha e mu leth-uair às dèidh deich sa mhadainn, turas sàmhach air a bhith ann. Bha aca ri stad dà thuras air an rathad, aon turas nuair a bha Mark feumach air ola agus turas eile, ri taobh an rathaid, airson Mairead a bha feumach air dileag.

Nuair a dh'innis i dha Mark gun robh i ag iarraidh air stad, bha leth-bheachd aice gum faigheadh i air falbh. A rèir coltais bha an aon bheachd aig Mark. Stad e a' bhana an àite-seachnaidh, seachad air Loch Laomainn. Dh'fhosgail e na snaidhmean a rinn e air an rèile agus leig e leatha sreap às a' chùl.

"Feumaidh tu na snaidhmean timcheall mo làmhan fhosgladh cuideachd," thuirt i ris.

"Aidh, agus cho luath 's a nì mi sin bidh tusa air falbh," fhreagair e. "Cuidichidh mise thu..." thuirt e agus phut e i air a beulaibh gus an robh iad am falach air cùlaibh phreasan ri taobh an rathaid.

Ghuidh Mairead air na bannan a thoirt dhith, a' gealltainn dha nach ruitheadh i air falbh ach cha do dhèist e. Sheas i an sin, deòir a' ruith sìos a h-aodann, fhad 's a tharraing Mark sìos a briogais agus drathais. Nuair a bha i deiseil tharraing e an-àirde a-rithist iad, Mairead a' faireachdainn salach le nàire oirre. Thàinig gairiseachadh oirre nuair a smuainich i air, a làmhan garbh a' sporghail gus a fo-aodaich a dhraghadh sìos, ise a' crùbadh air an talamh 's esan a' coimhead sìos oirre.

Leig Mark leatha suidhe san toiseach nuair a chaidh iad air ais dhan bhana, "Dìreach air sgàth 's gum bi mi feumach air cuideachadh bhuat," thuirt e. "Na smuainich air rud sam bith a dhèanamh, cha bhi crìoch mhath ann dhut."

Shuidh Mairead ri thaobh gun facal a ràdh, dìreach toilichte nach fheumadh i tilleadh dhan dorchadas airson a' chòrr dhen turas.

Tarsainn drochaid an Eilein Sgitheanaich, cha robh Mairead ach mu uair a thìde air falbh bho thaigh a pàrantan ach dh'fhaodadh iad a bhith air a' ghealaich. Cha robh i riamh a' faireachdainn cho aonaranach.

"Càite a bheil sinn a' dol? Cà bheil am mapa?"

"Taigh ann an ceann a-deas an Eilein," fhreagair Mairead, gun fhaireachdainn.

"Càite?" thuirt e gu luath. "Chan urrainn dhomh d' inntinn a leughadh. A bheil an taigh faisg air seann dachaigh mo theaghlaich?"

"Faisg air..."

"An urrainn dhuinn dìreach dol a-steach dhan taigh airson am mapa fhaighinn?" Bha e follaiseach gun robh Mark a' gabhail uallach. Gu ruige seo, bha esan air smachd a chumail air a h-uile càil agus a-nis bha e feumach air taic bho Mhairead.

"Chan eil fhios 'am," thuirt Mairead. "Saoilidh mi gum bi an duine aig a bheil an taigh anns an eaglais."

Cha robh Mairead buileach cinnteach am biodh Dòmhnall dol chun na h-eaglais ach bha e air a bhith a' fuireach san Eilean fad a bheatha, bha e aosta agus bha seirbheis a bhràthar san Eaglais Shaor. Bha deagh sheans gum biodh e dol chun na h-eaglais madainn na Sàbaid.

Chùm iad a' dol gu faisg air an Àth Leathann gus an do thionndaidh Mark sìos an rathad gu ceann a-deas an Eilein. Cha b' urrainn do Mhairead creidsinn gun do ghabh i an aon shlighe o chionn latha no dhà, ach ann an suidheachadh gu tur eadar-dhealaichte. Smuainich i air Fearchar an uair sin, dè bha e ris? Feumaidh gun robh e a' gabhail dragh nach do thill i, 's dòcha gun deach e dhan phoileas? Dhèirich cridhe Mairead nuair a smuainich i air sin agus thuit e a-rithist nuair a thàinig e thuice nach robh càil a dh'fhios aig Fearchar càite an robh i.

"Uill, tha sinn air ceann a-deas an Eilein a ruigsinn, càite bheil sinn a' dol a-nis?" bhris guth Mark a-steach dha na smuaintean aice.

"Tha againn ri dhol seachad air seann dachaigh do theaghlaich," fhreagair Mairead.

"Ceannsaich thu fhèin," thuirt Mark gu biorach.

Cha tuirt Mairead an còrr. Smuainich i air ais air an stiùireadh a thug Dòmhnall dhi nuair a bha i a' tadhal air airson a' chiad turas. Thuirt i sin ri Mark. "Tha e còig mionaidean seachad air an taigh. Gabh an t-slighe chun làimh dheis. 'S e rathad singilte a th' ann, cùm air sin gus am faic thu taigh geal, a' suidhe leis fhèin. Ma tha e fhèin a-staigh, bidh càr na shuidhe air a bheulaibh."

Ràinig iad seann dachaigh teaghlach Mhark. Tharraing e a' bhana far an rathaid mhòir gus an robh e na shuidhe mu choinneamh an taigh-òsta. Shuidh e, a' coimhead air an t-seann Chaisteal airson ùine gus an tuirt Mairead gu slaodach ann an guth ìosal, "Dh'fhaodadh tu mo leigeil air falbh a-nis, cha chan mi càil. Tha fios agad càite bheil am mapa a-nis."

Thionndaidh Mark thuice, deàlradh na shùilean – sannt, 's dòcha?

"Gus am bi am mapa agam, na mo làimh, chan eil thusa a' dol a dh'àite sam bith."

Chrom e air a' chuibhle agus thionndaidh e an iuchair. Ghluais e a' bhana air ais air an rathad agus chùm e a' dol gus an do ràinig iad an t-slighe air an làimh dheis. Bha e follaiseach dè an taigh a bh' ann nuair a bha iad na b' fhaisg air, Renault Clio na shuidhe air a bheulaibh. A rèir coltais bha Dòmhnall fhathast aig an taigh. Choimhead Mark air an uaireadair, bha e beagan às dèidh 11 sa mhadainn.

"Thuirt thusa nach biodh e a-staigh."

"Uill, bha mi an dùil gun rachadh e chun na h-eaglais, ach cha robh mi cinnteach."

Rinn Mark gnòsail. Bha an rathad car fosgailte far an robh iad agus bhiodh e a' coimhead neònach nan suidheadh iad an sin airson ùine mhòr.

"An urrainn dhomh tionndadh ma chumas mi orm?" dh'fhaighnich e.

"'S urrainn..." fhreagair Mairead.

Chùm e a' dol, seachad air an taigh gus an do dh'fhàs an rathad leathann gu leòr airson a' bhana a thionndadh. Ghabh iad an rathad air ais gus an robh iad seachad air taigh Dhòmhnaill a-rithist. Stad Mark pìos beag bhon rathad far an robh frith-rathad forsaireachd. Dh'fhaodadh iad suidhe an sin, a-mach à sealladh, gus am faiceadh iad Dòmhnall a' dol seachad orra, nan rachadh e seachad orra.

Mu leth-uair às dèidh aon uair deug, chunnaic an dithis aca càr a' dol sìos an rathad, Dòmhnall air cùlaibh na cuibhle. Bha e a' coimhead spaideil ann an deise, is cinnteach gun robh e dèanamh a shlighe chun na h-eaglais. Thug Mark a' bhana sìos an rathad chun an taighe agus dh'fheuch e ri pharcadh a-mach à sealladh ach, 's e bhana rudeigin mòr a bh' ann agus nan tilleadh Dòmhnall tràth, chitheadh e e.

"Greas ort agus na feuch ri faighinn air falbh. Bidh e nas miosa dhut," thuirt e.

"Feumaidh tu na bannan a thoirt dhìom," thuirt Mairead, a' togail a làmhan.

Thog e an sgian bho dhoras a' bhana ri a thaobh agus thionndaidh e gu Mairead, lann a' deàlradh ann an solas na grèine.

"Tha fios agad dè thachras ma dh'fheuchas tu air falbh."

Ghnog Mairead a ceann agus gheàrr e tron t-sreang. Bha làraich dhearga timcheall a làmhan far an robh an sreang a' gearradh a-steach. Bha iad goirt.

Leig e le Mairead faighinn a-mach, i a' suathadh a làmhan, tharraing e air paidhir mhiotagan a bha na phòcaid agus thog e an sgian. Phut e Mairead air a bheulaibh.

Chaidh i a-null chun dorais agus, mar a bha i an dùil, bha e fosgailte. Mar mhèirleach a bha air 'walkthrough' a dhèanamh mus do bhris i a-steach, bha deagh fhios aig Mairead càite an rachadh i airson na dealbhan a lorg. Chaidh i tron phoirdse, chun chidsin gus an do ràinig iad an seòmar-suidhe.

Bha an seòmar-suidhe mar a bha e an turas mu dheireadh a bha i ann, teine fosgailte gu aon taobh, dèante ged nach do las Dòmhnall e, cathair air gach taobh dheth agus sòfa air a bheulaibh. An turas mu dheireadh a chunnaic Mairead na dealbhan, bha iad nan laighe air a' bhòrd. An-diugh ged-tà, cha robh sgeul orra. Thòisich a cridhe a' bualadh na bu luaithe. Gu faiceallach, thòisich i a' coimhead timcheall an t-seòmair fhad 's a sheas Mark pìos beag a-staigh air an doras. Chaidh a sùilean air seachran chun phreasa fon uinneag far an robh na dealbhan de dh'Fhearchar agus dh'èirich cnap na h-amhaich. Cha b' urrainn dhi leigeil oirre gun robh i cho eòlach air an teaghlach. Cha b' urrainn dhi smuaineachadh air Fearchar, bha e ro dhoirbh.

"Dè tha thu dèanamh?" arsa Mark ann an cagair.

"Tha mi a' feuchainn ris na dealbhan a lorg, chan eil fhios 'am cà bheil iad," thuirt Mairead. Bha i fhèin a' bruidhinn ann an guth ìosal, ged nach robh duine ann a chluinneadh iad. Mu dheireadh thall, às dèidh dhi rùrach tro phreasan, lorg i iad, ri taobh an t-sòfa ann am bogsa. Thog i a' phacaid, faochadh air a h-aodann.

Bha fios aice dè an dealbh a bha i a' lorg, an dealbh a bha san aon fhrèam a bh' aice aig an taigh – dealbh de Bhean-uasal Nic a' Chombaich, agus a dà mhac, Niall, air taobh deas a mhàthar agus Aonghas air an taobh eile. Dh'fhosgail i a' phacaid agus choimhead i na bhroinn, a' toirt an deilbh a bha i a' lorg a-mach agus ga thoirt do Mhark, e a-nis na sheasamh air a cùlaibh.

'S ann an seo a tha am mapa, tha mi cinnteach," thuirt i.

"Ceart," fhreagair Mark, "mach à seo sinn."

Dh'fhalbh an dithis aca air ais don bhana. Dh'fhosgail Mark an doras agus phut e Mairead a-steach, e fhèin ga leantail. Thòisich e a' bhana agus dh'fhalbh iad sìos an rathad. Na chabhag, cha do chuir e na bannan air Mairead a-rithist.

"Na feuch càil," thuirt e, a' cur a leth-cheann thuice.

Bha iad dìreach air tionndadh dhan phrìomh-rathad, nuair a mhothaich iad càr a' tighinn dhan ionnsaigh. Tharraing Mark do àite-seachnaidh agus chùm an càr seachad, Renault Clio le Dòmhnall aig a' chuibhle, a' togail aon chorrag mar taing.

"Thuirt thusa gum biodh e air falbh chun na h-eaglais!" dh'èigh Mark, a' coimhead anns an sgàthan.

"Thuirt mi nach robh mi cinnteach," fhreagair Mairead, le barrachd misneachd na bha i faireachdainn. Bha fios aice dè cho faisg sa bha e, mionaid eile agus bhiodh Dòmhnall air tighinn a-steach, an dithis aca fhathast anns an taigh. Cha robh i airson smuaineachadh dè dhèanadh Mark air agus dè bhiodh Dòmhnall a' smuaineachadh air Mairead a' bristeadh a-steach dhan taigh aige.

Chùm Mark a' dol gus an do ràinig e am frith-rathad forsaireachd a-rithist, fallas air a mhaoil agus e na èiginn am mapa fhaicinn.

Bha an dealbh anns an fhrèam fhathast ann an làmh Mairead. Thug Mark dheth a mhiotagan agus dh'fhosgail e na cliopaichean air cùl an fhrèama. Thug e air falbh am bòrd air cùlaibh an deilbh nuair a thionndaidh e thairis e. 'S ann an sin a bha am mapa, dìreach mar a bha am mapa a lorg Mairead.

Bha not beag ann an oisean an fhrèam.

Gu DM, mo charaid chòir seo pàirt dhen mhapa air an robh mi a-mach. Cùm seo sàbhailte dhomh.

Bha ainm sgrìobhte aig a' bhonn ach, mar an nota eile, cha b' urrainn do Mhairead obrachadh a-mach dè bh' ann.

Thog Mark am mapa agus choimhead e air. Bha loidhnichean agus comharran air. Dh'aithnich Mairead cuid de na h-ainmean ach cha robh i fhathast buileach cinnteach dè bha e sealltainn. Ach, nuair a choimhead i air aodann Mark, bha deagh fhios aice gur e sin an dearbh rud a bha a dhìth air.

"Seo e, mu dheireadh thall. An fhreagairt," thuirt e, gàire air aodann.

"Dè?" dh'fhaighnich Mairead.

"Innsidh mi dhut, nuair a thig an t-àm," thuirt e, a' tòiseachadh a' bhana.

Thionndaidh Mairead agus rug i gu cruaidh air làmh Mhark, "Thuirt thusa gum bithinn deiseil nuair a bha am mapa agad," thuirt i gu h-èiginneach, a guth air èirigh.

"Agus bidh," fhreagair e, "ach chan eil sinn deiseil fhathast ged-tà. Cùm sàmhach no cleachdaidh mi na bannan a-rithist."

Dh'fheuch Mairead an doras ach bha e glaiste. Gu h-obann, thionndaidh Mark agus shàth e an sgian fo a h-amhaich. Beul faisg air a cluas, thuirt e "Thug mi rabhadh dhut mar-thà, aon turas eile agus chan fhaic thu do theaghlach tuilleadh, bidh tu aig bonn loch, d' amhach air a ghearradh."

Chuir Mairead corrag fo a smig, a' faireachdainn fuil. Cha robh mòran, ach gu leòr, gu leòr airson toirt oirre suidhe sàmhach.

Mus do dh'fhàg iad an t-àite-falaich, tharraing Mark pacaid à bhriogais agus thug e trì pilichean a-mach a chuir e na bheul.

"Adderall, a bheil thu ag iarraidh tè?" An amphetamine a' toirt air a shùilean deàlradh gu mì-nàdarrach.

Chrath Mairead a ceann agus tharraing esan a' bhana air ais air an rathad.

Bha e seachad air meadhan-latha nuair a thàinig iad tarsainn air an t-soidhne a' toirt stiùireadh do dhaoine gu Camas Fhionnairigh. Ghabh Mark an seann rathad pìos beag seachad air an t-soidhne. Stad e air cùl meall beag, far nach faiceadh dràibhearan a' dol seachad e.

"Tha bagaichean ann an cùl a' bhana. Bheir sinn sìos iad gu bothan ann an Camas Fhionnairigh agus fuirichidh sinn oidhche an sin. Fàgaidh sinn tràth madainn a-màireach airson an t-seudraidh fhaighinn."

"Dè thachras ma thig daoine eile dhan bhothan?"

"Feumaidh iuchair a bhith agad is tha mise air an t-àite a bhucadh mar-thà – rinn mi 'block booking'. Bha mi an dùil gum bithinn air ais uaireigineach."

"An robh fios agad gum biodh an t-seudraidh ann an Camas Fhionnairigh?"

"Bha, bha fios aig Aonghas, thuirt e sin anns an litir ach cha robh fios aige càite. Agus, mura h-eil mapa agad airson do shlighe a stiùireadh, chan eil mòran seans agad."

"Chan eil aodach sreap orm," thuirt Mairead, a' coimhead sìos air a' bhriogais aotrom aice, agus na brògan beaga, tana.

"Uill, feumaidh tu a bhith faiceallach no bidh tu marbh," fhreagair Mark, a' fosgladh cùl a' bhana agus a' toirt bhagaichean a-mach. Thug e baga dha Mairead agus thog e am fear eile. Ghlas e cùl a' bhana agus fhuair e am mapa bhon toiseach. Thilg e am frèam ann am boglach air eagal gun lorgadh cuideigin eile e. Chaidh e fodha, builgeanan a' nochdadh air uachdar an uisge nuair a shluig an dorchadas e.

An sin, choisich e a-null an rathad beag, Mairead ga leantail. Chaidh iad tro gheata gu staran greabhail, loch beag pìos air astar. Chùm iad a' dol, tarsainn air sruthan gus an do ràinig iad geata eile. Cha b' fhada gus an do dh'fhosgail sealladh Druim a' Chuilthinn romhpa, an Cuiltheann Dubh, agus, air a bheulaibh, an Cuiltheann Dearg, a' toirt a-steach Blà Bheinn agus Marsco. 'S ann an sin, a' coimhead dubh dorcha, bha Sgùrr a' Ghrianain. Stad Mark mionaid, "Chan eil beanntan nas fheàrr ann."

Chùm iad a' dol, na beanntan a' nochdadh agus dol a-mach à sealladh a rèir càite an robh iad. Turas no dhà air an t-slighe cha b' urrainn dha Mairead càil fhaicinn timcheall oirre ach mòinteach ach, nuair a dhèireadh an staran a-rithist, nochdadh Blà Bheinn no Marsco no Sgùrr a' Ghrianain. Mu dheireadh thall, ràinig iad àirde na slighe agus chunnaic Mairead fòidhpe Camas Fhionnairigh le Blà Bheinn agus Sgùrr a' Ghrianain ag èirigh gu aon taobh dheth, Druim a' Chuilthinn air cùlaibh nam beanntan eile. Bha bothan beag geal ri taobh a' chladaich agus abhainn a' suaineadh slighe sìos gu deas dhan mhuir. Stad Mairead mionaid a' coimhead fòidhpe. Ciamar a dh'fhaodadh i a bhith ann an àite cho brèagha ach ann an suidheachadh cho eagalach?

Bha am bothan a' coimhead caran robach bhon taobh a-muigh agus cha robh Mairead an dùil gum biodh e na b' fheàrr a-staigh.

Bha fàileadh fuarachd ann air a mheasgachadh le bòtannan agus stocainnean fliucha. Bha trannsa beag a' leantainn gu seòmar mòr làn bhuncaichean fiodha is plaideachan, le bòrd mòr is beingean am meadhan an làir, àite-teine fosgailte, agus beàrn-bogha sa bhalla a' dol chun chidsin, far an robh sgeilpichean de phanaichean agus uidheam-ithe, a bha daoine air fàgail thar nam bliadhnaichean.

"Tha taigh-beag a-muigh," thuirt Mark, ga leantail a-steach. "Nì mi rudeigin ri ithe a dh'aithghearr. Bidh sinn air ar cois tràth madainn a-màireach, bhiodh e na b' fheàrr dhut dol gad leabaidh tràth."

"Cà' bheil sinn a' dol?" dh'fhaighnich Mairead.

Bha uinneag anns a' chidsin le seallaidhean fosgailte chun a' Chuilthinn. Phut Mark i a-null chun a h-uinneig, "Seall sin, Sgùrr a' Ghrianain. Tha sinn a' dol suas an sin."

Lean Mairead a chorrag. Bha i faicinn beinn àrd, bhiorach, cho rèidh ri glainne.

"Ciamar? Chan eil dòigh ann," thuirt Mairead.

"O, tha gu dearbh." arsa Mark le gàire. "Tha bràthair m' athar, Niall air a bhith cuideachail le seo. Bha mi riamh a' beachdachadh ciamar a gheibheadh daoine an-àirde agus cha do thachair mi ri duine sam bith a rinn e ach tha e sgrìobhte anns a' mhapa."

Choimhead Mairead air, mì-chinnt air a h-aodann.

"Tràth sa mhadainn, ma tha sinn nar seasamh fon bheinn aig an àm ceart, chì sinn ar slighe, bidh a' ghrian gar cuideachadh."

"Agus... mura h-eil e grianach?" thuirt Mairead.

"Fuirichidh sinn gus am bi," thuirt Mark a' tionndadh air falbh.

Sheas Mairead far an robh i. Bha an t-sìde air an Eilean Sgitheanach caochlaideach, aon latha dh'fhaodadh e bhith grianach agus an ath latha dh'fhaodadh an t-uisge a bhith ann le ceò a' còmhdach gach beinn. Bha i dòchasach gum biodh a' ghrian a' deàrrsadh an ath latha, cha robh i airson a bhith an seo airson mionaid na b' fhaide na dh'fheumadh i a bhith.

Chosg Mairead an còrr dhen latha anns a' bhothan a' coimhead tro na leabhraichean a bha an sin. Mu sheachd uairean thug Mark truinnsear bidhe dhi – measgachadh de dhiofar chnogan a lorg e anns a' chidsin – stiubha, buntàta, pònairean, coiridh. A rèir coltais, a bharrachd air cnogan no dhà a cheannach e fhèin nuair a stad iad airson ola, bha fios aige gum biodh cnogan eile ann.

"'S e pot mess a th' ann – bidh saighdearan ga ithe," thuirt Mark nuair a thug e do Mhairead e.

"An e saighdear a bh' annad?" dh'fhaighnich Mairead a' tòiseachadh air a' bhiadh. Bha i mì-chinnteach an innseadh e dhi.

"'S e, airson greiseag. Bha mi ann an Afghanistan. Dh'fhàg mi agus thòisich mi companaidh filmidh."

"Bidh tu dèanamh filmeadh dha rìreabh ma-thà?" thuirt Mairead, a' cur spàin de bhiadh na beul.

"Bidh, ach a-nis thèid mi thall thairis leis an airgead a gheibh mi bhon t-seudraidh."

"Càite an tèid thu?" dh'fhaighnich i.

"Chuir Mark an spàin sìos agus choimhead e air a bheulabh gu saoghal eile, "Bha riamh ùidh agam ann an Àisia – Vang Vieng ann an Laos, a' gabhail tuba sìos abhainn Nam Song air no dol a-null gu Cambodia, a' tadhal air Angkor Wat a thog Rìgh Suryavarman II anns an 12mh linn. No dol a-null a dh'Ameireaga a-deas, Machu Picchu ann am Peru. Smaoinich air, cathair-bhaile a chaidh a thogail anns an 14mh linn."

Thòisich e ag innse dhi mu na seallaidhean a bha rim faicinn. Chuir e iongnadh oirre gum biodh ùidh aige ann an àiteachan den leithid ach, carson nach biodh? Cha robh i idir eòlach air Mark. Dh' fheuch i, le crith-eagail, ri faighneachd dha mu faighinn air falbh.

"Cus cheistean!" dh'èigh e, a shunnd air atharrachadh. "Tha aon rud cinnteach, cha bhi thusa a' dol a dh'àite sam bith gus am bi an t-seudraidh nam làimh." An sin chaidh e null chun dorais agus ghlas e e, a' cur na h-iuchrach na phòcaid. Nuair a rinn e sin, sheas Mairead agus chaidh i null gu aon de na leapannan. Tharraing i am plaide aig bonn na leapa gu a h-amhaich agus laigh i, a sùilean air Mark. Thuit a cridhe nuair a chunnaic i e a' faighinn an t-sreang e a-mach agus a' gearradh pìos,

"Dìreach gus am bi fios agam gum bi thu fhathast an seo sa mhadainn." Gu garbh, cheangail e na làmhan aice ri ceann na leapa. Bha a làmhan goirt, bha i fuar agus sgìth ach, thar na h-uile bha an t-eagal oirre. Eagal mun rud a bha roimhpe a-màireach. An robh Fearchar a' feuchainn ri a lorg? Feumaidh gun robh fios aige gun robh rudeigin ceàrr, ach, am biodh ùine aige rud sam bith a dhèanamh ma dheidhinn?

Caibideil 22

Shuidh Mairead an-àirde, a' dìochuimhneachadh an toiseach gun robh i ann am bunc anns a' bhothan, le a làmhan ceangailte ris an leabaidh. Chuimhnich i mun t-sreang nuair a dh'fhairich i pian. Bha fallas oirre, cha b' ann leis an teas sa bhothan, oir cha robh e cho blàth sin, ach le oillt.

A rèir coltais bha Mark dìreach air èirigh. Thàinig i a-null thuice agus gheàrr e a bannan, "Feumaidh tu bhith deiseil airson falbh ann an còig mionaidean," thuirt e.

Shuath i a làmhan an toiseach, agus, a dh'aindeoin na drèin air Mark, ghabh i mionaid mus do thilg i a' phlaide air falbh bhuaithe. Chuir i a casan air an làr agus chlisg i leis an fhuachd. Tharraing i oirre a brògan beaga samhraidh gu luath. Fhad 's a bha e feitheamh oirre, shlaod Mark na cùrtairean air ais. Bha a' ghrian air tòiseachadh ag èirigh.

"'S e fìor dheagh latha a bhios ann an-diugh," thuirt e, gàire air aodann.

Thug i sùil air an uaireadair aice, 4.45, cha bhiodh e fada gus am biodh i sreap airson a beatha.

Thàinig Mark a-null thuice agus thog e aon de a casan, a' toirt sùil air na brògan aice.

"Nì iad a' chùis," thuirt e.

Bha iad bog, bonn na coise còmhnard agus rubair. Bha i air an taghadh airson gu robh iad cofhurtail airson coiseachd. Bha i taingeil gun robh iad oirre.

"Cuir sin air do dhruim," thuirt e a' toirt dhi am baga beag a bh' aice an-dè. Bha e nas aotruim na bha e roimhe, feumaidh gun tug e cuid de na rudan a-mach airson am fàgail anns a' bhothan. "Cleachdaidh sinn seo airson na seudraidh."

Bha Mark air briogais agus bòtannan a chur air airson sreap. Bha ròpa timcheall a bhodhaig, a' dol thar a ghuailne. Ghabh e grèim air ceann an ròpa agus cheangail e e mu a meadhan,

"Air eagal 's gum bi thu dol air chall," thuirt e a' gluasad chun dorais, Mairead ga leantainn mar cù air taod.

A-muigh, thug e sùil air aon de na mapaichean agus chuir e na phòcaid e, a' dèanamh an uair sin air a' bheinn as àirde, as rèidh, as eagalaiche. Bha cridhe Mairead na beul, cha robh dòigh ann dhi teicheadh, an aon dhòigh a bh' ann, 's e suas.

Cha robh Mairead a' sreap ach aon turas na beatha, san àrd-sgoil. Bha balla-sreap aca, agus a' chiad uair a dh'fheuch i e aig a' chlub sreap thuirt an tidsear spòrs gu robh liut aice dha. Bha an club a' ruith airson sia seachdainean ach, ghoirtich i a gàirdean an ath latha agus cha b' urrainn dhi tilleadh. Cha do rinn i càil bhon uair sin.

Dh'fheuch i ri a h-inntinn a chumail air falbh bho smuaintean sreap, a' cumail a h-aire air na seallaidhean mun cuairt oirre. Bha e sìtheil, dìreach fuaim nan tonn air an tràigh, na h-eòin, cha robh fiù 's meanbh-chuileagan ann. Ghabh Mark ceumannan mòra na choiseachd agus bha e doirbh dha Mairead cumail an-àirde ris. Bha a h-anail gann nuair a ràinig iad abhainn, Abhainn Chamais Fhionnairigh, a rèir coltais. Stad Mark aige.

Gu taingeil, bha an abhainn car ìosal oir chan fhaiceadh Mairead drochaid sam bith. Bha creagan a' stobadh a-mach às an uisge agus leum Mark bho tè gu tè gus an do ràinig e an taobh eile. Chuir e iongnadh air Mairead cho èasgaidh 's a bha e a dh'aindeoin a chuideim.

"Thèid tarsainn nan creagan," thuirt e. Tha iad sleamhainn ach nì thu a' chùis leis an ròpa."

Cha robh Mairead a' smuaineachadh gun robh dragh air mu a deidhinn, dìreach, gun cailleadh e ùine nam biodh aige ri dhol a-steach na dèidh.

Gu cugallach, leum i air a' chiad chreag. Bha e sleamhainn, air a chòmhdach le còinneach. Cha mhòr nach do thuit i a-steach ach tharraing Mark air a ròpa airson stad a chur oirre. Cha robh an abhainn domhainn ach bha e luath agus làidir agus bhiodh e air Mairead a sguabadh leis mura robh Mark luath gu leòr. Gu slaodach agus gu faiceallach, rinn i an gnothach agus, cho luath 's a ràinig i an taobh eile rinn Mark às a-rithist, gun fiù leigeil le Mairead anail a tharraing.

Cha tug e fada gus an do ràinig iad bonn na beinne. An sin, stad Mark agus thug e aon de na mapaichean a-mach turas eile. Chuir e sìos air an talamh e agus choimhead e air gu mionaideach. Sheas Mairead a' toirt a-steach na beinne air a beulaibh. Bha na taobhan mar uachdar clach-chluiche, cha robh càil ann airson grèim fhaighinn agus, a bharrachd air sin, bha seòrsa de leac ann faisg air a' mhullach. Nan robh an t-seudraidh shuas an sin, cha robh fios aig Mairead càite agus ciamar a gheibheadh tu ann.

"Cha bu chòir dha a bhith fada," thuirt Mark, mi-fhoighidinn air aodann.

"Chan eil dòigh ann," fhreagair Mairead.

"Bidh, 's e duine glic a bh' ann an Niall, a rèir coltais," thuirt Mark.

An e seo an dàrna moladh a chuala Mairead bho Mhark, bha i an dòchas gun robh Niall airidh air.

Mar a dh'èirich a' ghrian las i an gleann, solas a-nis a' tuiteam air bonn Sgùrr a' Ghrianain.

"Tha e tachairt," thuirt Mark, a shùilean a' deàlradh mar gathan grèine. Gu luath, chaidh e null gu Mairead agus choimhead e air an t-snaidhm a rinn e, a' tarraing air airson dearbhadh gu robh e teann gu leòr. Bha e gearradh a-steach dhi ach cha robh Mairead airson gearan, b' fheàrr leatha a bhith beò.

"Lean gach rud a nì mise, gach ceum a ghabhas mi. Tuigsinn?" thuirt e.

Ghnog Mairead a ceann.

Thòisich Mark a' sreap, a chasan agus a làmhan a' lorg ghreimean sa chreag. Chùm e a' dol gus nach robh àite ann dha a làmhan a chur. Choimhead Mairead air nuair a ghabh e a' chiad dà cheum, a' cur na cuimhne far an do ghabh e grèim. Thòisich i ga leantail. Cha b' urrainn dhi coimhead sìos, boinneagan fallais air a maol agus a' sruthadh sìos a druim, a' drùdhadh air an lèine aice. Dh'fheuch i ri a h-inntinn a chumail air a' chreag, a' dèanamh cinnteach gun robh i a' cleachdadh gach grèim a chleachd Mark, corragan a lorg pìosan creige a chuidicheadh i, a casan a lorg grèim-coise air a' ghabbro.

"Fuirich far a bheil thu," dh'èigh Mark nuair a bha iad air mu chòig meatairean a shreap. "Feumaidh sinn feitheamh mionaid."

A' cumail grèim gu teann, sheall Mairead a-nall far an robh Mark a-nis a' coimhead. Dìreach sa mhionaid sin, las a' ghrian air a' chreag agus, air a beulaibh chitheadh i comharran nach fhaiceadh i roimhe far am b' urrainn do dhuine casan no làmhan a chur gus greim fhaighinn, agus stob creige far am faoidte ròpa a cheangal. Sin an rud a bha Mark a' ciallachadh, mura robh a' ghrian a' lasadh air aig an àm cheart, bhiodh e doirbh fhaicinn.

Bha Mark air snaidhm a chur anns an taobh eile dhen ròpa a bha e cleachdadh airson Mairead agus thilg e sin thar na creige a bha i faicinn a' stobadh a-mach. Dh'fhuirich e an sin diog agus, an uair sin, às dèidh dha a bhith ag èigheachd air Mairead, "Deiseil" agus Mairead a' gnogadh a cinn, thòisich e a' sreap a-rithist, a' cleachdadh nan comharran sa chreag airson an leac a ruigsinn, Mairead fhathast ga leantainn, mar ròbot. Bha i air stiùireadh fhaighinn bho Mhark agus lean i e, chun na litreach.

Bha Mark a-nis a' dol a-mach à sealladh, bha e air an leac a ruigsinn, a' cleachdadh neart a bhodhaige airson a tharraing fhèin tarsainn air. Bha e follaiseach gun robh e làidir gu leòr sin a dhèanamh, a dh'aindeoin cho mòr, trom 's a bha e, ach nuair a dh'fheuch Mairead cha robh neart gu leòr aice na gàirdeanan. Dìreach nuair a bha i a' leigeil roimhe, fallas na sùilean, dh'fhairich i Mark a' tarraing air an ròpa. Leis an uile neart a bh' aice, dhragh Mairead i fhèin an-àirde suas gus an do làndaig i air sgeilp na creige. Bha i gun anail, a cridhe a' slacadaich na broilleach ach, bha i shuas. Shìn i a-mach air a druim dìreach, sùilean dùinte.

"An ath-cheum."

Thionndaidh Mairead, "Dè... tha... thu... a' ciallachadh?" faclan a' tighinn a-mach gu gagach, dìth anail a' cur bacadh air a còmhradh. Cha robh i buileach cinnteach dè bha i an dùil faicinn an seo, bogsa làn seudraidh? Cha robh càil ann, ged-tà, ach leac mhòr, balla Sgùrr a' Ghrianain ag èirigh os an cionn agus creag a' stobadh a-mach gu aon taobh.

"Càite bheil an t-seudraidh?" dh'fhaighnich i.

Bha Mark, mar-thà, air aon de na mapaichean fhaighinn a-mach. "Tha uamh ann," thuirt e.

"Chan eil càil ann," fhreagair Mairead.

Air a ghlùinean, ghluais Mark a-nall gus an robh e faisg air a' chreag. Làmhan a-mach, dh'fhairich e le a làmhan suas agus sìos gu slaodach. Stad e ri taobh pìos a bha air a chòmhdachadh le còinneach. Thòisich e a tarraing air a' chòinneach le a corragan, a' sracadh air falbh pìosan agus ga thilgeil gu aon taobh. Shuidh Mairead far an robh i, a' coimhead sgàineadh a' nochdadh sa chreag.

"Seo e," thuirt Mark, a' suidhe air ais air a ghlùinean. "'S ann an sin a tha an t-seudraidh."

"Chan fhaigh thu ann," thuirt Mairead. "Tha e ro chumhang."

"Tha fios 'am..." fhreagair Mark, sùilean fuar, cruaidh a' sealltainn oirre. "Tha mise fada ro mhòr, bu chòir dhomh rud beag cuideim a chall. Ach, thusa, uill, tha thusa gu math beag."

Gu slaodach, thàinig e a-steach oirre cò bhiodh a' dol dhan an toll bheag, dhorcha seo. Bha Mairead, co-dhiù, troigh nas lugha na Mark agus ceithir no còig clachan na b' aotruime. Dh'fhosgail a sùilean gu mòr, chrath i a ceann bho aon taobh dhan taobh eile, "Chan eil thu ag iarraidh orm dol an sin..."

Chrom Mark a cheann, "'S mi a tha..." fhreagair e, a' gabhail grèim air a gualainn.

"Cha tèid!" dh'èigh i le sgreuch. "Chan urrainn dhomh."

Chaidh i na bàlla, a ceann mu a glùinean, a' feuchainn ri faighinn air falbh bho Mark ach bha e ro làidir.

"Tha thu dol ann," thuirt e gu socair na cluais, "agus tha thu gu bhith toirt a-mach an t-seudraidh."

"Sin an t-adhbhar a bha thu feumach orm," thuirt Mairead, a guth ìosal.

"Nuair a thug mi sùil air a' mhapa an-dè, bha e gu math follaiseach nach fhaighinn a-steach idir. Cha robh Niall mòr, chitheadh tu sin anns na dealbhan agus bha e sgrìobhte air a' mhapa gur e fosgladh gu math caol a bh' air an uamh."

"Chan urrainn dhomh a dhol a-steach an sin," thuirt i, a' caoineadh.

Rinn Mark gàire, "Gu mì-fhortanach, chan eil taghadh agad idir, chan urrainn dhòmhsa."

Ghluais e a bhodhaig timcheall gus an robh e air cùlaibh Mairead agus thòisich e a' slaodadh air an ròpa. Dh'fheuch i ri grèim fhaighinn air an leac ach cha robh i làidir gu leòr, a corragan a' sgròbadh air clach gun fheum, ìnean a' bristeadh. Bha e ga tarraing a-null gu beul na h-uamha.

Corragan fuilteach, meadhan goirt bhon ròpa, choimhead Mairead air an fhosgladh air a beulaibh. Chùm i a' crathadh a cinn. Bha clisgeadh ag èirigh na broilleach agus dh'fheuch i ri shlugadh air falbh. Bha i smaoineachadh gun robh a' bhana doirbh gu leòr dhi, ach seo. Sin bu dorra buileach – an dorchadas ga mùchadh. Dè mura faigheadh i a-mach air ais? B' fheàrr leatha dol tarsainn na lic na sin. Gu h-obann, dh'fheuch i ri èirigh ach cha robh i luath gu leòr, bhuail Mark sìos i, làmh a' bruthadh air a h-amhach.

"Bidh tu dol ann," ars esan, a ghuth a' siosarnaich.

"Chan... urrainn... dhomh..." Bha làmh Mark ga dhèanamh doirbh dhi anail a ghabhail.

"Chan eil roghainn agad!" dh'èigh e, smugaid a' spreadhadh às a bheul. Leig e a làmh air falbh agus ghluais e air ais. Ann an guth nas socaire, thuirt e, "Bidh tu beò ma gheibh thu an t-seudraidh, marbhaidh mi thu an-dràsta mura faigh."

Laigh Mairead gun gluasad. Cha robh i ag iarraidh bàsachadh an seo, agus dhèanadh Mark cinnteach gu faigheadh i a-mach às an uamh, bha an duais ro chudromach dha.

A' gabhail anail a-steach, a' feuchainn ri a socrachadh fhèin, gu slaodach, chaidh i air a glùinean agus a-nall gu beul na h-uamha.

Chrùb i sìos gus an robh an sgàineadh air a beulaibh. Bha an toll mòr gu leòr airson gu faigheadh i a-steach ach, cho luath 's a bhiodh i anns an toll, cha bhiodh roghainn aice ach dol air adhart. Bha clisgeadh ag èirigh a-rithist na broilleach. Dh'fheuch i ri gluasad air ais ach bha Mark air a cùlaibh agus cho luath 's a mhothaich e gun robh i a' feuchainn ri faighinn air falbh bhon toll thòisich e ga putadh a-steach.

"Sguir!" dh'èigh Mairead. "Chan urrainn dhomh dol ann, bàsaichidh mi!"

Cha do dh'èist Mark rithe agus chùm e air. Chaidh a brùthadh dhan dorchadas, èadhar sean na sròn. Bha a làmhan a' cumail grèim air oir na h-uamha ach chùm Mark air ga putadh. Cha robh i làidir gu leòr stad a chur air, a làmhan a' faireachdainn mar gun robh iad a' losgadh leis an neart a bha i cleachdadh. Chùm i oirre a' sgreuchail san dorchadas. Cha b' urrainn dhi anail a tharraing, bha i a' casadaich, a' tòiseachadh a' tachdadh. An ann an seo a bhiodh i a' bàsachadh? Shuas an seo, ann an toll dorch mar bhiastag bheag...

Agus an uair sin, mhothaich i e anns an dorchadas air a beulaibh. Lasair. Cha b' urrainn dhi obrachadh a-mach dè bh' ann. Bha fuaim ann cuideachd. Seinn. Bha cuideigin a' seinn. Òran nach cuala i airson ùine mhòr, òran às an Eilean Sgitheanach. Ach dè am fear?

Moch 's mi 'g èirigh air bheagan èislein,
Air madainn Chèitein 's mi ann an Òs,
Bha sprèidh a' geumnaich an ceann a chèile,
'S a' ghrian ag èirigh air Leac an Stòrr;
Bha gath a' boillsgeadh air slios nam beanntan,
Cur tuar na h-oidhche na dheann fo sgòd,
Is os mo chionn sheinn an uiseag ghreannmhor,
Toirt na mo chuimhne nuair bha mi òg.

'Nuair Bha mi Òg', siud an t-ainm a bh' air. Agus an uair sin thàinig cuimhne do Mhairead air a seanmhair a' seinn anns a' chidsin nuair a bha i cur dinnear air dòigh, Mairead ga cuideachadh. Bha i toilichte an uair sin, a' cuideachadh Granaidh. Àm sìtheil. Thug an t-òran agus cuimhneachan a seanmhar cofhurtachd dhi. Bha i faireachdainn nas fheàrr a-nis, chan fheumadh i a bhith a' strì, bha sin seachad a-nis. Bha a Granaidh ann, bhiodh ise cumail sùil oirre.

Cha do dh'fhairich Mairead duine a' gearradh an ròpa. Cha chuala i duine, Fearchar, ag èigheachd oirre, uabhas air aghaidh. Cha chuala i càil. Laigh dorchadas bàigheil oirre mar phlaide, ga cumail blàth.

Crìoch-sgeòil

Choisich Mairead dhan chladh agus rinn i airson na clach-chuimhne. 'S e latha àlainn a bh' ann, adhar gorm, blàth. Bha am feur tioram fo a casan. Shuidh i sìos. Bha rudeigin sìtheil mun àite seo.

Smuainich i air ais gu Diluain, an latha a tharraing Fearchar a-mach às an uamh i. B' e sin an latha a bu mhiosa na beatha.

Bha fios aig Fearchar gun robh rudeigin ceàrr nuair nach do thill i don taigh-òsta ann an Lunnainn. Mu dheireadh thall, nuair a bha e air fàs anmoch, chaidh e dha leabaidh, ach cha do chaidil e. Tràth an ath mhadainn, nuair nach robh Maireadh fhathast air nochdadh, choimhead e tron fhòn-làimhe aice, a lorg e letheach fon leabaidh anns an t-seòmar-chadail.

Dh'fheuch e ri fòn a chur gu 'Mark' ach cha do fhreagair e. Chaidh e air an eadar-lìon airson rannsachadh a dhèanamh air a' chompanaidh *Riochdaidhean Solais*. Bha seòladh ann airson a' chompanaidh ach nuair a chaidh e dhan àite, cha robh ann ach lock up glaiste. Cha robh sgeul air duine sam bith timcheall agus, a' gabhail an lagh na làmhan fhèin, bhris Fearchar a-steach. Nuair a choimhead e timcheall, bha fios aige gun robh rudeigin fada ceàrr. Bha am baga aig Mairead an sin na laighe falamh, an stuth air a sgaoileadh mun cuairt. A bharrachd air sin, cha robh sgeul air goireas filmidh sam bith ann.

Chuir Fearchar fòn dhan phoileas ach cha robh iad deònach dad a dhèanamh anns a' bhad a chionn gur e inbheach a bh' ann am Mairead.

"Tha mi duilich," ars a' bhan-phoileas ris an do bhruidhinn e, "ach tha làn chead aice falbh a dh'àite sam bith a thogras i. Cha b' urrainn dhuinn ruith às dèidh a h-uile tè a ghabh nòisean falbh air splaoid gun innse dha a bràmar. Tha fios gu nochd i ann am beagan làithean, agus mura nochd, thig air ais a bhruidhinn rium."

Bha Fearchar a-nis tinn le iomagain oir bha e cinnteach gun deach Mairead a ghoid air falbh agus bha droch eagal air nach robh mòran tìde ann gus a lorg. Ach, càite?

"Ciamar a fhuair thu a-mach càite an robh sinn?" dh'fhaighnich Mairead, nuair a bha i na laighe san ospadal.

Dh' innis Fearchar dhi gu robh e a' call a dhòchais nuair a dh'fhòn Dòmhnall. Bha esan den bheachd gun robh cuideigin air bristeadh a-steach dhan an taigh oir bha aon de na dealbhan aige air falbh, dealbh teaghlach Mhic a' Combaich. Thuig Fearchar an uair sin càite an robh Mairead agus rinn e air an Eilean Sgitheanach agus Sgùrr a' Ghrianain, an dearbh bheinn a bha sa mhapa aig Mairead. A rèir Fhearchair, bha e air sàilean Mairead agus Mark nuair a thòisich iad a' sreap, ach eagallach gum biodh Mairead ann an cunnart nan cuireadh e stad orra mus ruigeadh iad an leac, chùm e mach à sealladh. Bha e na èiginn airson Mairead a ruigsinn nuair a chuala e i a' sgreuchail.

Mar streapadair, bha fios aige nan rachadh esan suas air tòir an dithis aca gur mathaid gun tuiteadh cuideigin. Bhiodh e na bu shàbhailte dèiligeadh ri Mark an toiseach agus an uair sin, Mairead a chuideachadh. A' cheist a bh' ann, ciamar a dhèanadh e e!

Thàinig Fearchar mach às an àite falachaidh agus shreap e suas Sgùrr a' Ghrianain gus an robh e faisg gu leòr airson èigheachd ri Mark. Thug e diog mus do nochd Mark aig oir na lice agus an sin, thòisich e a' coimhead timcheall gus am faca e Fearchar, iongnadh air aodann.

"A bheil Mairead agad?" dh'fhaighnich Fearchar.

"Cò thusa?" dh'èigh Mark air ais.

"Caraid dhi."

"Cùm air falbh air neo marbhaidh mi i!"

"Cà bheil i?" Thuig Fearchar gu robh rudeigin shuas air a' bheinn a tharraing Mark, no cha bhiodh iad air a dhol ann.

"Tha e agam!" dh'èigh Fearchar.

Mhothaich Fearchar mì-chinnt a' nochdadh air aodann Mark.

"Dè?"

"An rud a tha thusa a' sireadh," fhreagair Fearchar.

"Chan urrainn dhan an t-seudraidh a bhith agad, chan eil fhios aig duine beò mun uamh seo!"

"Bha pàirt dhen mhapa le m' uncail. Lorg mi e bliadhnaichean air ais, am mapa agus an t-seudraidh, ged nach robh càil ann, sgudal!"

Shuidh Mark air ais. "A bhreugadair! Chan eil fios aig duine ma dheidhinn. Seo m' oighreachd, agus oighreachd mo sheanar!"

"Mar a thuirt mi, chan eil càil ann agus cha robh càil ann," Bha cridhe Fhearchair a' bualadh gu cruaidh, cha b' urrainn dha tionndadh air ais a-nis.

"Tha thu ceàrr, tha Mairead ann an-dràsta. Tha i gus fhaighinn a-mach." Choimhead e air Fearchar an uair sin. "Tha thusa ro mhòr airson faighinn a-steach dhan uamh co-dhiù!"

"Tha a-nis, ach bha mi gu math caol nam òige."

Dhorchnaich aodann Mark, "Tha thu ceàrr! Breugan! Chosg mo sheanair a' mhòr-chuid dhe bheatha a' coimhead air a shon, chaill e a mhac, m' athair, air sgàth sin. Chan eil thu ag innse na fìrinn idir!" Ghabh Mark ceum nas fhaisg air oir na lice, a' coimhead sìos air Fearchar.

Rinn Fearchar gàire. "Tha mi ag innse na fìrinn agus chan urrainn dhutsa faighinn a-steach dhan uamh nas motha airson coimhead. Tha thu dìreach mar do sheanair, gun fheum. Cha b' urrainn dhàsan a lorg agus tha thusa ro fhadalach!"

Leig Mark beuc an uair sin. Gu luath, thionndaidh e a bhodhaig agus thòisich e sìos an leac. Na chabhaig, cha do mhothaich e gun deach an ròp ma chasan. Nuair a dh'fheuch e sìos, theannaich an ròp, a' cur stad air fhuil. Leig e sgreuch a-mach, a' feuchainn ris an ròpa a lasachadh ach, mar bu mhotha a dh'fheuch e, 's bu teann a dh'fhàs e. Làmhan a' sabaid leis an ròpa, leig e às grèim bhon leac agus thuit e, a dhruim a' bualadh a-steach dha aodann na beinne. Chroch e an sin, a' gnùsdaich, gun comas gluasaid.

Choimhead Fearchar air. Bha e mar coimhead air film, nuair a chluicheadh cuideigin gu slaodach e. Dìreach an sin, beag air bheag, thòisich Mark a' tuiteam. Ghabh Fearchar eagal, nan robh Mairead ceangailte ri ceann eile an ròpa bhiodh cuideam Mark ga tarraing sìos! Cha b' urrainn do Fhearchar dad a dhèanamh, ach seasamh mar ìomhaigh gus an nochdadh cuspair a ghaoil a' tuiteam gu a bàs.

Thuit Mark mu mheatair agus stad e gu h-obann, crochte. Gu luath, rinn Fearchar suas a' bheinn, gathan na grèine fhathast a' sealltainn nan ceuman suas. Cha tug e an aire air Mark, cha robh ùidh aige ann, dìreach Mairead.

Ràinig e an leac agus tharraing e e fhèin tarsainn. 'S ann an sin a lorg e Mairead, na laighe gun ghluasad, gun mhothachadh, a bodhaig fuilteach. Bha i fortanach gun do ghlac an ròpa air stob creig no, gu cinnteach, bhiodh cuideam Mark ga draghadh thairis no bhiodh a bodhaig air a ghearradh ann an dà phìos.

Cha robh Mairead comasach seasamh agus bha aig Fearchar ri a leigeil sìos leis an ròpa aige fhèin. Dh'fhàg e Mark na chrochadh far an robh e nuair a sreap e fhèin sìos. Bha am poileas aig bonn na beinne nuair a thàinig e sìos, Dòmhnall air fòn a chur thuca.

Bha leòintean agus brùthaidhean air Mairead ach cha do dh'fhuirich i san ospadal airson ùine mhòr. Thàinig am poileas agus na dotairean a-steach airson bruidhinn rithe agus, ged a bha iad den bheachd gum biodh taic comhairleachaidh feumail dhi, cha robh Mairead cho cinnteach. Mus robh seo uile air tachairt, cha b' urrainn dha Mairead faighinn seachad air a' phòsadh aice, bha i an-còmhnaidh a' smuaineachadh air ais. A-nis, ged-tà, bha sealladh gu tur eadar-dhealaichte aice. Bha i fhèin air aithneachadh gun robh i làidir, dìreach mar a seanmhair roimhpe.

Mhothaich i gun robh flùr beag, buidhe a' fàs anns a' chladh, "Adharc an Diabhail" an t-ainm a bh' air. Cha robh càil eagallach mun fhlùr seo – eu-coltach ri Mark – ach, aig a' cheann thall, cha robh càil fiù 's eagallach mu dheidhinn fhèin nas motha. Bha Mairead, Fearchar agus am poileas aig bonn Sgùrr a' Ghrianain nuair a fhuair an Luchd-teasairginn Mark sìos. Bha e marbh. Cha robh fios aig an dotair dè thug bàs dha. 'S dòcha às aonais na seudraidh, nach robh adhbhar ann dha a bhith beò.

"A bheil thu deiseil?"

Choimhead Mairead a-steach gu sùilean Fhearchair.

"Tha," fhreagair i agus dhèirich i bho uaigh a granaidh, flùr-bhileagan nan ròsan a dh'fhàg Mairead a' dannsa san oiteag aotram. Bha e doirbh dhi dhèirigh oir bha bannan fhathast air a làmhan agus b' fheudar dha Fearchar a cuideachadh. Dh'fhàsadh a làmhan na b' fheàrr, ged-tà, ann an ùine, dìreach mar Mhairead fhèin, 's dòcha le cuideachadh Fhearchair.

Bha an t-seudraidh fhathast anns an uamh ach bha am poileas air cuideigin a chur air dòigh airson fhaighinn. Cha robh dragh aig Mairead. Dè feum a tha aig daoine air ionmhas ma tha iad anns an talamh, mar Mark Mac a' Chombaich?

Gun mhothachadh, chuir Mairead a làmh gu a h-amhach. Bha seud-muineil a seanmhar air ais oirre, lorg am poileas e anns a' bhothan. A' toirt sùil mu dheireadh timcheall a' chladh, thionndaidh Mairead agus choisich i air falbh, an seud-muineil a' deàlradh ann an solas na grèine mar sholas stiùiridh air an t-slighe air adhart.